In your Eyes

Heart

#2

LAETITIA ROMANO

IN YOUR HEART

IN YOUR EYES - TOME 2

Shingfoo

©Shingfoo, 2019, pour la présente édition.
Shingfoo, 53 rue de l'Oradou, 63000 Clermont-Ferrand.
Janvier 2020 pour l'édition imprimée
ISBN : 9782379870927

Couverture : ©AdobeStock

A tous mes lecteurs, ceux du tout début, ceux qui vont me découvrir
A Cécile et Virginie pour la confiance accordée

CHAPITRE 1 – MYLA

– C'était le dernier carton.

Il me regarde, essoufflé. Il vient de faire un énième aller-retour dans les escaliers. Il le dépose au milieu de la pièce. Je me permets de le détailler avec gourmandise. Il est torse nu et tout en sueur.

– Bon qu'est-ce qu'on fait ?

Il lève les yeux sur moi et s'aperçoit que je le reluque sans détour. Il sourit.

– Ça va je te dérange pas ?

Je rougis. Oui je rougis encore quand il me prend sur le fait. Il se colle à moi et attrape mon visage délicatement.

– Arrête tu es tout transpirant ! dis-je en essayant de me décoller de lui.

– Ça n'avait pas l'air de t'embêter il y a quelques secondes ! dit-il en souriant.

Il m'embrasse tendrement et je passe mes bras autour de son cou.

– Faut qu'on range tout ça, me dit-il en murmurant.

– Mmmh mmh, dis-je en me mordant la lèvre inférieure.

Je sais que je le fais craquer quand je fais ça.

– Arrête petite allumeuse !

Je ris et me détache de lui.

– Et si on installait le matelas dans la chambre ?

Il bouge ses sourcils en souriant.

– Toi, tu as une idée derrière la tête...

Je lève les yeux au ciel.

– Après on a qu'à dispatcher les cartons dans les pièces dédiées...

– Ok.

Il est plus de 21h quand on finit notre emménagement. Je m'allonge sur le canapé. Je suis éreintée. Jackson téléphone à son père pour prendre des nouvelles. Le cordon est difficile à couper et Jackson s'inquiète beaucoup pour lui.

Il revient dans la pièce avec une bouteille d'eau.

– Putain mais où sont nos potes quand on en a le plus besoin ?!

– Il y en a deux qui se font dorer la pilule dans un endroit du monde je ne sais où et les deux autres sont partis en week-end et comme tu n'as pas voulu changer la date...

– Non, tant pis mais je voulais pas encore repousser.

Je souris.

– Je me sens bien ici.

– Tant mieux.

– Et toi ? Tu vas t'y faire ?

– C'est-à-dire ?

– Sans ton père.

Il perd légèrement son sourire.

– Oui de toute façon il était temps et puis il y a Charlotte maintenant, il n'est pas tout seul.

Je me relève brusquement en tapant dans mes mains.

– Bon qu'est-ce qu'on mange ce soir ?

– On a rien dans le frigo.

– Y'a un resto chinois en bas de la rue, tu veux bien y aller ? dis-je en faisant une moue de petite fille.

– Je vais encore me taper les quatre étages ?

Je lui fais les yeux doux.

– Bon ça va j'y vais.

Je l'embrasse tendrement.

– Je vais prendre ma douche en t'attendant.

CHAPITRE 2 – JACKSON

Quand je descends dans la rue, j'ai toujours une appréhension. Je regarde autour de moi pour être sûr que personne ne va surgir pour nous faire du mal. Je touche ma jambe en souvenir de cet accident qui aurait pu me coûter la vie. Aujourd'hui, on ne risque plus rien et c'est tant mieux.

J'arrive dans le petit resto et passe ma commande. Mon téléphone sonne. Je réponds en attendant que celle-ci soit prête.

– Allô ?

– Hey mon pote, alors ça y est tu as la corde au cou ?

– Très drôle ! Ouais ça y est on vient de finir.

– Tu aurais pu attendre le week-end prochain, on serait venu vous aider !

– Non, c'est mieux comme ça, j'avais plus envie d'attendre. Et vous ? Ça va ?

– Le top mec ! On est au spa là, tous les deux tout seuls, un régal !

– Profite bien ! Lundi on a du boulot, et puis faut que je te parle d'un truc aussi.

– Quoi ?

– On en parle lundi, c'est pour le boulot rien ne presse.

– Ok, passe le bonjour à Myla.

– Ça sera fait, allez, profitez bien !

Je soupire. Depuis que l'histoire est terminée, Myla et moi, on n'a toujours pas pu faire notre voyage à San Francisco et je désespère de le faire vu que Cole m'a donné les clefs de la concession pour que je m'en occupe pendant son absence puisqu'il est parti pour un an avec Flora faire un tour du monde.

Il voulait lui montrer qu'il pouvait être sérieux et fidèle. Alors l'idée de passer 24h/24 avec Flora avait germé dans son esprit et il avait décidé de lui proposer un tour du monde pour mieux apprendre à se connaître. Flora avait été époustouflée par cette proposition et elle avait accepté avec plaisir. Ça fait deux mois qu'ils sont partis et si Cole me manque, Flora manque énormément à Myla qui elle au départ n'a pas bien pris la nouvelle.

Le restaurateur m'appelle, je paye et prend mon sachet de nourriture. Je remonte la rue tranquillement et les quatre étages, seul bémol de ce bel appartement. Notre appartement. Myla a craqué dès la première visite et elle a réussi à me convaincre de le prendre sans en voir d'autres. Je ne peux décidément rien lui refuser. Je l'aime à en crever et je ferais tout pour qu'elle se sente bien et libre.

Je sais qu'elle fera une décoration raffinée et que je me sentirai bien ici même si laisser mon père a été la décision la plus difficile que j'ai eue à prendre. J'avais peur de ce moment et j'ai mis deux semaines à lui annoncer. Mais quand je l'ai fait, il m'a encouragé et m'a dit que maintenant il ne se sentait plus seul, que Charlotte était là et qu'ils se voyaient si souvent qu'il ne se sentirait pas isolé.

Ma psy aussi me l'a dit. Hé oui je n'ai pas arrêté les séances, elle m'aide aujourd'hui à trouver un équilibre dans ma vie de couple. Je lui fais part de mes réticences et elle m'aide à les transformer en positif.

J'ai évolué au contact de Myla. Elle est tellement douce et à l'écoute. Je me suis transformé auprès d'elle et j'aspire maintenant à retrouver une vie normale. Et pour moi, et pour Myla. Elle a eu du mal à se remettre de cette sombre histoire avec son ex mais maintenant qu'il est hors-jeu, j'ai bien l'intention de lui apporter le bonheur qu'elle mérite.

Quand j'ouvre la porte, elle est là avec un grand sourire pour m'accueillir.

– Déjà ? Tu as fait vite ! Flora m'a appelée !

Elle est tellement enjouée qu'elle ne sait pas l'effet qu'elle me fait là maintenant. Je m'approche d'elle et pose la nourriture sur la table. Je la coince contre le comptoir de la cuisine et attrape délicatement son visage. Je dépose un baiser sur sa bouche carmin. Elle rit.

– Qu'est-ce qui se passe ? me demande-t-elle surprise.

Je me colle un peu plus à son corps et mes baisers se font plus passionnés. Je la soulève et l'assois sur le comptoir. Je sens la surprise chez elle.

– Je t'aime Myla.

Elle me regarde avec un air interrogateur.

– Moi aussi je t'aime Jackson.

Mes lèvres se collent à nouveau sur les siennes et ma langue s'introduit dans sa bouche. Mes mains attrapent son visage. Elle, passe ses mains dans mon dos. Elle me retire mon t-shirt et ses mains descendent vers mon pantalon qu'elle détache d'une manière plus brusque. D'un coup de pied, je l'envoie vers le canapé. Elle me regarde d'un air malicieux et je lui souris comme un con parce que je ne sais rien faire d'autre quand je la vois aussi heureuse. Je la porte délicatement, elle passe ses jambes autour de ma taille. Je me dirige vers notre nouvelle chambre tout en l'embrassant. Je referme la porte derrière nous avec mon pied. Je l'allonge sur le matelas à même le sol.

Mes mains la séparent de son t-shirt et ma bouche s'épanche sur ses seins tendus de plaisir. Son corps ondule déjà et je défais le dernier rempart à nos ébats. J'envoie son short valser dans la pièce et je me cale entre ses cuisses. Mes lèvres sillonnent son ventre et atteignent lentement l'objet de mes désirs. Je me débarrasse rapidement de mon boxer.

Ses soupirs et sa peau douce ont raison de moi. Je veux user ma peau contre la sienne et lui donner tout l'amour que je retiens en moi. Je l'aime depuis le premier jour et aujourd'hui elle vit avec moi. Ma langue poursuit ses caresses qui la font se cambrer entre mes mains. Son parfum m'enivre. À chaque fois que je lui fais l'amour, j'ai l'impression de le faire pour la première fois.

Elle souffle mon prénom et le termine par un gémissement. Je relève les yeux vers elle mais de sa main qu'elle pose sur le haut de mon crâne, elle me demande de continuer à la faire jouir. Je m'exécute comme le fou que je suis et je mets toute mon application pour l'entendre encore et encore dire mon prénom avec tant d'amour.

Puis son corps se tend tel un arc et je me relève pour approcher mon bassin du sien. Elle s'assoit sur mes jambes. Je la tiens fermement avec mes deux mains posées sur son dos. Elle me sourit et dépose des baisers sur mon visage. Une de mes mains remonte sur sa nuque. Je la bloque et l'embrasse fougueusement. Ma langue invite la sienne. Cette caresse intime déclenche notre corps à corps. Je la pénètre lentement, délicatement. Elle laisse aller sa tête en arrière et je mordille sa gorge. Ses seins pointent et se collent sur mon torse en sueur. Je lui donne le tempo en pressant sa taille avec mes mains et en la montant et descendant au rythme de mon bassin.

Être en elle, est indescriptible. Je soupire et je gémis comme un jeune premier mais son corps me donne le vertige et ses caresses me dominent. J'attrape ses cheveux. Elle me regarde droit dans les yeux. Je sais ce qu'elle me dit à cet instant et c'est tout ce que j'ai attendu pendant tant d'années. Elle m'aime et elle sait me le dire de différentes façons.

Elle accélère ses mouvements et je ferme les yeux. Je serre les mâchoires, j'essaie de tenir le maximum de temps pour vivre encore ce moment merveilleux mais quand je l'entends me dire dans le creux de l'oreille de la faire jouir, mon cerveau perd le contrôle de mon corps. Et dans un dernier claquement de peau, je me crispe et la retiens fort contre moi. Je sens que je me déverse en elle. Elle, agrippée à mes épaules meurtries par ses ongles, reste figée quelques secondes. Sa respiration est saccadée, la mienne aussi. J'entends alors un je t'aime, murmuré. Une ligne de frisson parcourt ma colonne vertébrale et je l'embrasse avide de ses lèvres sucrées.

– Je t'aime bébé.

Elle sourit contre mes lèvres et je ne peux m'empêcher de penser que si je dois perdre la raison, c'est avec elle que je veux le faire.

CHAPITRE 3 – MYLA

Mon menton posé dans la paume de ma main, les yeux dans le vague, je repense à hier soir et notre nouvelle vie. Je souris et je me dis que maintenant grâce à l'appui de Jackson, de nos familles et de nos amis, je peux enfin réaliser mon rêve.

Mon agence fonctionne bien depuis que je l'ai ouverte. J'ai évidemment tout changé à l'intérieur et nous avons pu faire l'inauguration il y a un mois de ça. Tout le monde était présent, mes parents étaient venus de Los Angeles et même l'agent Manfredi était passé nous faire un petit signe. D'ailleurs, il vient toujours voir si tout se passe bien. C'est un peu mon ange gardien et surtout celui de Jackson avec qui il s'entend bien.

La clochette de ma porte retentit. Je sursaute et regarde vers celle-ci. Une femme d'une cinquantaine d'année, très élégante apparaît.

– Bonjour, me dit-elle en s'approchant de moi.

– Bonjour, entrez, asseyez-vous. Souhaitez-vous un café ou un thé peut être ?

– Oh... Un thé fera très bien l'affaire merci.

Je m'attelle à le préparer. Je suis un peu surprise, ce n'est pas le genre de cliente que je reçois d'habitude mais bon si cela peut m'apporter quelque chose.

– Le temps que la bouilloire se mette en route, dis-je avec un grand sourire. Alors que puis-je pour vous ?

– J'ai besoin de quelqu'un de dynamique qui puisse m'organiser un grand voyage.

– Je suis votre homme, dis-je avec humour.

Elle sourit.

J'entends le bruit de la bouilloire derrière moi. Je me lève et sers deux tasses. Je me retourne et la lui tend ayant pris soin au préalable de mettre le sachet de Earl Grey aux fleurs bleues.

— Hum il sent bon.

Je souris. C'est un délice ce thé. C'est Charlotte qui me l'a ramené de son voyage avec Phil à New York.

— Alors dîtes-moi, quelle destination vous souhaiteriez ?

Elle commence à m'expliquer le genre de voyage qu'elle souhaite et j'en profite pour la détailler. Cette femme est vraiment belle et élégante. Elle a des yeux en amande, très bien maquillée et coiffée.

— Donc ce que je voudrais, c'est que ma famille m'accompagne et que nous puissions passer trois semaines en Nouvelle-Zélande.

Je me reprends et essaie de prendre une posture plus professionnelle.

— Très bien, c'est une belle destination en effet.

— Oui, mon mari a un travail très prenant et il m'a semblé nécessaire de le rejoindre pour son anniversaire car cela fait quelques mois qu'il est là-bas maintenant.

Ok, j'ai repris le fil de l'histoire.

— Vous avez des enfants ?

— Oui une fille, elle a 20 ans.

Elle fouille dans son sac et me montre une photo.

— Elle est magnifique.

— Merci.

Je bois une gorgée de mon thé.

— Et vous ?

— Moi ?

— Oui vous avez des enfants ?

— Non pas encore, dis-je avec un léger sourire.

— Vous êtes mariée ?

— Non, en couple pour l'instant.

— Il a beaucoup de chance, d'avoir une jolie jeune femme comme vous.

— Merci, dis-je en rougissant, sinon au niveau du budget ?

— Illimité.

J'écarquille les yeux. Elle se met à rire.

— Votre surprise me fait beaucoup rire.

— Je... C'est-à-dire que ça ne m'est jamais arrivé.

— C'est un problème ?

— Oh non pas du tout !

Elle sourit à nouveau puis elle se lève.

— Bon et bien, je vais vous laisser travailler.

— Pouvez-vous me laisser vos coordonnées ?

— Oui bien sûr.

Elle sort une carte de son sac et me la tend.

— Je reviendrai vous voir dans la semaine et si vous avez des questions, n'hésitez surtout pas à me contacter.

— Très bien.

Je la raccompagne vers la sortie et dès que la porte se referme, j'exulte. C'est un contrat en or !

Il est midi et j'ai envie de rejoindre Jackson à l'atelier pour lui raconter tout ça.

Je prends un taxi. Jackson me martèle depuis quelque temps de passer mon permis mais je n'ai pas entièrement confiance en moi pour le faire. Disons que j'y réfléchis mais que je prends mon temps. Chad me disait tout le temps que je n'étais pas capable de faire quoique ce soit et qu'il était hors de question que ce soit un autre que lui qui m'accompagne dans mes déplacements. Alors je n'ai jamais passé mon permis de conduire et j'ai toujours été dépendante de lui. Mais maintenant tout ça est bien fini. Il ne pourra plus rien contre nous. Jackson me pousse à faire plein de choses mais il faut que je fasse un travail sur moi pour pouvoir y arriver.

Le taxi s'arrête devant le garage. Je le règle et sors rapidement. Je suis tellement impatiente de lui dire, que je sautille presque comme une petite fille en me dirigeant vers la porte.

J'aperçois Justin avec des clients. Il me fait signe. Je me dirige vers l'atelier. Jackson doit être en train de réparer une de ses belles motos.

La porte grince et il se retourne vers moi. Il a l'air surpris.

— Myla ? On avait prévu de manger ensemble ?

— Non, dis-je en me jetant sur lui.

Je l'embrasse. Il m'attrape par les hanches et je croise mes jambes autour de sa taille.

– Alors pourquoi es-tu ici ?

– J'ai un truc à te dire, dis-je avec un grand sourire.

– Je t'écoute, dit-il en embrassant le derrière de mon oreille.

Ses lèvres chaudes parcourent mon cou et ma mâchoire.

– Hey tu m'écoutes oui ou non ?

Il relève la tête et me laisse redescendre.

– Ce matin, j'étais tranquille dans l'agence, tu sais je finissais de faire les flyers que je voulais accrocher un peu partout. J'étais super concentrée...

Il pouffe. Je m'arrête et le regarde en boudant.

– Quoi ?

– Va droit au but Myla, tu passes par les chemins de traverse là.

– Oui mais c'est pour le contexte, donc je te disais que j'étais super concentrée et la sonnette a retenti.

Je le regarde s'asseoir sur le tabouret devant moi. Mais ça ne m'empêche pas de continuer à déblatérer mon histoire.

– Je relève la tête et là, je vois rentrer une superbe femme, elle doit avoir au moins cinquante-cinq ans je pense, super bien habillée et maquillée. Elle sentait bon, tu sais comme le parfum que je t'ai fait sentir la dernière fois que nous sommes allés à la parfumerie, tu vois lequel ?

– Ouais ouais…

– Oui bon donc, elle s'avance et me sourit. J'étais quand même un peu étonnée, elle n'a pas le profil de la clientèle qui vient me voir d'habitude tu vois ?

– Mmmh…

– Donc elle s'assoit, je lui offre un thé. Ça marche super bien ça, le fait d'offrir le thé bref... Elle commence à me raconter que son mari travaille en Nouvelle-Zélande et que ça fait des mois qu'elle l'a pas vu etc… etc...

J'accompagne mes mots de gestes de main. Il est toujours à mon écoute même si j'aperçois un petit rictus moqueur sur son visage.

– Te moque pas hein ? Donc elle me dit qu'elle a une fille de vingt ans et que pour l'anniversaire de son mari, elle veut aller là-bas avec elle.

Je reprends ma respiration et enchaîne sur la suite.

– Je lui demande alors son budget et tu sais quoi ?

Je ne lui laisse pas le temps de répondre.

– Elle me donne budget illimité !!! Tu te rends compte ? Budget illimité Jackson ! J'en reviens pas !

– Elle est solvable au moins ?

Jackson toujours aussi pragmatique et cartésien. Je reste bouche bée. Il n'a rien écouté ou quoi ?

– Jackson, qu'est-ce que tu ne comprends pas dans budget illimité ?

– Je comprends tout mais il faut que tu vérifies qu'elle ait les fonds nécessaires pour faire ce voyage.

– Mais...

– Myla, ne t'emballe pas ok ? Vérifie et ensuite tu pourras t'enflammer.

– Tu n'es pas content pour moi ?

– Bien sûr que si !

– On dirait pas, dis-je légèrement vexée.

– Bébé, je serais content quand tu seras assurée que cette femme peut te payer.

Il a raison. Je le sais mais j'étais tellement excitée par ce contrat que je n'ai pas eu l'idée de vérifier les dires de cette femme.

– D'accord, dis-je en soupirant, tu as raison.

Parfois, je me demande qui est le plus adulte de nous deux. Jackson est très terre-à-terre dans ses réflexions et il ne laisse rien au hasard. Il ne se réjouit que lorsqu'il est sûr de son fait. Il ne laisse jamais de place pour la spontanéité. Il lui faut des faits concrets. Moi, je base plus mes relations sur la confiance mais nous n'avons pas la même histoire ni les mêmes relations avec les autres.

– Bébé, juste tu vérifies et ensuite tu te mets au boulot parce que ça n'arrive pas tous les jours, une opportunité pareille !

Il me sourit et attrape mon bras. Il me rapproche de lui. Il entoure ma taille de ses bras et me laisse un baiser sur le ventre.

– Tu as parlé à Justin ?

– Non pas encore, on n'a pas eu une minute à nous.

– Et Cole ?

– Je lui ai envoyé un mail mais je ne sais pas quand il le verra.

– Tu crois qu'ils vont être ok ?

— Oui j'espère parce que j'ai vraiment hâte de commencer à faire ça. Je l'enlace et l'embrasse tendrement.

— Je suis sûre que tu vas y arriver.

— Merci ma puce.

— On se fait un plateau télé ce soir ?

— Ouais cool, j'ai envie de me poser.

— Tant mieux, je prendrais deux trois trucs en rentrant.

— D'accord.

Il dépose un baiser sur mon front. Justin entre à ce moment-là. Il n'a pas l'air dans son assiette.

— Mec, je dois m'absenter.

— Ça va ? demande Jackson inquiet.

— Ouais ouais, je te tiens au courant ok ?

— Justin ? Je suis là si t'as un problème.

— Je sais mais ne t'inquiète pas. On se voit demain ok ?

— D'accord.

Nous le regardons partir.

— Tu crois que c'est grave ?

— Je ne sais pas. Il était bizarre non ?

— Oui... J'espère que ce n'est pas un problème avec Molly. Ils avaient l'air de bien s'entendre ces temps-ci.

— T'inquiète pas, Justin est un peu bizarre de toute façon non ? dit-il en souriant.

***

Nous nous sommes séparés car Jackson avait encore un million de choses à faire et moi je dois retourner à l'agence pour vérifier les dires de cette nouvelle cliente. Mais je n'ai pas le temps de mettre la clef dans la serrure que mon téléphone sonne.

— Molly ?

— J'ai besoin de toi Myla.

— Qu'est ce qui se passe ?

— Je suis à la maison, dit-elle en pleurant.

— Ok j'arrive.

La réaction de Justin et maintenant celle de Molly ne me disent rien qui vaille. Ils ont dû encore une fois se disputer mais je ne peux pas la laisser dans cet état-là.

Quand j'ouvre la porte de l'appartement, je vois de suite Molly assise dans le canapé. Son regard est perdu et elle a son mouchoir dans les mains. Ses yeux sont rougis. Elle n'est pas maquillée, à peine coiffée et toujours en pyjama. Ce n'est pas son genre de se laisser aller comme ça.

– Molly... dis-je doucement pour ne pas la brusquer.

Elle tourne la tête vers moi et ses pleurs se font plus dense. Je la prends dans mes bras.

– Qu'est ce qui se passe ?

Son corps tressaute. Elle me dit des mots que je ne comprends pas.

– Calme-toi ma puce et dis-moi.

Elle se mouche et essaie de se calmer.

– Justin...

Ok je me doutais que c'était un problème en rapport avec lui et son visage tout à l'heure quand il est parti de l'atelier me revient. Qu'a-t-il fait ? J'espère que... Non il n'est pas capable de faire un truc pareil à mon amie.

– Quoi Justin ? Vous vous êtes disputés ?

Elle secoue la tête.

– Qu'est-ce qu'il a fait ?

– Rien...

Je fronce les sourcils. Je ne comprends pas.

– C'est moi... J'ai fait une terrible erreur… Je…

Molly l'aurait trompé ? Non impossible...

– Qu'est-ce que tu as fait ?

– Je lui ai menti.

– Quoi ? Mais sur quoi ?

Elle se détache de moi en me regardant profondément.

– Je suis enceinte Myla.

CHAPITRE 4 – JACKSON

Pas de trace de Myla à l'appartement. Je sors de la chambre, inquiet. Je pensais qu'elle viendrait directement à la maison en partant de mon boulot. Mon téléphone sonne, je le tire de ma poche et me dirige vers notre canapé.

– Bébé t'es où ?

– Ne t'inquiète pas Jackson, je suis avec Molly, me dit-elle en murmurant.

– Qu'est ce qui se passe ?

– Juste un problème de couple mais ça va aller.

– Ah ok.

– Ça te dérange si je reste avec elle cette nuit ?

– Myla... Je me languissais de passer la soirée avec toi...

– Mais elle est trop triste...

Je soupire.

– Ok, dis-je à contre cœur.

– Merci t'es un amour !

– Ou un gros con.

– Non t'es un amour, mon amour.

– Ouais c'est ça.

– Je t'aime.

– Je t'aime qu'à moitié moi.

Elle rit et j'adore quand elle fait ça.

– A demain mon cœur.

– A demain.

Bon ben je suis bon pour une soirée solo et ça me fait tout drôle. J'attrape un plateau que je garnis de plein de trucs. Ce soir c'est

Junkfood. Myla me tuerait si elle voyait ce que je suis prêt à ingurgiter. Mais elle n'est pas là... Je m'ouvre une bière et m'installe sur mon canapé en allumant la télé. Je décide d'appeler Justin. Si Molly est dans cet état, c'est qu'il s'est passé un truc.

La sonnerie retentit cinq ou six fois sans réponse. Je fronce les sourcils. Il ne me filtre jamais. Je regarde l'heure. Puis je lui envoie un message.

« Si tu ne veux pas que j'appelle les pompiers et qu'ils débarquent chez toi en démontant ta porte, réponds-moi, c'est un conseil »

Je compte cinq secondes dans ma tête et mon téléphone sonne. Ça me fait sourire, on se connaît vraiment très bien tous les deux.

— Sérieux, tu me réponds pas au tél, qu'est ce qui se passe mec ?

— Rien pourquoi ?

Oh putain le menteur.

— Tu sais qu'à cause de toi, je passe une soirée en célibataire, alors t'as intérêt à me dire pourquoi !

— Molly a appelé Myla ?

— Ouais mon pote.

— Putain on peut rien faire sans que tout le monde soit au courant à chaque fois, dit-il en soupirant.

— C'était quoi cette fois-ci ?

— Rien on s'est pris la tête c'est tout.

— A quel sujet ?

Il reste silencieux et ce n'est pas le style de Justin d'être comme ça.

— Hey mec, c'est grave ?

J'ai l'impression que c'est plus sérieux que je ne le pensais.

— Je viens de me prendre la tête avec mes parents.

— Quoi ? Non mais c'est quoi le rapport ?

Je le sens réticent à me raconter et reprends.

— Pourquoi tu viendrais pas me tenir compagnie ?

— Je sais pas trop.

— Allez...

— Ok, je suis là dans quinze minutes.

— Je t'attends.

***

Quand je lui ouvre la porte, je comprends que le problème est effectivement plus important que je ne le pensais. Il a perdu son sourire et ce regard moqueur qu'il a d'habitude. Ses cheveux sont en bataille.

– Ça va mon pote ? dis-je en lui faisant une accolade.

Il ne répond pas et passe devant moi pour rejoindre le salon. Il s'assoit sur le canapé. J'arrive avec une autre bière que je lui tends. Il la prend et en boit une gorgée.

– Alors tu me racontes ?

Il prend une grande inspiration.

– Molly est enceinte.

Je crache la gorgée de bière que je venais juste d'ingurgiter.

– Putain...

– Ouais hein ?

– Vous êtes sûrs ?

– Apparemment oui.

– Apparemment ?

– Molly est sûre elle.

– Ça veut dire quoi ?

– J'ai émis un doute sur ma paternité.

– Quoi ?

– Mais aussi, elle m'a pris au dépourvu en m'annonçant ça ! Elle croyait quoi ? Que j'allais sauter de joie ?

– Euh... Oui sûrement.

– Sérieux Jax, tu l'aurais bien pris toi ?

Et là j'ai un coup de chaud d'un coup. Il a raison j'aurais eu des sueurs froides si Myla m'avait annoncé un truc pareil. Mais je suis dans le rôle de l'ami qui doit arranger les choses alors...

– Non c'est sûr mais peut être qu'elle avait besoin d'être rassurée tu vois.

– Putain tu parles comme Myla toi maintenant...

Je souris à cette idée parce que quelque part il a raison. Myla m'a mis du plomb dans la tête et je suis plus raisonnable qu'avant.

– Qu'est-ce que tu comptes faire ?

Justin me regarde et ses yeux s'embuent.

– Je vais assumer. Je ne suis pas un connard.

– C'est cool.

– Mes parents ne sont pas du même avis....

– Qu'est-ce qu'ils t'ont dit ?

– Ma mère m'a dit qu'elle connaissait une bonne clinique et que Molly pourrait avorter sans problèmes.

– Ah...

– Tu me vois dire ça à Molly ?

– Non pas vraiment... Enfin si tu ne veux pas mourir...

Il boit une gorgée de sa bière et regarde dans le vide.

– Non mais Jax, tu me vois papa ?

Je pourrais être un gros menteur et lui dire que oui mais je ne peux pas mentir à mon meilleur pote.

– Franchement non, mais maintenant il va être là et toi qui attaches beaucoup d'importance à la famille, tu t'es déjà disputé avec la maman.

Il me regarde presque horrifié. Je sais que j'ai touché la corde sensible. La famille.

– C'était pas une grosse dispute. Je suis juste parti prendre l'air parce que l'annonce tu vois, c'était trop.

– Ok donc tu peux encore arranger les choses avec Pitbull.

– Ne l'appelle pas comme ça, dit-il las.

– Avec Molly, dis-je en levant les yeux au ciel.

– Je ne sais pas, c'est elle qui décidera.

CHAPITRE 5 – MYLA

— Il a été odieux tu sais.

— Tu sais comment sont les hommes Molly ? Imagine si c'était moi qui avais annoncé ça à Jackson.

Elle ne peut pas s'empêcher de pouffer.

— La Drama Queen.

— Exactement ! Justin va réfléchir. Il doit déjà regretter son attitude.

— Il a dû courir voir ses parents oui ! Sa mère me déteste. Elle doit sûrement le persuader de me faire avorter.

— Mais non...

— Si je t'assure, elle a refusé que je vienne à l'un de leur dîner.

— Ah bon ?

— Et Justin est très fusionnel avec ses parents, j'ai peur qu'il les écoute.

— Mais toi qu'est-ce que tu veux Molly ? Est-ce que tu veux garder ce bébé ?

— Je... Je ne sais pas.

Je suis inquiète. Mon amie est dans tous ses états et je la comprends. Si j'avais annoncé ça à Jackson, je n'ose pas imaginer sa réaction. En revanche, j'aurais imaginé celle de Justin différente. Certes ils ne vivent pas ensemble et n'ont rien construit pour l'instant mais je sais qu'il est très attaché à la famille. J'espère qu'il n'est pas allé voir Jackson pour lui raconter sinon je ne sais pas les conseils que va lui donner mon chéri mais je ne suis pas sûre que ce soit les bons.

— Tu crois qu'il va me quitter ?

Molly est désemparée.

— Non mais non, il ne ferait pas ça, il t'aime Molly.

— Alors s'il m'aime comme tu dis, pourquoi il ne m'a jamais proposé de vivre avec lui ?

— Je… Je ne sais pas, il attendait le bon moment sûrement.

— Il ne veut pas...

— Non Molly, vraiment. Je pense que Justin est réticent car c'est nouveau pour lui aussi.

— Sa mère doit lui dire que je suis une bonne à rien qui s'est fait engrosser pour profiter de lui.

Je soupire.

— Ta famille est au courant ?

— T'es folle !!! Si je leur annonce que Justin ne veut pas du bébé mes quatre frères débarquent direct ici dès ce soir.

Ça me fait sourire parce que les frères de Molly c'est quelque chose et je me dis que Justin devra avoir un sacré courage le jour où il la demandera en mariage.

— Les choses vont s'arranger Molly, je ne m'inquiète pas.

— Si tu le dis...

Elle reste assise les yeux dans le vide et quand l'une de nous deux est dans cet état, il ne reste plus qu'une seule chose à faire.

— Dirty dancing ?

Elle lève aussitôt les yeux vers moi. Une petite lueur éclaire son regard larmoyant.

— Y'a de la glace au chocolat dans le congélo.

Je vais vite la chercher tandis qu'elle met le DVD en place.

— Faudra avertir Flora, dis-je en sa direction.

— Je l'appellerai tout à l'heure avec le décalage horaire.

— Ok.

CHAPITRE 6 – JACKSON

Justin est un garçon qui a toujours réussi à exprimer ses sentiments que ce soit avec une fille ou avec nous quand il avait des petits coups de blues. Mais aujourd'hui, je ne le reconnais pas. Il évite mes appels, il ne me révèle rien et il faut que je lui tire les vers du nez pour connaître ses problèmes.

C'est un aspect nouveau de sa personnalité que je perçois. Molly est importante pour lui et il ne sait pas comment gérer tout ça. Ça me fait tout bizarre d'être son confident car en principe c'était souvent le contraire bien que je ne sois pas très prolixe sur ma vie.

Il est toujours d'humeur égale, il rit tout le temps et de le voir dans cet état me rend malade. Je n'aime pas voir les gens que j'aime dans une telle situation.

Là dans le cas de Justin, je décèle un immense désarroi pour lequel je suis incapable de lui redonner le sourire. Même moi dans cette situation j'aurais pété un câble. Il va avoir un enfant et je ne crois pas être le mieux qualifié pour l'aider à surmonter ses peurs et ses questionnements. Mais c'est mon ami et il a besoin de moi.

– Je t'offre une autre bière ?

Il me fait un signe de tête. Je n'aime pas le voir comme ça.

– T'en as parlé à Cole ?

– Non t'es le seul à le savoir avec mes parents.

Je reviens avec ma bouteille à la main que je lui tends.

– Tiens mon pote.

– Merci.

Je n'ai jamais vu Justin dans cet état-là. Lui qui d'habitude est si joyeux. Son visage est grave et son sourire a disparu. Je ne sais pas comment le réconforter. Cole serait là, il saurait lui.

— Putain je vais faire comment Jax ?

Il est vraiment désemparé et je dois être un bon ami là et pas lui dire de connerie.

— Tu as toujours voulu avoir une famille non ?

— Ouais mais... C'est trop tôt.

— Oui c'est vrai mais il est là maintenant, tu vas faire quoi ? Abandonner Molly ?

Il me regarde, outré et ça me rassure. Il n'a pas pensé à cette option et ça ne m'étonne pas. Justin est un bon mec et malgré ce qui lui arrive, il assumera et ne fera jamais de mal à Molly.

— Non bien sûr que non, j'aime Molly.

C'est ce que je voulais entendre. Il me rassure.

— Alors qu'est-ce qui te gêne ?

— Mes parents.

Je fronce les sourcils.

— Ils s'y feront, je ne m'inquiète pas pour ça.

— Non Jax, pas cette fois.

— Ils t'ont dit quelque chose ?

— Ils me coupent tous les vivres si je choisis Molly et le bébé.

Je suis stupéfait. J'essaie de ne pas le montrer mais je suis clairement choqué par ce qu'il vient de me dire.

— Sympa non ? dit-il en essayant de plaisanter.

— Tu es si proche de tes parents...

— Je le croyais mais ils essaient de régenter ma vie.

— Qu'est-ce que t'en as à foutre de toute façon ? T'as un job, Molly finit ses études bientôt. Vous ne serez pas à la rue et si vous avez un souci pour l'appart, vous n'aurez qu'à venir ici, on a une deuxième chambre.

Il me sourit mais je vois bien que tout ça le peine.

— Merci mec mais je pense qu'on aura juste à changer d'appart, celui-ci est trop grand pour nous et trop cher.

— Donc ton choix est fait ?

— Oui mon pote, mon choix est fait. C'est Molly et le bébé.

CHAPITRE 7 – MYLA

– Tu crois vraiment que ça va s'arranger entre Molly et Justin ?

Allongés sur notre lit, moi à plat ventre en train de manger des bonbons et Jackson sur le dos qui me caresse le bas des reins. Je pense encore à mon amie et sa tristesse.

– Comme toujours...

– Oui mais là le problème est plus important que d'habitude.

– Myla...

– Qu'est-ce que t'a dit Justin ?

– Il est perdu mais il a choisi Molly et le bébé.

Un grand soulagement m'envahit. Je soupire. Je suis rassurée que Justin ait dit ça à Jackson.

– Molly m'a dit que la mère de Justin était contre leur couple.

– Je crois qu'elle a raison et Justin est tiraillé entre ses parents et Molly.

– Comment tu aurais réagi toi ?

Il se tourne vers moi et me regarde.

– J'aurais pris mes jambes à mon cou !

Je ris.

– Tu m'aurais laissée tomber ?

Il passe ses doigts sur mon visage.

– Non je crois pas, dit-il en me souriant.

Je souris moi aussi et reste silencieuse.

– A quoi tu penses ?

Je relève les yeux vers lui.

– A la sensation que ça peut faire d'avoir un petit être dans son ventre.

— On peut parler d'autre chose ?

Je le connais mon Jackson, faut pas trop pousser. Alors je change de sujet.

— Ma cliente est revenue et tu sais j'ai vérifié, tout à l'air nickel au niveau financier.

— Cool. Une grosse richarde de plus à déplumer !

Je lui envoie un coup de coude.

— Tu penses que je suis capable de m'occuper de cette cliente ?

Il me regarde et me sourit. Son doigt relève mon menton.

— Bien sûr que je t'en crois capable ! Tu vas tout déchirer.

Je soupire. C'est tellement bon de se sentir soutenue.

— Bon t'es prête ?

— T'as vraiment envie d'y aller ?

— Myla... dit-il en levant les yeux au ciel.

— Bon d'accord...

Je me lève avec difficulté en mangeant un dernier bonbon. J'enfile mon gilet. Jackson passe devant moi et nous descendons dans la rue. En arrivant, je vois la voiture de Phil. Depuis quelque temps, Jackson s'est mis en tête de m'apprendre à conduire et j'avoue que je suis toujours très nerveuse quand il faut que je me mette derrière le volant.

Jackson passe côté conducteur, le temps qu'on arrive sur un parking où je ne serai un danger pour personne. Pendant que je règle tous mes rétroviseurs et mon siège. Jackson envoie des messages à son père. J'insère la clef et démarre la voiture. Elle vrombit.

— Doucement sur la pédale, me dit Jackson très sérieusement.

Il prend son rôle très à cœur et souvent nous terminons notre leçon par une dispute. J'avance doucement et je cale direct. Le corps de Jackson part en avant. Il ferme les yeux et respire un grand coup.

— Pardon, dis-je en me retenant de rire.

— Ok on a dit qu'on devait lâcher l'embrayage tout doucement pendant que ton autre pied appuie sur l'accélérateur.

— D'accord.

J'essaie de m'appliquer au mieux pour ne pas le décevoir. Je m'exerce avec lui en attendant d'être inscrite dans une école de conduite. Il essaie de me redonner confiance et j'avoue ne pas être très enthousiaste.

— Voilà c'est bien, tu fais bien attention à tenir entre les lignes. Pas trop à gauche et pas trop à droite.

Mes mains sont moites sur le volant.

— Là par contre faut que tu ralentisses.

Je reste les yeux fixés sur le parking presque désert, juste une voiture me fait face.

— Myla freine !

Je ne réagis pas.

— Bordel Myla !

J'appuie sur le frein et la voiture cale. Je le vois lever les yeux au ciel.

— Je t'ai dit que je n'étais pas faite pour ça. Je n'ai pas besoin du permis.

— Myla... Si tu veux être indépendante à cent pour cent, il te faut le permis.

— Mais... Et si je n'ai pas envie moi ?

Il reste muet devant ma réponse.

— Ok, dit-il en détachant sa ceinture de sécurité.

Il descend du véhicule pour prendre ma place. J'y suis allée peut-être un peu fort mais je ne suis pas à l'aise et prendre les transports en commun ne me dérange pas. Mais il ne veut pas le comprendre. Il ouvre la portière avec un air pincé et attend que je descende.

— Jackson... dis-je en sortant.

Il ne me répond pas et s'installe au volant. J'ai à peine le temps de monter du côté passager qu'il démarre.

— Je te dépose directement à l'agence ?

— Bébé... Je veux pas qu'on se dispute.

— Mais il n'y a aucun souci, alors à l'agence ? dit-il de mauvaise foi.

— Oui.

Je réponds tristement et il doit s'en apercevoir car je sens son regard sur moi.

Le trajet jusqu'à l'agence se fait dans le silence mais quand nous arrivons devant, je l'entends soupirer. J'ose un regard vers lui.

— Je m'excuse, je me suis emporté mais je veux vraiment que tu aies ton permis.

— Je sais.

— Peut-être qu'il faudrait que tu t'inscrives dès maintenant à l'école de conduite, tu y arriverais mieux. Je suis pas très patient je te l'accorde.

— C'est pas grave tu sais.

Je m'approche de lui et dépose un baiser sur ses lèvres. Il me retient au moment où je me détache de lui et me donne un autre baiser plus passionné.

— Je t'aime bébé.

— Moi aussi, dis-je en souriant.

— Mais tu es nulle quand même.

— Hey ! dis-je en le tapant sur l'épaule.

— Passe une bonne journée ma puce, on se voit ce soir.

— Ok à ce soir mon cœur.

**

J'ai juste le temps d'ouvrir la porte de mon magasin que j'entends quelqu'un m'interpeller.

— C'est votre petit ami ?

Je me retourne brusquement et vois Mme Johnson-Blackwell, élégante et souriante.

— Oh bonjour Mme Johnson-Blackwell.

Je regarde au loin la voiture de Jackson s'éloigner.

— Euh… Oui c'est mon petit ami, dis-je un peu gênée.

— Il a une belle voiture, j'avais la même il y a longtemps de ça.

— Oh oui, c'est un ancien modèle qui appartient à son père.

Elle bouge la tête pour approuver.

— Entrez ! dis-je en lui proposant le fauteuil face à mon bureau.

Je dépose mon sac et mes affaires.

— Vous avez des informations à rajouter par rapport à la dernière fois où l'on s'est vues ?

— Oui, c'est pour cela que je me suis déplacée. Ma fille qui est une grande sportive souhaite faire une randonnée qui s'appelle… Attendez je l'ai écrit sur un morceau de papier…

Elle fouille dans son sac à main.

– Le Tongariro Alpine Crossing, voilà c'est ça, me dit-elle en montrant fièrement son bout de papier.

– D'accord, je vais me renseigner sur cette randonnée.

– Il semble qu'il faille six ou sept heures de marche pour la faire en entier... Mon dieu, je me demande si c'est bien moi la mère de cet enfant !

Nous rions ensemble. Elle est assez amusante et très loin de sa rigueur vestimentaire de la dernière fois.

– Vous n'avez qu'une fille ?

Son sourire s'efface, du moins c'est l'impression que j'en ai un court instant.

– Oui et heureusement car elle est épuisante ! Mais je vous la présenterai un de ces jours.

– Avec plaisir.

La sonnette retentit et un couple entre.

– Je ne vais pas vous ennuyer plus longtemps, on se voit bientôt ?

– Oui bien sûr, je me renseigne sur tout ça et je reviens vers vous rapidement.

– Très bien. Bonne journée alors.

Elle s'échappe en ne manquant pas de dire bonjour au jeune couple qui attend patiemment.

***

En fin de matinée, je n'ai pas vu le temps passer. J'ai récupéré pas mal d'informations sur la Nouvelle-Zélande et je prépare un dossier complet pour le présenter rapidement à Mme Johnson-Blackwell.

Puis par curiosité, je tape le nom de ma cliente sur mon moteur de recherche. Plusieurs photos apparaissent. Avec son mari, qui est un bel homme. Puis sa fille qui est magnifique. Une jeune femme grande, mince et élégante. C'est drôle, elle a le même grain de beauté que Jackson sous l'œil. Je fais défiler les liens. Un en particulier m'interpelle.

"La femme de Mr Blackwell aurait eu un enfant caché"

Je clique dessus et me surprend à lire l'article. Ils disent qu'elle aurait eu un enfant avec un inconnu et qu'elle l'aurait caché à son mari.

Aucune preuve n'est apportée à cette allégation et l'article se termine en disant que les gens connus doivent parfois faire face à des rumeurs sans fondements.

Je secoue la tête et éteins ma recherche. D'être trop exposée parfois n'amène que des problèmes. Elle a dû souffrir de cette rumeur autant que sa fille et son mari. C'est affreux. Je sursaute quand mon téléphone sonne.

– Allô ?

– Tu boudes? J'ai pas eu un seul texto de la matinée.

Je souris.

– Non j'ai été très occupée, Mme Johnson-Blackwell m'a pris tout mon temps.

– Encore ?

– Tu sais je crois que je vais la voir souvent jusqu'à son départ pour la Nouvelle-Zélande.

– Mouais, tant que ça n'empiète pas sur notre temps, y'a pas de souci. Tu finis à quelle heure ?

– Je ne sais pas, vers 18h30.

– Ok, je pense que je fermerai dans ses eaux là aussi.

– Super, on se rejoint à la maison ?

– Et si on allait manger dehors ce soir et qu'on se faisait un ciné, ça fait longtemps qu'on n'a pas fait ça non ?

– Oui ok, pas de souci, tu me rejoins ici ?

– Oui je passe te chercher, à plus bébé, j'ai un client qui arrive.

– A plus.

Il raccroche et je reste à sourire comme une débile. Ma vie est passée de l'enfer au paradis. J'ai tout ce que je veux avec Jackson et sans contrepartie. Et surtout j'ai ma liberté et c'est ce dont j'avais besoin. Jackson est parfait même s'il a ses petits défauts.

Je profite de ce moment de solitude pour appeler ma mère que je n'ai pas eue depuis longtemps. Nous nous racontons les derniers potins sur les gens que nous connaissons. Elle me dit que les affaires marchent bien et que le congrès des dentistes qui se tient à Los Angeles leur a rempli l'hôtel pour trois jours complets. J'aime les savoir heureux.

– Et toi ma puce, comment ça se passe avec Jackson ? La cohabitation n'est pas trop compliquée en tant que jeune couple.

– Oh non Maman, Jackson est parfait. Il m'aide beaucoup à la maison mais tu sais il était habitué avec son père. Il bosse dur pour qu'on puisse avoir un bel avenir et surtout il me redonne confiance chaque jour qui passe.

– C'est merveilleux, je suis heureuse pour toi ma fille. Ce garçon, je l'ai su au premier regard qu'il serait parfait pour toi.

Ça me fait sourire parce que ma mère n'a pas lâché Jackson d'un millimètre la première fois qu'il est venu. Elle voulait tout savoir sur lui. Ça l'a un peu apeuré d'ailleurs mais il s'y est fait maintenant et il s'amuse même à la taquiner certaines fois.

– Je t'embrasse Maman et j'espère vous voir bientôt.

Ma mère m'embrasse. Je soupire en raccrochant. Ils me manquent beaucoup mais depuis que j'ai ouvert mon agence, ça me prend beaucoup de temps et je n'ai pas eu l'occasion d'aller leur rendre visite dernièrement. En tout cas, ils vont bien et c'est bien là l'essentiel.

CHAPITRE 8 – JACKSON

Je remplis les derniers papiers pour le garage. Ce n'est pas trop ma tasse de thé mais je sais que Cole compte sur moi et je ne veux pas qu'il y ait de problèmes. Mon téléphone sonne et c'est justement lui. Je réponds rapidement.

– Putain dis-moi que tu rentres demain !

– Pourquoi il y a un souci ? demande-t-il inquiet.

– Non y'en a pas mais faire la paperasse, ça me saoule !

– Justin n'est pas là ?

– Il a des petits soucis en ce moment, il a dû partir plus tôt.

– Des soucis ? Quels soucis ?

– Avec Molly, mais il te racontera.

Justin ne l'a pas appelé hier soir comme il me l'avait dit, heureusement que je n'ai pas fait de gaffes.

– Ok pas grave au moins ?

– T'inquiète pas, il doit t'appeler de toute façon.

– Bon et toi ?

– Moi ça va, tout roule ici.

– Tant mieux, j'ai vu ton mail.

Quand il me dit ça, j'ai le cœur qui se met à battre plus vite. J'espère qu'il va adhérer à ma proposition.

– Et tu en penses quoi ? je demande avec appréhension.

– J'en pense que c'est une super idée, on parle bien du hangar qui est à côté de ton atelier ?

– Oui, le mec le met en vente. Je suis allé à la banque et ils me prêtent l'argent. J'attends que ta réponse mec.

– Mais tu l'as ma réponse, tu fonces et puis c'est tout !

Je n'en attendais pas moins de mon ami.

— Merci Cole.

— Par contre, tu as bien réfléchi ? Ça va te demander beaucoup de travail et avec Myla...

— J'en ai parlé avec elle, elle me soutient donc pas de souci.

— Ok alors c'est cool.

Putain je suis tellement content que j'arrive plus à trouver mes mots. Mon pote est à des milliers de kilomètres de moi et je lui dis juste des banalités.

— Et toi Cole, comment ça se passe ? Vous êtes où là ? Toujours en Nouvelle-Calédonie ?

— Ça se passe magnifiquement bien. Je suis aux anges Jax avec Flora.

— Tant mieux mec, ça me fait plaisir.

— Là on est au Vietnam pour quinze jours mais ne le dit à personne ok ? On va rentrer bientôt.

— Vraiment ?

— Ouais, Flora a un peu le mal du pays et ses copines lui manquent beaucoup et à vrai dire moi aussi vous me manquez alors d'ici quelques semaines on devrait remontrer le bout de notre nez du côté de San Diego !

— Oh putain ! Je suis trop content !

— T'es content pour la paperasse ou parce que tu vas me revoir, salaud !

Je ris. Il me connaît bien.

— Les deux mecs, les deux !

Nous nous promettons de nous rappeler bientôt mais je me sens heureux de savoir qu'ils vont rentrer. Je n'ose pas imaginer dans quel état sera Myla quand elle reverra son amie mais je ne lui dirai rien pour qu'elle ait la surprise. Justin entre à ce moment-là. Pas rasé, les mêmes habits qu'hier. Il est 17h, et je ne l'ai pas vu de la journée.

— Tu sais qu'il n'y a pas de garde de nuit dans le garage.

Il me fait un doigt majestueux et entre dans son bureau sans un mot. Je le vois prendre la bouteille de whisky qu'il ne sort que quand nous avons quelque chose à fêter. Il se sert un verre et le boit cul sec. Je décide d'entrer dans son bureau sans sa permission. Je m'approche de lui et lui prends son verre et sa bouteille.

– 17h et déjà au whisky ? Tu arrives d'où mec ?

– De l'hôtel, fallait que je réfléchisse, fallait que je me vide la tête.

– En te saoulant la gueule ?

– Ouais en me saoulant la gueule ! Au moins personne ne me prend la tête !

– Justin, va lui parler, tu ne peux pas la laisser comme ça ou disparaître sans lui donner de nouvelles.

– Dit le mec qui se tire au Coronado à chaque fois qu'il a un souci et sans nous avertir en plus !

– On parle pas de moi là !

– Parler, parler ça sert à rien ! Personne ne m'écoute, est-ce que quelqu'un se soucie de ce que je peux penser, ou même ressentir ??? Hein ?

Je me frotte le visage. Il est bien plus atteint que je ne le pensais.

– Justin assieds-toi.

Il me regarde et à sa tête, c'est en se posant des tas de questions sur ce que je vais lui dire, ça se voit. Je lui fais signe de s'installer à côté de moi. Il s'exécute.

– Moi je t'écoute, alors vas-y déverse ce que t'as dans le ventre si ça te fait du bien mais après tu prends ta caisse et tu rejoins Molly pour que vous puissiez prendre une décision à deux ok ?

Il semble figé, impossible de dire quoique ce soit.

– Elle me croit incapable de prendre une décision pourtant je l'ai prise ma décision.

Je fronce les sourcils, incertain de ce qu'il va me dire maintenant car j'ai l'impression qu'il a changé d'avis.

– Je le veux ce bébé avec elle parce que je suis fou amoureux d'elle et que je ferais n'importe quoi pour elle. Mais elle semble penser le contraire alors à quoi bon essayer de la faire changer d'idée ?

– T'es sérieux mec ? Si t'es fou amoureux comme tu dis, t'as qu'une seule chose à faire. Tu vas chez elle, tu sonnes et tu lui dis que tu veux ce môme avec elle.

– J'ai la trouille Jax, si je suis pas capable de subvenir à leurs besoins à tous les deux, je serais un minable.

– Mais tu ne seras jamais tout seul Justin. Cole et moi on est là et on sera toujours là pour t'aider.

Il pose sa tête entre ses mains. Il semble réfléchir puis il se relève.

– T'as raison, il faut que je lui montre que je suis responsable, que ce bébé on l'a fait à deux et que j'assume tant pis si mes parents sont pas d'accord. Elle est la plus importante, et le bébé avec maintenant.

– Hé ben voilà ! Vas-y fonce !

Il se relève et me fonce dessus en me prenant dans les bras. Les effusions de ce genre ne sont pas ma tasse de thé habituellement mais lui c'est comme mon frère. Il a besoin de moi, alors je le serre bien fort et je lui tapote le dos.

– Merci mec.

– Pas de quoi, par contre demain t'es là à 8h pétante, ok ?

– Ouais je serai là.

– Il faut que je te parle d'un truc mais ça attendra demain.

– T'es sûr ?

– Oui file, va la rejoindre et mets-toi une coquille, c'est peut-être plus sûr avec Pitbull.

Il lève les yeux au ciel. Je ris de ma connerie.

– Arrête de l'appeler comme ça !

– J'arrêterai quand elle arrêtera de m'appeler Mr Bibliothèque.

***

Le Lobster bar. L'endroit préféré de Myla. Elle adore le homard et ici c'est le meilleur endroit pour en manger. Elle gémit de plaisir en se léchant les doigts. Je souris de la voir faire.

– Quoi ? me demande-t-elle en s'essuyant la bouche.

– Rien, c'est assez jouissif de te voir manger du homard.

Elle devient rouge et regarde autour d'elle si personne ne m'a entendu.

– Arrête avec tes sous-entendus !

Je ris. Elle rougit tout le temps quand on parle de sexe ou que l'on sous-entend comme elle dit.

– Cole est ok pour la partie customisation et pour que je ne fasse plus qu'un mi-temps au garage.

Elle lâche le reste de son homard dans l'assiette.

– C'est vrai ?

– Oui il m'a appelé aujourd'hui. Il m'a dit que ça ne lui posait pas de problème.

– C'est super !

– Ouais.

– Comment vont-ils ? Il t'a donné des nouvelles de Flora ? Ils sont où ?

– Hey doucement, on a toute la soirée devant nous.

– Oui pardon c'est vrai.

Elle récupère un morceau de homard qu'elle engloutit rapidement. Ça me fait sourire de la voir faire.

– Ils vont très bien, ils sont au Vietnam et avec Flora tout se passe à merveille.

Elle se fait rêveuse.

– Le Vietnam... Ça fait rêver non ?

J'espère qu'un jour je pourrais lui payer des destinations comme celle-là.

– Peut-être que quand mes affaires et les tiennes seront bien, on pourra se payer un voyage.

– Oui j'espère...

– J'essaierai de faire mon possible pour te rendre heureuse.

Elle me regarde bizarrement mais me sourit.

– Sans ça tu me rends heureuse Jackson.

– Je sais mais j'aimerais te donner plus.

– Tout ça me suffit, tu sais... J'ai pas besoin que tu me prouves quoique ce soit.

J'attrape sa main et j'embrasse ses doigts un à un.

– Je sais bébé...

– Et puis on pourra toujours faire passer notre voyage avec ma boîte.

– J'arrive déjà pas à t'emmener à San Francisco.

– Oh non pitié, tu recommences...

– Quoi ?

– San Francisco... C'est pas grave si on y va pas.

– Je t'avais fait la promesse de t'y amener.

– Parfois les promesses ne se tiennent pas, c'est comme ça et ce n'est pas grave.

Je me cale contre le dossier de ma chaise. Je gratte la nappe en papier sur la table. Ça me vexe quand on parle de ça et ça me saoule aussi.

— Jackson ? Ce n'est pas moi qui ai remis ça sur la table, c'est toi ! Parce qu'à ton attitude, je vois bien que tu n'en penses pas moins !

Putain, elle lit dans mes pensées maintenant ?

— Je sais.

— Alors ne fais pas la gueule !

Je lève les yeux vers elle. Elle attrape mes mains et me regarde droit dans les yeux.

— Je t'aime avec ou sans Frisco et je suis sûre qu'un jour on fera un super voyage tous les deux.

Je hausse un sourcil.

— Et il se ferait où ce voyage ?

— Moi je me verrais bien sur une île déserte entourée d'eau turquoise où on ne ferait rien de nos journées.

— Toi, nue sur le sable blanc et moi, en train de pêcher le poisson que l'on mangerait le soir.

— Non j'ai une autre idée.

— Ah ouais pourtant celle-là me convient bien... dis-je mutin.

— Que dirais-tu de toi, nu pêchant des homards pour me les servir cuits au barbecue sous une tente blanche le soir venu ?

— Et à quel moment toi tu es nue ?

Elle éclate de rire.

— Tu es fou.

— Ouais de toi.

— Merci Jackson.

— Merci de quoi ?

— D'embellir ma vie et de me rendre heureuse.

Mon cœur fait un bond dans ma poitrine quand elle me dit ça. Je sais qu'elle est sincère et jour après jour, mon amour pour elle grandit et prend une place incroyable dans mon cœur. Et du coup, je n'ai plus trop envie d'aller au cinéma...

CHAPITRE 9 – MYLA

J'adore quand je me réveille avant lui. C'est le seul moment où il est serein et j'en profite pour détailler son visage. Je passe d'abord tout doucement mon index sur son grain de beauté. Il est placé sous son œil gauche. Je l'adore. Puis mon doigt descend le long de sa mâchoire pour rejoindre sa bouche charnue. J'en dessine le contour. Son nez se retrousse. Je souris. Je dépose un baiser sur sa bouche. Il ne bouge pas et j'en profite. Je redépose un baiser près de ses lèvres et je me lève.

Je passe mon shorty et mon top et me dirige vers la cuisine. Je commence à faire ma pâte à pancake. J'adore ma vie. Ça n'a l'air de rien, peut-être que certains peuvent penser que c'est une vie banale mais c'est la vie que je souhaitais. Celle où je me sens heureuse avec un homme qui m'aime. Je souris à cette vision de mon couple. Je sens alors deux mains me saisir la taille.

– Bonjour toi.

Il murmure dans mon oreille.

– Bonjour, tu as bien dormi ?

– Comme un bébé, c'est quoi ce petit sourire de bon matin ?

Il a dû me voir pensive.

– Je suis heureuse c'est tout.

Il me serre un peu plus et dépose des petits baisers sur ma nuque.

– Ça me fait plaisir d'entendre ça.

Il se détache et j'ai comme l'impression d'un vide tout à coup. Il sort le jus d'orange du frigo et le dépose sur la table. Il prend son paquet de céréales et le lait. Je fais chauffer ma poêle et commence à faire mes pancakes.

Une fois finis, je dépose l'assiette et je m'installe face à Jackson. Vous voyez pourquoi je dis que je suis heureuse. C'est parce que c'est une vie simple et douce. Sans violences, ni tromperie, ni insultes. Il est aux petits soins avec moi et se soucie toujours de mon bien-être. Aussi quand je me lève le matin, c'est le cœur léger sans peur de ce qui pourrait se passer.

— Tu es bien pensive ce matin ?

Je lui souris et mange un morceau de mon pancake.

— Je ne suis pas pensive, je suis seulement bien.

Il me fait un signe de tête.

— Faut que je parte un peu plus tôt ce matin, je dois parler avec Justin de mon projet.

— Ah oui c'est vrai. Moi je pense que je vais finir plus tôt et j'irai voir Molly.

— Viens là, me dit-il en me montrant ses genoux.

Je me lève et m'installe sur lui. Il découvre mon visage de mes cheveux qu'il me met en arrière.

— On se prévoit une soirée en amoureux ce soir ?

— On en a beaucoup des soirées en amoureux non en ce moment ?

— Vraiment ? dit-il un peu surpris de ma réponse.

— Non mais j'ai pas voulu dire ça, juste qu'on en profite bien en ce moment... Et j'adore ça.

Il sourit et m'embrasse passionnément.

— Mmmh, fait-il en se léchant les lèvres, un baiser au goût chocolat, un délice.

Je me lève et me détache de lui.

— Menteur tu détestes le chocolat !

Il rit tout en se dirigeant vers notre chambre. Je débarrasse la table. Mon téléphone sonne.

— Myla bonjour, j'espère que je ne vous dérange pas mais j'avais un petit point à éclaircir avec vous.

Mme Johnson-Blackwell qui me téléphone à 7h30.

— Oui euh... Je ne suis pas encore au bureau... Je...

— Oh oui excusez-moi, je vais vous rappeler plus tard alors.

— C'est qui ?

La voix de Jackson dans mon dos me fait sursauter. Je cache avec la paume de ma main le micro de mon téléphone.

– C'est ma cliente, tu sais Mme Johnson-Blackwell.

– 7h30 ? Myla sérieux ?

– Chuuuuuuut, c'est important, dis-je en me dirigeant vers la salle de bain.

Je ferme la porte derrière moi.

– Oui Mme Johnson-Blackwell je vous écoute.

– Oh je sens que je vous dérange, vous êtes avec votre conjoint en plus, je suis désolée. Je vous rappelle plus tard.

– Non non je vous en prie, vous vouliez me parler de quoi ?

– Myla !!! Jackson frappe à la porte.

– Deux secondes, dis-je en murmurant.

– Putain mais je dois me préparer !

– Oui Madame, je vous écoute, ne vous inquiétez pas.

– Appelez-moi Ruby ma chère, ça sera beaucoup plus simple.

– Oui d'accord.

– Fais chier ! Je vais finir par être en retard !

– J'avais besoin de vous dire que je ne voulais pas passer plus de deux jours dans chaque ville et qu'il fallait des hôtels quatre ou cinq étoiles s'il y en a.

– Euh… Oui mais…

Pourquoi n'attend-elle pas de venir à l'agence pour me dire un truc pareil ?

– Je préfère vous le dire maintenant parce que j'ai tendance à oublier les choses.

– D'accord… Je… J'en prends note et je vous rappelle quand je suis à l'agence.

– Merci Myla vous êtes adorable.

Jackson hurle comme un putois depuis tout à l'heure dans le couloir alors je raccroche et prend une grande inspiration. J'ouvre la porte et Jackson est adossé au mur en face de la porte.

– C'est libre ? me dit-il avec hargne.

– Jacks...

– C'est bon, heureusement que mes clients ne m'appellent pas ici sinon ça serait une véritable merde notre vie !

Il ferme la porte avec son pied. Je retourne à la cuisine, un peu attristée par ce qu'il vient de se passer. Il n'est pas très conciliant. Ce n'est pas tous les jours que j'ai une cliente comme celle-ci et si elle m'appelle à 7h30, j'imagine qu'il vaut mieux que je réponde avant qu'elle n'aille voir ailleurs.

Enfouie dans mes pensées, je ne vois pas Jackson revenir dans la cuisine, sa veste à la main. Il prend ses clefs et ses lunettes. Il me regarde et voit mon air désappointé. Il soupire et s'approche de moi. Il m'embrasse.

— Excuse-moi, j'y vais, me dit-il en s'éloignant.

— Jackson !

J'accours vers lui et lui saute dans les bras. Je le serre fort contre moi.

— Ça n'arrivera plus d'accord, dis-je avec une moue enfantine.

Il sourit et pose son nez contre le mien. Il le frotte légèrement et dépose un baiser dessus.

— Je t'aime, me dit-il en me laissant redescendre, à ce soir.

J'ai toujours un petit coup au cœur quand on se prend un peu la tête, j'ai toujours cette impression qu'il ne rentrera pas le soir parce qu'il en aura eu marre de se disputer mais il m'a dit je t'aime alors ça me rassure.

J'attrape mon téléphone à nouveau et envoie un SMS.

« Ne sois pas fâché, je t'aime »

Je soupire et je vais me changer, c'est moi qui suis en retard maintenant.

***

Arrivée devant mon agence, j'aperçois Ruby qui fait le pied de grue devant la porte. Je suis surprise, d'autant plus que nous nous sommes eues au téléphone il y a une heure.

— Ruby ?

Elle se tourne, les yeux rougis. Je fronce les sourcils. Quelque chose ne va pas. J'ouvre la porte et elle entre après moi.

— Il y a un souci ? je demande en enlevant ma veste.

— Oui et un grave.

– Oh vous m'inquiétez...

Elle s'assoit face à moi.

– Écoutez Myla, je suis dans l'obligation de tout annuler.

– Quoi ?

Je suis stupéfaite.

– Oui croyez-moi j'en suis vraiment désolée mais un incident est intervenu...

– Un incident ? Grave ?

– Je ne suis pas sûre de vouloir en parler.

– Oh pardon, je ne voulais pas être indiscrète mais vous comprenez, j'ai engagé un travail...

– Oui ne vous inquiétez pas, vous serez payée pour ça.

Mon téléphone sonne. Je regarde l'écran. C'est Jackson. Je ne réponds pas.

– J'espère que vous pourrez faire ce voyage un jour.

– Myla il m'a trompée !

Je la regarde avec étonnement. Il y a à peine deux secondes elle ne souhaitait pas en parler et là elle me balance ça de but en blanc. Il y a une heure, elle me donnait encore des consignes et là, elle m'annonce que son mari la trompe. J'ai du mal à suivre…

– Euh... Votre mari ?

– Bien sûr mon mari qui d'autre ?

– Euh pardon… Bien sûr ... Comment l'avez-vous su ?

Je m'aperçois de mon indélicatesse mais je suis gênée qu'elle puisse me dire ces choses très personnelles et ne sachant pas trop comment me comporter je me retrouve à lui poser des questions. Elle me répond sans avoir l'air de faire cas de mon indiscrétion.

– Par ça !

Elle me balance une liste détaillée de numéros de téléphone en m'expliquant que c'est la facture de son mari.

– Vous voyez le numéro qui commence par 555 ?

– Oui.

– Il apparait cent-quinze fois exactement en quinze jours et il y a un nombre incalculable de SMS. Du coup, je l'ai appelé et c'est une jeune femme qui m'a répondu.

– Oh…

Mon téléphone sonne à nouveau. Je refuse encore l'appel.

— Alors je refuse dorénavant de le rejoindre ! Il n'a qu'à revenir pour me donner des explications.

Le téléphone sonne encore, cette fois-ci je l'éteins.

— Écoutez Ruby, je n'ai pas une grande expérience de vie de couple mais peut-être que c'est un malentendu et qu'il y a une explication à ça.

— Je ne sais pas... J'arrive à un âge où il est compliqué de rivaliser avec toutes ces belles femmes qui tournent autour du portefeuille de mon mari.

Nous parlons pendant une vingtaine de minutes enfin du moins j'écoute Ruby qui se plaint de sa situation. A un moment donné, elle me demande si elle peut utiliser les toilettes. Je suis heureuse de lui montrer la porte. Je ne savais pas comment faire pour arrêter cette discussion sans fin. Elle se dirige vers la pièce quand la porte d'entrée s'ouvre alors avec fracas. Jackson apparaît. Je me lève et le rejoins vers l'entrée.

— Jackson ? dis-je à moitié étonnée vu que le garage n'est pas très loin de mon agence.

— Putain Myla... Ton téléphone il sert à quoi ?

— Je suis en rendez-vous, dis-je en murmurant.

Je l'attrape par le bras et l'accompagne vers la sortie.

— Qu'est-ce qu'il te prend ?

— Tu plaisantes ? Je t'appelle depuis tout à l'heure, tu réponds pas ! J'ai cru que tu avais eu un accident ou autre chose ! J'ai tout lâché au boulot pour venir voir si tout allait bien !

— Mais enfin Jackson... Je prends les transports en commun qui m'amènent devant l'agence. J'ai juste à traverser la rue, pourquoi veux-tu que j'aie un accident ?

Je regarde vers les toilettes pour voir si Ruby se décide à sortir.

— C'est pas le moment-là vraiment... Ma cliente est sur le point de me lâcher.

Il fronce les sourcils et regarde derrière moi.

— C'est la cliente pleine aux as, qui t'appelle à 7h du matin ?

— Oui c'est elle et baisse le ton s'il te plaît.

– C'est pas parce qu'elle a du fric que tu dois satisfaire le moindre de ses caprices !

– Jackson...

Je lève les yeux au ciel.

– Putain Myla avec tout ce qui s'est passé avant, j'ai le droit de m'inquiéter ok ? Alors réponds à ton putain de téléphone !

– On en reparle à la maison si tu veux bien.

– A la maison ? Tu y seras à l'heure au moins ?

Je le regarde, déconcertée.

– Bonne journée Jackson.

C'est à son tour d'être décontenancé.

– Tu me vires ?

– Tu as du travail je crois, dis-je en mettant mes mains sur les hanches.

Il regarde encore derrière moi.

– Elle va te bouffer Myla, faut que tu mettes des barrières.

J'attrape son bras et je le sors de l'agence.

– Je vais bien ok, tu es content ? Alors laisse-moi travailler maintenant !

– Ouais ben on en discutera ce soir !

– Oui ok. C'est ça, à ce soir !

Il traverse la route et monte sur sa moto. Il met son casque et démarre en trombe. Je le regarde en secouant la tête. Il est incorrigible.

– Myla ?

Je me tourne. Ruby est plus souriante que tout à l'heure.

– Je vais rentrer chez moi.

– Très bien, j'espère que ça s'arrangera pour vous.

– Merci vous êtes adorable, envoyez-moi votre facture, je vous réglerai rapidement.

– D'accord.

Je la raccompagne vers la sortie et je retourne à mon bureau en soupirant. Je range mes papiers. Pour une fois que j'avais une affaire en or... Je soupire à nouveau.

Après avoir passé une matinée plutôt morose, je décide de rentrer à la maison.

« Je rentre à la maison et ensuite j'irai voir Molly... Voilà comme ça tu sais où je me trouve »

CHAPITRE 10 – JACKSON

Quand je vois le message de Myla, je deviens inquiet. Je sais que j'ai un peu abusé tout à l'heure mais j'ai toujours peur pour elle avec toutes les histoires que nous avons traversées ensemble. Sa cliente a dû la lâcher et elle était tellement enthousiaste à l'idée d'organiser ce voyage qu'elle doit être dans tous ses états. Je regarde le planning et je vois qu'il n'y a pas de motos en attente.

– Jax tu voulais me voir ?

Justin entre avec ses yeux cernés.

– Ça va ?

– Oui.

– Justin ?

Il faut que je lui tire les vers du nez.

– Oui vraiment, j'ai eu une discussion avec Molly, ça va aller.

– Vous êtes réconciliés ?

– Oui je pense.

– Tu penses ? dis-je en faisant une grimace.

– C'est encore compliqué mais c'est en bonne voie.

– Ok et tes parents ?

– Silence radio... Bon tu voulais me dire quoi ?

Je le regarde un instant et j'aimerais l'aider comme lui a pu le faire il n'y a pas si longtemps que ça mais il est comme moi, une vraie tombe. Impossible de savoir ce qu'il ressent, s'il est bien, s'il est mal.

– Jax ?

– Tu sais le hangar abandonné qu'il y a à côté de l'atelier.

– Ouais.

– Je vais le racheter, Cole est au courant et la banque est ok.

– C'est pour agrandir le garage ?

– Non disons que ça serait ma deuxième activité.

Il fronce les sourcils. Il ne doit pas se souvenir du projet dont je lui avais parlé.

– Je vais ouvrir mon atelier de customisation de motos.

– Super ! Et tu vas me laisser seul ici ?

C'est moi qui le regarde bizarrement maintenant. Je prends ça comme un reproche.

– Pourquoi tu dis ça ?

– Je sais pas.... J'en apprends des choses en ce moment, tout est fait dans mon dos !

– Justin qu'est-ce que tu racontes, c'est pas un secret, je t'en ai déjà parlé non ?

Il se lève avec véhémence.

– C'est bon, je suis content pour toi, j'ai du boulot, je peux y aller ?

– Justin...

– Salut.

Et je le vois disparaître. Je suis dégoûté qu'il l'ait pris comme ça. Je ne m'attendais pas du tout à cette réaction mais en même temps, il n'est pas bien en ce moment. Et comme il ne me dit rien, va falloir que j'aille directement voir Molly pour en discuter avec elle. Ou alors j'en parlerai avec Myla avant pour qu'elle me dise ce qu'elle en pense.

***

Il est 18h30 quand je ferme le rideau de la concession. Justin est parti avant moi. Il m'a juste dit bonne soirée et il s'est tiré comme un voleur. Il faut vraiment que je le prenne avec moi et qu'on ait une vraie discussion, ses sous-entendus de tout à l'heure ne me plaisent pas du tout. Il est comme un frère pour moi et je ne veux pas qu'il croie que je fasse des trucs dans son dos.

Quand j'arrive à l'appartement, tout est calme. Je ne vois pas Myla. Je longe le couloir jusqu'à notre chambre mais elle n'est pas encore rentrée. J'espère que notre dispute de ce matin n'est pas la cause de son absence.

Je retourne au salon et je me sers un soda. Je mets un peu de musique et m'installe sur le canapé. Je ferme les yeux un instant. Mais il m'est impossible de penser à autre chose qu'à Myla et son absence. Ma jambe bouge et je commence à me poser mille questions. Puis j'entends sa voix derrière la porte. Elle a beau murmurer, je sais qu'elle est là.

J'ouvre brusquement. Elle sursaute et me fixe en fronçant les sourcils.

– Écoutez, il n'y a pas de souci, je comprends, ne vous inquiétez pas, je serais heureuse de vous organiser un autre voyage, une autre fois. Merci... Oui, je suis dans l'obligation de vous laisser Mme Johnson-Blackwell.

Je m'approche d'elle et j'essaie de la prendre dans mes bras. Je soupire dans son cou. Putain encore elle, mais qu'est-ce qu'elle lui veut ? Elle raccroche et se défait de mon étreinte. Je la sens tendue et je n'ai pas envie de prise de tête. Celle avec Justin m'a suffi. Je prends sur moi. Elle se tourne vers moi.

– Salut bébé.

J'essaie de paraître serein et calme.

– Salut.

– Ta journée a été bonne ?

Elle me fusille du regard.

– Pas terrible à vrai dire.

– Tu as des problèmes ?

Je vois dans son regard qu'elle est réellement inquiète.

– Non pas de problèmes. Tu as l'air fatigué ?

– Un peu et toi ? Ça va ?

– Pas vraiment. Ma cliente a cassé le contrat, son mari la trompe.

Je reste surpris. Qui raconte à son agence de voyage son intimité ?

– Euh... Excuse-moi je suis un peu surpris, dis-je en m'asseyant sur le canapé.

Elle enlève ses chaussures.

– Oui je sais mais elle est comme ça, elle parle beaucoup.

Elle se dirige vers la salle de bain pour prendre une douche. Je la rejoins quand elle a terminé et qu'elle se rend dans la chambre.

— Tu sais bébé... Faudrait peut-être que tu mettes des barrières avec tes clients.

Elle se tourne et fouille dans sa commode. Elle sort des sous-vêtements qu'elle enfile nerveusement.

— Tu insinues que je ne sais pas y faire avec ma clientèle ?

Je la regarde enfiler sa petite culotte et ça a le mérite de plus m'intéresser que la discussion pourrie qui se profile.

— Jackson je te parle, me dit-elle en haussant le ton.

Ah ouais, oublie la petite culotte pour l'instant, tu n'en verras sûrement pas la couleur ce soir.

— Je n'ai pas dit ça Myla... dis-je las.

— Tu l'as insinué mais il faut une certaine confiance entre l'agent et le client pour réussir à faire de leur rêve une réalité !

— Ok Myla, excuse-moi, je ne pensais pas que tu le prendrais si mal !

Je perds patience. Je fais craquer les os de ma nuque en balançant ma tête d'un côté et d'un autre. Je retire mon t-shirt.

— Je pensais au moins que tu pourrais me rassurer, me dire que je fais les choses bien...

Elle me crève le cœur quand je l'entends dire ça mais en même temps, elle m'irrite. S'il y en a bien un ici qui la pousse toujours à aller plus loin, c'est moi et j'ai l'impression qu'elle l'oublie un peu à travers ses reproches.

— Putain Myla, t'es vraiment sérieuse ? Je suis toujours en train de te le dire et là parce que je te dis quelque chose qui ne te convient pas, tu me fais passer pour un sale type, merde !

J'ouvre la porte de la salle de bain et m'engouffre dans la douche. Je retire mon boxer que je jette au sol. J'ouvre l'eau qui coule sur ma tête et qui roule le long de mon torse. L'eau chaude me fait un bien fou. J'entends claquer la porte de la chambre et je soupire. Mon petit tête-à-tête de ce soir fond comme neige au soleil. Je me passe du savon sur le corps et essaie de me détendre un peu.

Quand j'arrive dans le salon, en me séchant les cheveux avec une serviette, Myla est debout devant la baie vitrée. Heureusement, qu'il n'y a pas de vis-à-vis sinon j'aurais piqué une crise. Elle est juste habillée de sa culotte et de son soutif en dentelle noire. Elle est dans ses pensées et elle ne m'entend même pas arriver.

Je n'aime pas quand elle est contrariée. C'est comme si elle n'était pas heureuse avec moi et c'est ma plus grande peur. Je dépose la serviette sur le canapé et je m'approche d'elle. Je pose mes mains sur le haut de ses bras. Elle sursaute légèrement. Ses yeux me fixent. J'essaie de lui sourire pour la rassurer. Je ne veux pas de disputes.

Je dépose un baiser sur son cou et mes mains caressent sa peau chaude et douce. Ses cheveux tombent sauvagement sur ses épaules, ils sentent la noix de coco.

– Ça va mieux ?

Elle remue la tête pour me dire oui. Mes mains descendent sur ses hanches et je croise mes bras autour de sa taille. Je lui dépose un nouveau baiser.

– Je t'aime.

Je lui murmure ces mots à l'oreille. Une ligne de frisson apparaît sur sa peau. Elle se tourne brusquement et attrape mon cou. Elle niche son nez contre ma peau et me serre fort contre elle.

– Je t'aime aussi, murmure-t-elle... Pardon...

Je la serre fort contre moi et la soulève. Elle passe ses jambes autour de ma taille. Ses grands yeux verts se verrouillent aux miens.

– Ça va aller ?

Elle me dit un petit oui.

– On va pas se prendre la tête pour ça.

Je m'assois sur le canapé, toujours Myla sur mes jambes. Elle fait une moue de petite fille en me disant non.

– Pardon pour ce que je t'ai dit tout à l'heure, je ne le pensais pas.

– Je sais.

– Je peux pas vivre sans toi Jackson et ton avis est important mais je suis déçue tu comprends ?

– Oui Myla, je comprends mais il faut que tu te blindes, tu vas avoir des gentils clients, puis des chiants, d'autres qui vont être désagréables, d'autres qui vont venir tous les jours pour un oui ou pour un non.

Je passe une mèche de cheveu derrière son oreille.

– Flora te manque ?

Elle me regarde interrogative. Hé oui je suis dans ta tête bébé.

– Oui en plus je n'arrive pas à la joindre.

— Elle va bien, j'ai eu Cole hier.

Elle sourit.

— Flo est loin et Molly ne va pas bien alors...

— Tu n'es pas bien, pourquoi tu me le dis pas ?

— Parce que je ne veux pas t'embêter, toi aussi.

— Myla... On est un couple ok, si tu ne vas pas bien, je ne vais pas bien non plus, tu le comprends ça ?

— Je le comprends mais j'apprends... Et ça prend du temps.

Elle fait allusion à ce qu'elle a vécu autrefois et je comprends que ce soit difficile pour elle. Alors il faut vraiment que je sois patient.

— Tu sais quoi ? On sort ce soir !

— On pourrait peut-être demander à Justin et Molly de venir avec nous, dit-elle en faisant sa moue de chat potté.

Elle sait que je ne résiste pas longtemps à ça.

— J'imaginais rien que nous deux, dis-je en râlant, et puis je ne suis pas sûr que Justin accepte.

— S'il te plaît… Ça leur ferait du bien... Enfin je crois.

— Allez ok, appelle Molly.

Elle sautille sur mes cuisses en tapant dans ses mains.

— Merci bébé.

Elle dépose un baiser sur mes lèvres et se lève en prenant son téléphone. Je me lève en soupirant. Pas de soirée romantique et je crains que ce ne soit une soirée un peu plus compliquée que prévu.

CHAPITRE 11 – MYLA

Molly était vraiment heureuse qu'on puisse sortir tous les quatre. Il a fallu pourtant convaincre Justin qui à mon grand étonnement n'était pas chaud du tout. Je tairai cette information à Jackson pour ne pas qu'il se fasse de fausses idées. Molly m'a dit qu'ils s'étaient pris la tête au boulot. Jackson n'avait pas l'air perturbé pourtant, par contre quand je vois la tête de Justin à table, je me doute que lui, n'a pas bien pris la chose. Je ne sais pas si c'était une bonne idée finalement. Molly me regarde gênée et personne n'ose ouvrir la bouche pour engager la conversation.

Le serveur interrompt notre silence pesant en nous demandant nos choix de plats. Justin tapote nerveusement sur la table et je sens que Jackson ne va pas tarder à perdre son sang-froid. Il faut que l'une de nous deux fasse quelque chose.

– J'ai eu des nouvelles de Flora et Cole cet après-midi, dit Molly.

Je la remercie intérieurement de son intervention.

– Oui Jackson m'a dit qu'ils étaient au Vietnam.

– Elle m'a dit que c'était merveilleux, que les gens étaient très gentils.

– Ça doit être magnifique, j'aimerais un jour que Jackson et moi puissions faire un voyage comme ça.

Jackson pose sa main sur la mienne et il me sourit.

– Moi aussi, pas vrai Justin ?

Il fronce les sourcils comme s'il n'avait rien écouté de notre petite conversation.

– Euh... Hum... Oui.

Molly commence aussi à perdre patience et je commence à avoir peur de la fin de soirée.

— Elle avait l'air de dire qu'elle en avait un peu marre d'être loin de nous.

— C'est vrai ? dis-je avec l'espoir qu'elle revienne vite.

— Myla, ne t'emballe pas trop bébé, me dit Jackson.

— Il a raison Myla, tu sais comment ils sont tous les deux, il suffit qu'ils trouvent une nouvelle destination et hop ! C'est reparti pour deux mois.

— Oui, dis-je un peu dépitée.

La main de Jackson se pose sur ma cuisse et je le regarde en souriant.

— Avec Justin on va déménager.

Molly lâche ça naturellement. Justin surpris regarde en direction de Jackson qui semble très étonné d'apprendre ça de la bouche de mon amie.

— C'est vrai ? Vous allez où ?

— On ne sait pas encore, dit Justin morose.

— Vous pensez prendre un appart avec une chambre en plus ? Pour le bébé ?

— Oui enfin on y pense, dit Molly moins enthousiaste que tout à l'heure.

— Tu as passé une échographie ?

Molly regarde vers Justin qui continue de faire la gueule.

— Oui... Hum... Tout va bien, il grandit bien.

— Il ? C'est un garçon ? dis-je enjouée.

— Non le bébé, idiote, on ne sait pas encore, c'est trop tôt.

— Ah d'accord...

On nous amène alors les plats et ça devient vraiment pesant. Je donne un petit coup de coude discrètement à Jackson qui me regarde en haussant les sourcils. Je lui fais signe en lui montrant Justin. Il me fait un non rapide de la tête. Je regarde autour de moi pour ne pas nous faire épingler par nos amis. Je lui refais un signe de tête et cette fois-ci, il lève les yeux au ciel.

— Justin... Sérieux mec, tu vas me faire la gueule ?

Justin laisse tomber sa fourchette, s'essuie la bouche avec sa serviette.

— Qu'est-ce que tu en as à foutre ?

Jackson soupire.

– Écoute, t'es jamais resté plus de cinq minutes fâché après moi, c'est quoi le problème ?

– Le problème ? Je suis dans la merde de tous les côtés, tu comprends ?! De tous les côtés !

Il tape fort sur la table. Molly sursaute et lâche un petit cri. Les gens autour de nous se tournent et chuchotent. Elle se lève et sort du restaurant en courant. Je regarde Jackson qui me fait signe de la suivre. Je sors aussi dans la rue et je la vois désemparée sur le trottoir, en pleurs.

– Molly, dis-je doucement pour ne pas la brusquer.

– Il ne veut rien entendre, dans ses yeux je vois bien qu'il ne veut pas du bébé. Il me tient pour responsable de ce qui nous arrive...

– Mais non, tu sais bien que non. Justin est juste perdu.

– La meilleure solution ça serait que j'avorte...

– Molly ! Non !

Nous nous asseyons sur un banc. Je regarde vers le restaurant. Justin et Jackson ne sont toujours pas sortis et ça m'inquiète.

– Je ne sais plus quoi penser. Je ne veux pas l'enfermer dans quelque chose qu'il ne veut pas tu comprends.

– Oui je comprends...

Elle se lève et se met face à moi. Je regarde toujours derrière elle pour voir si les mecs sortent.

– Il est tiraillé entre sa famille qu'il adore et moi et le bébé. Mais je ne veux pas lui faire ça tu comprends ? Je veux qu'il soit heureux. Je veux qu'il continue à être le Justin insouciant, celui qui se fout de tout, qui veut sortir et s'éclater !

Elle reprend son souffle et continue son monologue. Je la regarde, émue par ses mots. Elle lui fait une déclaration d'amour et je l'aperçois arriver derrière elle.

– Tout ce que je veux, c'est qu'il me laisse lui montrer que le bébé n'est pas une entrave à notre amour et que je ferai tout pour que sa famille revienne vers lui car je sais que c'est important pour lui.

– Molly...

Elle se met à pleurer. Je crois que c'est la première fois que je la vois pleurer comme ça. Elle pose ses mains sur son visage et sanglote.

Il fait les quelques pas qui les séparent et la prend dans ses bras. Je suis transie sur le banc et mes yeux s'embuent.

— Myla bébé ?

La voix de Jackson me sort de ma torpeur. Je regarde devant moi. Justin passe ses doigts sur les joues pleines de larmes de Molly et il lui dépose un baiser sur le front. Jackson me tend la main que je saisis pour me relever.

— Ça va aller ok ?

J'essuie la larme qui roule sur ma joue et je fais un petit signe de tête.

— Viens, on va les laisser tranquilles tous les deux.

Il me sourit et dépose sa veste autour de mes épaules. Il fait un signe à Justin. Celui-ci lui dit que tout va bien.

***

— On va faire une petite balade ?

Il monte sur la moto et je fais de même. Je pose ma tête sur son dos. Il roule doucement et nous longeons la côte. Il m'emmène au Coronado. Son endroit préféré.

Une fois arrivés, nous traversons la plage. Un petit vent fouette nos visages. Il dépose le plaid sur le sable.

— Ça sera parfait ici, me dit-il avec un grand sourire.

Je m'installe entre ses jambes. Il me couvre de ses bras.

— Comment tu te sens ?

— Je suis triste.

— Triste ?

— Oui pour Molly... Je ne l'avais jamais vue comme ça tu sais.

— Oui ça m'a surpris aussi.

— Et Justin ?

— Justin aime Molly, vraiment mais il est dans l'incapacité de montrer ses sentiments. Il a peur pour la suite.

— Il a surtout peur que sa famille le laisse tomber non ?

— Non... Enfin ça lui fait mal mais il a fait le choix de Molly et du bébé.

– Tu as entendu cette déclaration d'amour qu'elle lui faisait quand on était dehors ? J'espère qu'elle va garder le bébé.

Jackson reste silencieux mais il approuve d'un signe de tête. Il attrape mes mèches de cheveux qui virevoltent pour les caler derrière mon oreille.

– Tu n'as pas froid ?

– Non ça va.

Je m'assois sur lui. Il nous couvre de sa veste.

– Merci de m'emmener ici, j'adore cet endroit.

– Je sais.

– Je suis désolée, ce n'est pas la soirée dont tu rêvais.

– Ça m'aura permis de crever l'abcès avec Justin et puis si tu regardes bien, ils sont repartis ensemble, plus amoureux que jamais donc ce n'est pas une si mauvaise soirée.

Son sourire me rassure. Je me rapproche et colle mon nez au sien.

– Je t'aime Jackson Meyer.

– Je t'aime Myla Williams.

Ses lèvres accrochent les miennes et il m'embrasse passionnément. Au bout d'un certain temps, je me sépare légèrement de lui pour reprendre ma respiration.

– J'ai envie de toi, me dit-il avec sa voix rauque.

Tout mon corps réagit. Je frissonne. Je le regarde intensément et je lève mon chemisier. Il me regarde surpris.

– Myla...

Il regarde autour de lui mais nous sommes seuls. Ses doigts montent le long de mes bras pour agripper les bretelles de mon soutien-gorge. Il les fait glisser pour dénuder ma poitrine. J'attrape alors son t-shirt que je fais passer par-dessus sa tête. Je m'avance un peu plus sur lui et je peux sentir que son corps est déjà en ébullition. Sa main passe sur mon ventre et s'insère entre le tissu de ma culotte et ma peau. Mon corps ondule et un gémissement m'échappe quand je sens ses doigts atteindre mes secrets. Notre baiser se fait plus passionné et nos langues se livrent une bataille charnelle. Je maintiens sa veste contre nous. Sa bouche me quitte pour descendre lentement vers ma poitrine. Il attrape un de mes seins et ses lèvres se posent sur mon téton durci. Il le mordille sans ménagement et mon bassin bascule contre ses hanches. Je sens la bosse qui s'est formée entre ses jambes. Je me frotte langoureusement sur son pantalon.

— Ce n'est pas raisonnable bébé, si quelqu'un arrive ?

C'est le monde à l'envers. Jackson qui s'inquiète et moi qui suis prête à m'abandonner à lui sur une plage déserte. J'ai envie de vivre ce moment, vraiment.

— Jackson, il n'y a personne et j'ai envie... Vraiment envie.

Il me regarde et ses yeux sont remplis d'excitation. Il m'embrasse mais avec plus de fougue encore. Je déboutonne son jean, qu'il essaye d'enlever rapidement. Je me débarrasse du mien. Et quand je me retrouve en petite culotte face à lui, il redevient le dominateur que j'adore dans ces moments-là. Il fait disparaître ma culotte en deux secondes et me ramène sur lui. Son érection prisonnière de mon entre-jambe. Je fais des petits mouvements pour le provoquer. Il sourit. Il ramène alors avec sa main, son sexe vers le mien et me pénètre lentement, langoureusement. Je gémis dans sa bouche.

Il accompagne mes mouvements avec ses deux mains collées sur mes hanches. Sa tête légèrement en arrière, il gémit lui aussi. Ses yeux sont clos, sa pomme d'Adam descend et monte quand il déglutit et je trouve ça super sexy. Ses gestes se font plus vigoureux et son emprise se resserre. La peau de mes fesses claque sur ses jambes.

— Jackson, dis-je dans un soupir.

Ses yeux se froncent, ses mâchoires se contractent et je sais qu'il arrive au point de non-retour.

— Myla...

Mon prénom est suivi d'un râle qui m'avertit de sa jouissance. Je reste contre lui, des perles de sueur glissent sur mon front. Il desserre petit à petit son étreinte et m'embrasse délicatement.

— Je t'aime, dit-il en murmurant.

Mes yeux s'embuent de ce moment si agréable. Je suis toujours émue quand je réalise que c'est moi qui vis ce moment. Il aperçoit la brillance de mes yeux et s'interroge.

— Ça va bébé ?

— Oui, dis-je d'une voix légèrement cassée, je suis heureuse.

Il sourit d'entendre ces mots et colle son visage contre ma poitrine. Brusquement, je me lève et me sépare de lui.

– Bain de minuit obligatoire !

Il est surpris mais quand il me voit courir, nue vers la mer, il se met à rire. Il se lève à son tour et marche tranquillement sur le sable. Déjà dans l'eau, j'admire son corps bien taillé se déplacer pour me rejoindre. Et je réalise que Jackson est à moi, que Jackson me rend heureuse et que Jackson m'aime.

CHAPITRE 12 – JACKSON

Tout aurait pu partir en vrille. Je ne sentais pas ce repas à quatre et je savais pourquoi. Pourtant, quand je la vois nue devant moi, sortant de l'eau, je me dis que cette soirée n'est pas si mal...

Justin a enfin lâché le morceau. Il m'a dit qu'il était mort de trouille du fait de devenir père et il m'a encore dit qu'il avait peur de ne pas pouvoir assumer financièrement sa famille. Sa mère lui a confirmé dans l'après-midi qu'elle lui coupait les vivres alors qu'il avait choisi de partager sa vie avec Molly et de garder le bébé. Il s'est mis à pleurer et c'est la première fois que je le voyais dans cet état. Mais quand j'ai entendu le discours de Molly, j'ai compris qu'il avait fait le bon choix. Molly est une chic fille, sous ses airs de garçon manqué que rien ne touche. J'ai appris à la connaître et je sais que c'est une fille faite pour Justin.

Ça a beaucoup touché Myla aussi et je n'avais surtout pas envie que ça touche son moral. Le Coronado est le meilleur endroit pour ça parce que je sais qu'elle adore être ici. Je la regarde s'habiller. Ses fesses rebondies entourées de dentelles me donnent envie d'un deuxième round mais cette fois j'attendrai qu'on soit dans notre lit pour le proposer. Elle m'a surpris à vouloir le faire sur la plage. La Myla d'il y a quelques mois n'aurait jamais fait ça. Là, elle se trimbale les seins nus devant moi et putain si elle ne se rhabille pas, je crois que je ne vais plus être maître de quoi que ce soit.

– Jackson ?

Je la regarde dans les yeux cette fois-ci.

– Tu ne te rhabilles pas ?

Je me regarde, en effet, je suis toujours à poil devant elle. Et elle ne se gêne pas pour me mater. Elle se colle à moi et m'embrasse. Je ne peux m'empêcher de la toucher. Son petit corps est gelé.

— Hey tu as froid non ?

— Un peu.

— Habille-toi vite tu vas être malade.

Et puis nous avons repris la route et nous sommes rentrés chez nous. Elle s'est blottie contre moi et s'est endormie sans dire un mot. J'en profite pour la regarder et la sentir. La noix de coco est mon parfum préféré depuis que je la connais. Elle en met partout, ses cheveux sentent aussi cette agréable odeur et je m'imprègne d'elle jusqu'à que je sois moi aussi rattrapé par le sommeil.

***

— Alors tu vois là je mettrais mon bureau et puis là ça sera l'atelier pour la custo.

Justin est silencieux mais il écoute tout ce que je lui dis.

— Tu vas quitter l'atelier ?

Son air grave et son sérieux me font penser qu'il a encore pas mal de questions sur son avenir.

— Non, je vais faire un mi-temps pour chaque boulot, sauf que là je serai mon patron.

— Ah ok... Je pourrais bosser un peu pour toi, genre pour te ramener des clients et pour m'arrondir les fins de mois ?

— Pas de soucis, mec, je vais adorer te donner des ordres !

Il rit. Ça fait du bien.

— Comment ça s'est passé ta fin de soirée ?

Il fronce les sourcils. J'ai peur qu'il ait fait une connerie.

— Très bien, on a discuté jusqu'à tard dans la nuit. Molly garde le bébé et on va s'installer dans un appart plus adapté à notre situation. Faut que je calcule ce qu'on va gagner parce que pour l'instant Molly continue ses études jusqu'à l'arrivée du bébé.

— On sera là mec, t'inquiète pas.

— Merci Jackson pour tout ce que tu fais.

– Je fais rien moi, dis-je en évitant les discussions dégoulinantes de sentiment.

– Merci quand même.

Je lui fais un signe de tête.

– Salut les gars !

Myla apparaît et son sourire me ravit. Elle m'embrasse tendrement.

– Alors c'est là ?

– Oui.

– Bon j'ai du mal à me projeter hein, donc j'attendrai que tout ça soit neuf et propre.

Son téléphone sonne. Elle regarde l'écran en fronçant les sourcils.

– Allô ?

Elle sort du hangar. Je commence à tout ranger. Ce soir on doit aller chercher un nouveau canapé pour notre appartement. Je n'aurais jamais pensé que ça me plairait autant d'aménager notre petit nid d'amour. Mais comment je parle moi ? Je la regarde au loin et je me demande bien qui est au téléphone avec elle.

– Fais pas ton jaloux !

Je l'avais oublié lui.

– Je suis pas jaloux.

– À d'autres, mec t'es en train d'essayer de lire sur les lèvres de Myla ! Tu crois que je te vois pas !

Je souris car je retrouve mon pote, toujours à taquiner et à sortir des conneries. C'est vrai que j'aimerais savoir qui est la personne au bout du fil mais j'ai appris à faire confiance à Myla et je sais qu'elle ne me fera jamais de mal.

– Oui oui je comprends, non bien sûr mais ça ne peut pas attendre demain ?

Je fronce les sourcils. Sa dernière phrase ne me dit rien qui vaille. Je m'essuie les mains et la regarde. Elle a l'air gêné.

– Très bien, j'arrive tout de suite.

Quoi ?

Elle lève la tête vers moi et elle raccroche.

– Bébé...

Mon regard noir la transperce.

— Je vais devoir annuler pour ce soir, il faut que je retourne à l'agence.

— Quoi ? Il est 18h Myla !

— Je sais mais...

— Putain ne me dis pas que c'est la pleine aux as qui te rappelle ?

— Elle s'appelle Mme Johnson-Blackwell, dit-elle en levant les yeux au ciel.

— J'en ai rien à foutre de comment elle s'appelle ! C'est pas le moment tu m'entends ! Elle peut attendre demain ! Rappelle là et dis-lui que tu as un truc de prévu !

Mon ton est monté et je sais qu'elle déteste ça. Elle me scrute et nos yeux se livrent une bataille sans nom. Je vois Justin qui s'esquive pour ne pas assister à ce qui s'annonce être une grosse dispute.

— Je n'ai pas à recevoir d'ordre.

Sa voix est tremblante et je sais que ma façon de parler à l'instant, la met dans tous ses états.

— Ce n'est pas un ordre Myla bordel ! On avait prévu un truc, c'est notre vie après le boulot et elle, elle t'appelle et tu accoures comme un petit chien !

— Je dois y aller.

Ok, donc elle a choisi l'option affrontement. Je jette le torchon avec rage.

— Très bien, fais ce que tu veux puisque c'est bien de ça qu'il s'agit, pas vrai Myla ? J'ai pas mon mot à dire sur ta façon de gérer notre vie perso !

— Je...

— C'est bon tire-toi à ton rendez-vous ! Je vais trouver un truc à faire t'inquiète pas !

Je la vois se raidir. Ma colère prend le dessus sur le bon sens mais ce qui m'irrite au plus haut point c'est qu'une personne qu'elle ne connaît pas puisse s'immiscer dans sa vie sans qu'elle ne dise rien. Elle prend son sac avec colère et quitte l'atelier sans dire un mot. Le silence s'installe dans le hangar. J'essaie de me calmer. Justin qui est resté dans un coin prend la parole.

— Tu y es allé un peu fort mec je trouve.

— Tais-toi, tu sais pas de quoi tu parles !

– Hey tout doux, je suis pas ta meuf moi.

– Me casse pas les couilles alors...

Je marmonne dans mon coin. Je le vois envoyer des SMS et je me dis qu'il est déjà en train d'avertir Molly de mon altercation avec Myla.

– Bon ben je suis libre ce soir...

Il suspend sa phrase. Je le regarde interrogatif.

– Si tu veux qu'on aille se faire un billard tous les deux.

Putain ouais, c'est ça, un billard avec mon pote. Oublier cette fin d'après-midi et ma dispute avec Myla.

– Ouais ça serait cool ça.

– On a plus qu'à fermer et la soirée est à nous.

Justin est redevenu Justin et j'adore ça.

***

– Putain mec, c'est à peine si je vois la pointe pour pouvoir tirer la boule noire.

Il faut dire que nous n'avons pas lésiné sur les shots de tequila. Je suis encore plus saoul que Justin. J'ai du mal à rester sur mes deux jambes. Je crois que je vois même le double de boules sur le tapis. Justin est mort de rire. Je tape la boule qui passe à côté du trou. Jamais je n'aurais manqué un point pareil en pleine possession de mes moyens.

– T'es fait Jax, complètement même !

Il est près de 1h du matin et on ne sait même plus combien de parties on a fait. Deux filles arrivent et se placent autour de notre table.

– Ça vous dirait une partie ?

Justin se penche pour regarder le cul d'une des deux filles. Il hausse les sourcils. Je m'esclaffe comme un con à le voir faire.

– Ok, dis-je en me tenant à la queue du billard.

– Putain elles sont bonnes, me dit-il en chuchotant.

– Fais gaffe que Pitbull soit pas dans les parages sinon c'est mort pour tes couilles.

Il lève la tête direct pour regarder autour de lui. J'ai réussi à lui mettre le doute et je ris de bon cœur. Son téléphone sonne et je le vois répondre et se mettre au garde à vous. C'est Molly c'est sûr.

— Mais non tout va bien, dit-il. On est juste un peu entamé. C'est tout.

Il me regarde l'air contrarié.

— On finit notre partie contre les deux belles blondes là et on rentre.

Il décolle son téléphone de son oreille et raccroche à vitesse grand V. Je lève les yeux au ciel. Qu'il est con. Molly va le tuer.

— Merde Jax... Myla essaie de te joindre depuis au moins deux heures, elle a même appelé James.

Je soupire. Merde. Je regarde mon téléphone que j'avais mis en mode muet et vois la petite enveloppe s'afficher en haut de mon écran. Ok je ne vais pas compter les messages qu'elle m'a laissés. Je vois que James aussi a essayé de me joindre, il y a cinq minutes. Je décide de le rappeler.

— Jax t'es où ? Myla est morte d'inquiétude !

— Ça va James tout doux, je fais un billard avec Justin, je vais pas tarder.

— Tu pouvais pas lui dire ?

— Non on s'est disputés, j'avais mis mon téléphone sur silencieux.

— Ok, ne tarde pas alors, tu sais que Myla est sensible.

— Oui ok.

— Allez bonne nuit petit, à bientôt.

— Merci James.

Justin me regarde.

— On devrait rentrer non ?

— Ouais.

— Ben alors les gars, vous nous laissez tomber ?

Je regarde les blondes, je regarde Justin.

— Débrouille-toi avec elles mec, dis-je las.

***

On a décidé de rentrer en taxi, vu l'état dans lequel on s'est mis. Justin a fait le premier arrêt et le taxi arrive finalement dans ma résidence. Je sors tant bien que mal. Je monte les quatre étages avec difficulté. Mais quand il s'agit d'ouvrir la porte, j'arrive à peine à insérer la clef dans la serrure. J'essaie de ne pas faire de bruit car je n'ai vraiment pas envie de me prendre la tête maintenant. J'allume la petite lampe de l'entrée et j'enlève mes chaussures que je range bien contre le mur. Je pouffe de me voir faire ça.

J'enlève mon t-shirt que je jette sur le fauteuil face à moi et déboutonne mon jean. Mon oreiller et ma couette m'attendent sagement sur le canapé, je n'en attendais pas moins. Je me frotte le visage, je suis fatigué. Putain la terre tourne vite ce soir, le plafond fait des vagues et le lustre balance de droite à gauche. Merde j'ai pris une bonne cuite et ça faisait longtemps.

Je jette un coup d'œil dans le couloir quand je vois l'ombre de Myla. Elle est dans le noir contre le mur, elle ne bouge pas.

– Bébé ? dis-je en me relevant.

J'entends un sanglot étouffé et je la vois reculer jusqu'à la porte de notre chambre.

– Myla...

J'entends juste la porte claquer. Je me laisse retomber sur le canapé en soufflant. Je prends juste le temps de regarder mon portable.

Putain trente appels et dix messages de Myla, cinq de James. Merde, j'ai déconné, elle a dû s'inquiéter.

« Appelle-moi s'il te plaît »

« Je sais que tu es en colère mais ce n'est pas la peine de me punir de cette façon, je suis inquiète, dis-moi où tu es »

« Jackson vraiment ? Tu préfères me savoir morte de trouille plutôt que de me laisser un message ? »

« Tu es horrible, je ne mérite pas ton mépris »

« C'est mon dernier message comme tu te fous de tout, j'espère que tu vas bien »

Putain mais quel con... Oui j'étais en colère, oui j'avais pas envie de lui parler mais j'ai déconné et je vais avoir du mal à me faire pardonner.

CHAPITRE 13 – MYLA

Je savais qu'il pouvait être rancunier mais pas à ce point. Je suis morte d'inquiétude. Je n'ai pas de nouvelles et Molly non plus. Elle m'a dit que Justin l'avait appelée pour lui dire qu'il passait la soirée avec Jackson mais depuis rien. J'en suis à mon vingtième appel et toujours pas de réponse. Et s'il leur était arrivé quelque chose ? Je lui envoie mon dixième message et ça sera le dernier cette fois-ci. Il me paiera ça.

Molly m'appelle sur Skype.

– Oui Molly.

– Putain je vais les tuer Myla, je te jure que je vais les tuer !

– Pourquoi ? Tu les as eus ?

– Je viens d'avoir Justin, ils sont au billard et tu sais ce qu'il me dit ?

Je la regarde faire les cent pas dans son salon.

– Non quoi ?

– Qu'il finit sa partie avec les deux blondes et qu'ils rentrent !

Je fronce les sourcils. Ils sont avec des filles. Je me crispe et retiens un sanglot. Tout ça parce que je n'ai pas pu aller acheter un canapé ?

– Putain il va m'entendre quand il va rentrer.

– Je vais aller me coucher Molly, je suis fatiguée.

Elle arrête de crier pour me regarder avec tristesse.

– T'inquiète pas ma chérie, ils ont un peu trop bu, c'est tout, rien de bien méchant.

– Si tu le dis, dis-je dépitée.

Nous nous disons bonsoir et je coupe la connexion. Je reçois un dernier message de James qui me dit qu'il a eu Jackson au téléphone et qu'il va rentrer rapidement. Ravie de savoir qu'il répond au moins à James. J'éteins les lumières et je rejoins ma chambre.

Une demi-heure plus tard, j'entends la porte qui s'ouvre. Je remonte la couette sur moi. Je ne veux pas qu'il vienne ici. J'ai laissé un oreiller et une autre couette sur le canapé pour lui faire comprendre que l'accès à la chambre conjugale lui est interdit.

J'entends des bruits de meubles qu'on bouscule et je l'entends lui, râler. Je me lève sans faire de bruit et reste cachée dans le couloir, dans le noir. Je ne bouge pas et je le vois se démener pour enlever son pantalon. Il y arrive tant bien que mal et il s'allonge.

— Bébé ?

Je sursaute et tout en ravalant un sanglot, je pars en courant dans la chambre. Je claque la porte et reste figée contre celle-ci. Je ne l'entends pas approcher et c'est tant mieux. Je me faufile dans le lit et je m'entoure de la couette comme j'aime le faire. Au moins dormir toute seule a du bon.

***

Il est 7h25 quand j'ouvre les yeux. Mince, j'aurais voulu me lever et partir avant qu'il ne se lève. Je reste à l'affût du moindre bruit mais apparemment il n'est pas encore réveillé. J'entre à toute vitesse dans la salle de bain.

Je me maquille rapidement et enfile mes vêtements. Je me coiffe et sors de la pièce pour atteindre le salon où je chausse mes escarpins. J'attrape mon sac, mes clefs et mon cartable en cuir. Je me regarde une dernière fois dans le miroir, j'ai une tête à faire peur. J'ai des cernes violets qui entourent mes yeux, preuve d'une nuit sans sommeil.

Je jette un coup d'œil vers le canapé où Jackson dort profondément. Il se tourne brusquement et je mets ma veste rapidement pour partir. J'attrape la poignée quand je l'entends prononcer mon prénom.

— Myla ? Attends !

J'ouvre la porte et la claque sans ménagement. Je descends rapidement les escaliers et file prendre le bus. Je lève juste les yeux vers nos fenêtres qui donnent sur la route. Jackson est debout devant la vitre et il me regarde. Le bus arrive et je monte.

***

J'ouvre l'agence et je repense à tout ce qui s'est passé hier. Mon téléphone vibre sur mon bureau et c'est encore Jackson qui m'appelle. Il est hors de question que je lui parle. La porte s'ouvre et je vois Ruby apparaître. Je ne sais pas si je suis prête aujourd'hui à entendre ses lamentations et surtout le fait qu'elle voulait absolument me voir hier soir pour se plaindre de ses déboires conjugaux.

– Bonjour Myla... Quelque chose ne va pas ?

– Bonjour Ruby, non ça va, juste une mauvaise nuit.

– Allez jeune fille, je sais reconnaître une dispute de couple.

Je la regarde bizarrement.

– J'ai été mariée deux fois... Alors c'était quoi cette dispute ?

La voix de Jackson dans ma tête, résonne.

Ne la laisse pas s'immiscer dans ta vie.

– C'était rien d'important mais je n'ai pas beaucoup dormi c'est tout.

– Très bien, excusez-moi d'être un peu indiscrète mais je vois que vous n'êtes pas bien et...

– Jackson est colérique et certaines fois, il dépasse les bornes. Rien de bien grave.

Elle fronce les sourcils.

– Colérique ? Il n'est pas violent au moins ?

– Non ! Jamais de la vie !

– Ouf tant mieux, je croyais que... Je ne vous souhaite pas ça c'est tout.

– Je l'ai déjà vécu et je sais ce que c'est.

– Oh ma pauvre enfant, vraiment ?

– Oui mais c'est bien fini maintenant.

Quelquefois, je regarde la porte car j'imagine que Jackson ne s'arrêtera pas à une porte claquée et un silence qu'il ne supporte pas. Je le vois bien débouler avec sa colère et ses mâchoires serrées dans l'agence en hurlant. Et si en plus il y a Ruby ici, ça risque d'être du grand spectacle.

75

— Bon Ruby, si nous reprenions l'organisation de votre voyage, vous avez eu votre mari ?

— Oui, enfin, il m'a certifié que ce n'était que des rumeurs. Mais je reste sur mes gardes tout de même. Il n'y a pas de fumée sans feu comme on dit. Mais je suis prête à le croire. Il a trouvé les mots pour me redonner confiance.

— Ok donc on part pour de vrai maintenant ?

— Oui.

Nous sommes restées près de deux heures à discuter des activités qu'elle voudrait faire avec sa fille et son mari. J'ai même dû donner rendez-vous à des clients qui étaient venus pendant notre entretien.

Quand elle s'en va, je pose mes pieds sur mon bureau et je m'étire. Je ferme les yeux et je pense. Jackson ne m'a plus rappelée, il va faire la gueule j'en suis persuadée alors que c'est lui qui est en tort mais je vais lui montrer que je ne suis pas en position de faiblesse et qu'au contraire, j'ai bien envie de lui faire payer sa soirée d'hier.

Mon téléphone sonne, je le prends.

— Myla !

— Coucou Molly, ça va ?

— Oui et toi ?

— Bof....

— Tu t'es pris la tête avec Jackson ?

— Même pas... On ne s'est pas vu.

— Il a appelé Justin pour lui dire que tu ne répondais pas à ses appels.

— Et je ne compte pas le faire !

— Qu'est-ce que tu dirais d'une soirée entre copines ? Toi, moi où tu veux !

— Je ne sais pas... Je vais peut-être pas envenimer la situation.

— Attends Myla ! Je te rappelle que ce sont eux qui ont passé la soirée avec les deux blondes !

— Je sais...

— Moi je l'ai déjà dit à Justin, il n'était pas content mais comme il se sentait coupable, il n'a rien osé dire. Alors dis oui Myla, ça fait longtemps en plus.

— D'accord mais j'ai rien à me mettre et je ne veux pas rentrer sinon...

– T'as qu'à venir à la maison, je te prêterai des affaires.

– Il va péter un câble.

– T'inquiète pas on rentrera pas trop tard.

Je ne suis pas sûre que ce soit une bonne idée mais j'avoue que j'ai bien envie de me venger de sa petite soirée d'hier.

***

Je ferme le rideau de mon agence et je me dirige vers l'arrêt de bus. Je dois rejoindre Molly à l'appartement.

Tout le long du chemin, je me sens coupable de la situation alors qu'en fait Jackson n'a plus essayé de me joindre de la journée. C'est lui qui est sorti, c'est lui qui s'est mis en colère sans me laisser le temps de me justifier.

– Ah tu es là !

Molly m'ouvre la porte et nous nous dirigeons vers le salon. Je reste figée quand je vois Justin qui feuillette un magazine.

– Hey Myla, ça va ?

Je ne sais pas comment réagir.

– Ça va et toi ?

– Bien merci.

– Myla tu viens ? J'ai des fringues à te montrer, dit Molly de sa chambre.

Je regarde une dernière fois Justin en me mordillant la lèvre.

– Appelle le Myla, si tu ne le fais pas, tu vas envenimer les choses.

Mon cœur bat plus vite et mes nerfs prennent le dessus.

– Parce que je devrais me sentir coupable de la situation ?

Gêné, Justin n'ose plus me regarder.

– Non, j'ai pas dit ça... Mais tu le connais, il va péter un câble quand il va savoir que tu sors et que tu ne l'as pas prévenu.

– Tu ne lui as pas dit encore ?

Il lève les yeux vers moi. Il a l'air vexé.

– Non je ne lui ai rien dit, ça ne me regarde pas.

Je ne décroche pas de son regard.

– De toute façon il s'en fout apparemment.

— Ne dis pas ça, il était dans tous ses états ce matin quand il a essayé de te joindre.

— Et moi j'étais dans tous mes états hier soir quand vous faisiez les beaux avec les deux blondes !

Je passe devant lui pour rejoindre Molly.

— Myla, me dit-il en me prenant le poignet. Sa douceur me fait m'arrêter.

— Ne fais pas ça...

Molly apparaît dans le couloir.

— Alors tu viens !

Je me détache de Justin sans rien répondre. Il secoue la tête de dépit et retourne dans le salon.

***

Molly rit à gorge déployée quand le mec qui est venu me parler, s'en retourne vers la piste.

— Arrête ! dis-je ennuyée.

— Oh non mais c'est trop !

Je bois une gorgée de mon cosmo. En fait, je ne m'amuse pas. Je fais semblant devant Molly mais je pense à mon retour dans l'appartement. Est-ce qu'il sera là ? Est-ce qu'il sera en colère ?

Pourquoi tu te poses la question ? Evidemment qu'il le sera.

— Arrête...

Molly lève les yeux au ciel. Je la regarde interrogatrice mais ça ne prend pas avec elle, elle lit en moi comme dans un livre ouvert.

— Tu crois que je ne sais pas ce que tu as dans ta petite tête ?

J'évite son regard et détourne les yeux vers la piste où l'homme de tout à l'heure me fait un petit signe.

Merde, il va croire que je le mate.

— Il doit réfléchir à la situation Myla !

— Je... Je ne pense pas avoir choisi la meilleure des solutions. Jackson va m'en vouloir et ça va être une dispute sans fin. Il est peut-être même pas à la maison.

— Il y est, dit-elle en prenant sa paille dans sa bouche.

— Comment tu le sais ?

– Justin m'envoie des messages depuis tout à l'heure.

Je fronce les sourcils. Ce n'est pas normal ce silence qu'il maintient entre nous.

– Comment ça se fait que tu sois si gentille avec Justin, toi ?

– Il a su se faire pardonner comme il fallait, dit-elle en bougeant ses sourcils.

Je secoue la tête, cette Molly si elle n'existait pas, il faudrait l'inventer.

CHAPITRE 14 – JACKSON

Justin est parti il y a cinq minutes et me voilà à attendre dans le noir qu'elle revienne. Assis face à la porte d'entrée sur le tabouret de la cuisine, je remue mon verre de vodka que j'ai du mal à finir.

Je bous à l'intérieur depuis ce matin où elle ne s'est même pas retournée pour me parler alors que je l'avais appelée. Je bous depuis ce matin car elle n'a pas répondu à mes appels, mes messages etc...

Je me suis posé des tas de questions sur notre dispute et je n'arrive pas à comprendre pourquoi on en est arrivés là. On s'était dit que notre vie professionnelle ne devait pas prendre le pas sur notre vie privée. On voulait se préserver et pouvoir profiter ensemble de notre temps libre mais en quelques jours, tout ça est remis en cause par cette nouvelle cliente qui obsède Myla. Ce n'est pas l'histoire du canapé qui m'a contrarié, c'est cette façon d'accourir dès que l'autre appelle. Mais Myla est têtue et elle ne le voit pas de cet œil. On va droit à l'affrontement car s'il y a bien une chose que je ne veux pas, c'est tircr un trait sur ma vie privée.

Je regarde pour la énième fois mon téléphone. Il est minuit et elle n'est toujours pas là. Et il est toujours vierge de ses messages. Quelle attitude je dois avoir à son retour ? Est-ce que je dois aller à l'affrontement ? Je sais qu'elle déteste ça et moi j'ai appris à éviter ce genre de scénario. Est-ce que je dois passer l'éponge ? Ça je n'y arriverai pas, il faut que je dise les choses sur l'instant sinon ça ne va pas et elle le sait. Peut-être qu'elle ne rentre pas parce qu'elle a peur de ça ? Si elle m'ignore, je ne le supporterais pas et là ça ira au clash.

Soudain, j'entends la clef dans la serrure. Mon cœur se met à battre plus vite. C'est comme si je ne l'avais pas vue depuis plusieurs jours. Mes mains tremblent, je les resserre autour de mon verre.

Je la vois entrer dans le hall et se défaire de sa veste qu'elle dépose sur le porte-manteau. Elle met son sac sur la petite console de l'entrée et enlève ses chaussures. Elle se masse la voûte plantaire. Je ne comprends pas pourquoi elle s'obstine à mettre des talons aussi hauts. Elle soupire et s'avance vers le canapé. Je profite de ce moment pour allumer la petite lampe près du passe-plat.

Elle sursaute et pousse un cri de surprise. Elle pose sa main sur son cœur quand elle me voit. Elle a les traits tirés. La fatigue sûrement. Elle jette un œil sur le verre entre mes mains et fronce les sourcils. T'inquiète pas ma chérie, j'arrive même pas à le boire avec tout ce que j'ai ingurgité hier soir.

Je pousse le verre sur le côté pour la rassurer quant à mon état. Elle reste transie devant moi. Nous sommes séparés par le passe-plat et le canapé.

– Tu as passé une bonne soirée ?

Son visage devient blême et je suis prêt à parier que mon attitude ne la rend pas confiante.

– Ça peut aller.

– Vous étiez où ?

Ses yeux sont rivés aux miens.

– Tu le sais très bien.

Je souris. Évidemment que je le sais. Justin n'a pas arrêté d'envoyer des messages à Molly. Elle se triture les doigts et se mord la lèvre. Putain, elle sait que ça me rend fou.

Mais moi, il me faut des explications et il est hors de question qu'elle botte en touche pour aller se coucher.

– C'était l'endroit idéal pour deux filles seules en effet.

Elle me regarde choquée.

– Ça veut dire quoi ?

– Rien.

– Si ! Va au bout de tes idées !

Elle me provoque. Elle essaie de me faire sortir de mes gongs comme ça elle se mettra à pleurer et elle partira dans la chambre. Fin de la discussion. Mais ça ne se passera pas comme ça ce soir. Oh non... Je me lève. Elle a un mouvement de recul et je déteste ça. Chad me revient en tête direct quand je la vois faire ça.

– On peut en discuter ?

– Je suis fatiguée, me dit-elle pour éviter toute discussion.

– Moi aussi je suis fatigué, fatigué de t'attendre !

Ses yeux s'embuent mais ça doit sortir. J'ai besoin qu'on se dise les choses. Je m'avance de quelques pas pour réduire la distance qu'il y a entre nous. Elle croise les bras dans un geste d'auto-défense. Je comprends qu'il ne faut pas que j'en fasse plus.

– Pourquoi pas de messages ? C'est comme ça qu'on fonctionne tous les deux maintenant ?

– Je... Je ne savais pas quoi te dire.

– Coucou Jackson, ce soir je sors avec Molly, ne m'attend pas. C'était simple et concis.

– Oui comme, coucou Myla, je suis avec Justin et deux blondes mais surtout ne t'inquiète pas je vais rentrer bien bourré !

Nous y voilà.

– Tu crois vraiment que je pourrais te faire ça ?

– Ce n'est pas le sujet !

– Alors c'est quoi le sujet ?

– J'en sais rien.

– Si tu le sais très bien ! C'est de notre vie privée que l'on doit parler !

Elle se tourne. Elle se ferme à la discussion car elle ne veut pas de conflit.

– Myla, regarde-moi.

Elle reste dos à moi. Je m'avance vers elle. Quand elle me sent proche, elle se raidit. Je pose une main sur son épaule mais elle se défait de mon étreinte.

– On fait quoi bordel !! On reste comme ça ! On se fait la gueule, on se sépare ?

Elle tourne sa tête vers moi. Je vois la peur dans son regard. Je m'en veux d'utiliser ce genre de stratagème pour avoir son attention mais il n'y a que ça qui la fait réagir.

Une larme coule sur son visage et ça me fait mal au cœur.

– Bébé...

J'essaie la douceur.

— Non...

Elle pleure et s'enfuit vers le couloir. J'ai juste le temps d'attraper son poignet. Elle pose sa main sur la mienne.

— Lâche-moi !

Je renforce ma poigne. Elle essaie de se défaire de ma prise.

— Putain Myla, dis-je les mâchoires serrées.

Elle tire sur son poignet et réussit à partir. Le bracelet de pierre de soleil vole en éclat et les perles roulent sur le sol.

— Oh non ! dit-elle tristement.

Elle s'agenouille et ramasse les perles en pleurant.

— Myla c'est rien, c'est juste un bracelet, il faut que...

Je n'ai pas le temps de finir ma phrase qu'elle me jette au visage les perles qu'elle a réussi à récupérer. Elle court vers notre chambre et s'enferme en claquant la porte.

Je m'agenouille et ramasse les restes du bracelet. La discussion n'aura pas lieu ce soir, ni même la réconciliation. Je soupire, je n'aime pas ces situations-là et je ne comprends pas pourquoi ça prend de telles proportions.

Je m'installe dans la salle à manger et essaie de réparer son joli bracelet. Je m'en veux d'avoir été dur avec elle. La porte s'ouvre à nouveau et je me tourne aussitôt. Je la vois se diriger vers la salle de bain qu'elle referme rapidement.

Ok, c'est encore pas pour maintenant.

J'essaie de refaire son bracelet mais il manque trop de perles. Je regarde au sol mais impossible de les trouver. Je le dépose dans une petite coupelle et je me dirige vers la chambre pour me coucher. Apparemment mon accès à celle-ci ne m'est pas interdit vu que mon oreiller et la couette sont toujours à leur place. Je me déshabille et range mes affaires. La porte s'ouvre à nouveau. Myla se présente et est surprise de me voir là.

— Tu veux que je m'en aille ? je demande tout simplement.

Elle secoue la tête pour me dire non.

Tant mieux, je me sentais pas le canapé encore une nuit. Il n'est vraiment pas confortable. La douche parait lui avoir fait du bien. Elle semble plus apaisée et ses larmes ont disparu. Je m'installe dans le lit.

Les bras derrière la tête. Elle se passe la crème sur les jambes et j'adore la voir faire ça. Elle sent bon et ça devient une torture pour moi.

Elle se couche près de moi tout en gardant son shorty et son top. Elle se colle au bord du lit et remonte la couette sur elle. Je soupire. J'ai l'impression de faire que ça depuis ce matin. Elle évite tout contact avec moi.

Je prends sur moi et je me dis que j'ai beaucoup évolué depuis que je l'ai rencontrée parce que ce genre de situation me faisait péter un plomb. Alors que là, je suis dans mon coin à ruminer et ça me fout juste les boules de la savoir malheureuse. Je m'applique tous les jours à essayer de la rendre heureuse, à ce qu'elle fasse des choses qu'elle ne faisait pas avec son débile d'ex mais certaines fois, comme hier et aujourd'hui, je n'y arrive pas et le doute s'immisce en moi. Est-ce que je suis réellement celui qui la rendra heureuse ?

J'écoute sa respiration lente et peut-être qu'elle s'est déjà endormie. J'essaie un rapprochement et dépose ma main sur sa taille. Elle ne bouge pas et ne me refoule pas non plus. J'approche mon bassin contre le sien et je me serre contre elle. Respirer l'odeur de ses cheveux, pouvoir toucher sa peau me redonne confiance en nous.

J'ai toujours cette appréhension qu'elle pourrait me quitter à la moindre petite dispute. Mais aujourd'hui c'est allé trop loin et je ne veux pas revivre ça. Elle était tellement en colère.

Elle bouge son corps pour se retourner et son visage s'enfouit contre mon torse. J'embrasse le haut de son crâne et mes bras l'entourent affectueusement. Le plus important c'est ça, c'est qu'elle soit là même si elle n'est pas consciente là maintenant de l'endroit où elle se trouve.

Je l'aime... Je l'aime tellement. L'odeur de sa crème à la noix de coco envahit mes narines et ça m'apaise. Je caresse lentement sa nuque. Je sens alors ses lèvres se coller sur ma gorge et remonter lentement pour que le bout de sa langue goûte le lobe de mon oreille.

Je rêve ?

Elle m'embrasse vraiment.

– Bébé ?

Mais elle ne me répond pas. Je pense alors qu'elle dort vraiment mais que c'est l'habitude d'avoir mon corps à proximité et que même si nous nous sommes disputés, elle est bien dans mes bras. Je resserre mon étreinte et mes yeux se ferment. La savoir près de moi me rassure. La discussion et la réconciliation seront pour demain.

CHAPITRE 15 – MYLA

Je me réveille en sursaut. Je viens de faire un cauchemar horrible. Chad était là et il voulait faire du mal à Jackson. Depuis cette histoire, il m'arrive souvent de faire des cauchemars. J'essaie de ne pas le montrer à Jackson pour qu'il ne s'inquiète pas.

J'ai chaud et en même temps je suis toute tremblante. Je peux sentir la chaleur de Jackson. Je suis dans ses bras et j'ai bien envie d'en profiter. On ne s'est pas réconcilié hier soir et ça me rend malade mais il m'a prise dans ses bras cette nuit et j'y suis encore. Je respire son odeur boisée. J'adore son parfum. Il bouge légèrement et je me défais lentement de son étreinte. Je laisse un baiser sur ses lèvres avant de me lever.

Je me dirige vers le salon. Je range deux trois affaires. Sur la grande table, j'aperçois mon bracelet. Il a essayé de le réparer mais il manque des perles et je ne pourrai pas le remettre. Je le touche avec tristesse. Je l'adorais ce bijou. Je reste un instant assise à le regarder.

– Je t'en achèterai un autre.

Sa voix est douce. Son parfum m'enivre. Il est juste derrière moi.

– C'est lui que j'aimais, c'est lui qui représentait nos un mois.

Je l'entends se déplacer et ça me fait mal cette distance qu'il y a entre nous depuis deux jours. Mais je ne cède plus. Il a voulu que je m'affirme et bien je le fais. Il se sert un café dans lequel il rajoute son lait. Il pose son bol face à moi. Il retourne vers la cuisine pour attraper son paquet de céréales et le jus d'orange.

– Tu veux quelque chose ?

Tout en regardant mon bracelet cassé, je lui réponds non. Il s'installe de l'autre côté de la table. Le silence règne dans la pièce et je n'entends que le craquement des céréales dans sa bouche.

Je ne sais pas comment réagir à ce conflit. Il semble fermé depuis hier soir quand il a essayé d'en discuter mais il me paraissait tellement en colère que j'ai eu peur de sa réaction.

— Myla.

Je n'aime pas quand il utilise mon prénom, ça veut dire que quelque chose ne va pas. Je lève les yeux vers lui et je me mords la lèvre. Il s'essuie la bouche avec sa serviette et boit un verre de son jus d'orange. Je le soupçonne de faire exprès de nous laisser dans cette tension.

— Je veux qu'on parle d'hier soir.

— Et moi je veux qu'on parle d'avant-hier soir.

Mon cœur bat à toute vitesse. Jamais auparavant je ne me serais permise de répondre comme cela. Mais aujourd'hui, je suis une nouvelle Myla et je ne me laisse pas marcher sur les pieds. Je vois dans son regard comme de la fierté mais il ne laisse rien paraître. J'avoue qu'il m'impressionne et j'ai toujours envie de me réfugier dans notre chambre quand on se dispute. Ça peut paraître immature mais j'ai fonctionné tellement longtemps comme ça que bien que j'aimerais changer ce trait de caractère, je n'y arrive pas j'essaie de faire au mieux mais ce n'est jamais assez. Jackson est cash et il veut quelqu'un qui soit comme lui en face de lui.

— Ok, dit-il très calmement, je t'écoute.

Quoi ? Mais non ! C'est à lui de me dire pourquoi il a réagi comme ça. Il essaie de tourner la situation à son avantage.

— Non toi d'abord.

Il me fixe.

— C'était juste une histoire de courtoisie Myla, si tu veux connaître ma version des choses, je vais te la donner.

Il est trop calme et j'ai l'impression de passer devant un tribunal. De par sa posture et sa façon de mener les choses, je me sens déjà coupable.

— Est-ce que tu te souviens, quand tu as ouvert ton agence, de la conversation qu'on avait eue ?

Je sais où il veut en venir et je me souviens très bien de cette discussion. Je lui avais promis que notre vie privée passerait avant le boulot. Et lui aussi l'avait promis.

– Oui.

– Tu ne tiens pas ta promesse.

Ce reproche m'atteint comme un poignard dans le cœur. Les larmes bordent mes yeux.

– Ne pleure pas, on a une discussion de couple, on ne se dispute pas, il n'y a pas lieu d'avoir des larmes. Je veux simplement qu'on revienne aux choses simples de notre vie.

Je respire un grand coup et j'essaie de reprendre mes esprits.

– J'ai l'impression que tu me juges et que tu dis que tout est ma faute.

– Je ne te juge pas, je te dis simplement que tu ne tiens pas ta promesse. Vrai ou pas ?

Je déglutis difficilement.

– C'est la première fois que j'ai une cliente comme ça. Si je veux la garder, il faut que je bosse plus et que je fasse des concessions.

– Des concessions sur notre vie privée, c'est bien ce que tu es en train de dire ?

– Jackson... Je... C'est important pour ma vie professionnelle.

– J'en suis conscient mais moi c'est notre vie à nous qui m'importe. Si tu fais ça avec cette cliente, tu le feras avec d'autres et on ne se verra plus car tu n'auras plus d'horaires !

– Tu vois toujours tout en noir...

– Non Myla, je te vois faire et je suis inquiet.

– C'était juste un rendez-vous pour aller acheter un canapé...

Sa mâchoire se contracte.

– C'était pas un simple rendez-vous. C'était sur notre temps à nous. Quand on aura des enfants tu feras comment ?

Je fronce les sourcils. C'est la première fois qu'il me parle d'enfant.

– Je m'organiserai.

Il ferme les yeux de dépit.

– J'ai l'impression que tu t'en fous.

– Non !

— Donc si je te suis, tu feras ce que tu voudras, moi je ferais ce que je voudrai. Ça va nous mener à quoi tout ça ?

— Pourquoi tu confonds tout ? Pourquoi ça prend des proportions pas possibles ?

— Parce que tu refuses d'en parler Myla.

— Et toi, de noyer tes soucis dans l'alcool et de passer ta soirée avec deux blondes, ça te permet de régler tes problèmes ?

Il soupire.

— Ce n'est pas ce que tu crois...

— Pourtant c'est ce qu'il s'est passé n'est-ce pas ?

— Oui.

— Tu... Tu as fait quelque chose...

— Non ! Jamais ! Écoute Myla, je te demande juste de faire attention pour que nous ayons une vie après le boulot, c'est tout. Je ne te demande rien d'autre. Et si c'est pas important pour toi, ça l'est pour moi.

— Ça l'est pour moi aussi.

— Tant mieux.

Il se lève et débarrasse la table. Je n'ose plus rien dire. Nous n'avons rien réglé du tout et le fait qu'il soit toujours en colère après moi, me peine énormément. Je me lève aussi et rejoins notre chambre.

Je sors mes affaires et entre dans la salle de bain. Je sursaute quand je m'aperçois qu'il est là, nu comme un ver.

— Excuse-moi...

Je pose ma main sur la poignée de la porte quand je sens la sienne attraper mon avant-bras. Nous restons quelques secondes sans bouger. Puis il me plaque contre lui. Sa bouche envahit la mienne et il me soulève. Il m'assoit sur le meuble de la salle de bain.

— J'aime pas quand on est fâchés, dit-il en passant ses lèvres sur la peau de mon cou.

Je ne me rebiffe pas et je sais que certaines fois la réconciliation physique vaut réconciliation tout court. Son corps s'excuse, son corps m'explique. Nos peaux s'usent l'une contre l'autre. Il enlève rapidement mon t-shirt. Ma poitrine gonflée de plaisir n'attend que sa bouche. Jackson ne se fait pas prier et me lèche lentement mon téton durci. Ma tête part en arrière et je laisse échapper un gémissement. Il lève les yeux vers moi avec un sourire timide. Ses mains s'immiscent dans mon shorty et font glisser mon vêtement le long de mes jambes. Il l'attrape et le jette contre le mur d'en face. Il se cale entre mes jambes à nouveau et avance pour que notre peau à peau ne s'arrête pas. Je sens son sexe en érection qui pousse contre le mien. Mais il fait durer le plaisir et sa bouche s'occupe de la mienne me laissant des baisers brûlants.

– Myla…

Sa voix rauque déclenche une série de frissons. Je me cambre en fermant les yeux. Il attrape alors mes hanches et me rapproche du bord du meuble. Son sexe en main, il le dirige vers mes secrets et d'un coup de hanche, me pénètre sans ménagement. J'ouvre les yeux et mon regard se verrouille au sien. Ses mains attrapent mes joues et il me force à garder le contact visuel. Je croise mes jambes autour de son bassin qui me sanctionne de coups de boutoir plus ou moins rapides.

Il me parle à travers ses yeux et je peux y voir des reproches, des regrets, des excuses et de l'envie. Tous ces sentiments mélangés le rendent différent même dans sa façon de me faire l'amour. Il est toujours respectueux mais il veut me dominer. J'entre dans son jeu car j'ai une confiance absolue en lui. Il attrape mes cuisses qu'il serre fortement. Je passe mes mains autour de son cou. Je n'ai pas droit à son sourire mais juste à son froncement de sourcils, celui qui me dit qu'il est nerveux.

Un mouvement de bassin et je gémis son prénom.

– Jackson… Excuse-moi.

Son regard revient vers moi et cette fois je vois le début d'un sourire en coin. Il me pilonne encore une fois.

– Répète… me dit-il en murmurant.

– Excuse-moi, je t'aime.

– Putain, dit-il en serrant les dents.

Je sens qu'il va venir et je resserre mes cuisses contre son corps. Il m'assène ce qui me semble être le dernier coup de boutoir et me serre fort dans ses bras. Il m'embrasse derrière l'oreille. Je sens sa respiration sur ma peau. Ma respiration saccadée se calme mais je reste tout contre lui. Ça me fait un bien fou.

– Je t'aime aussi bébé.

CHAPITRE 16 – JACKSON

Depuis notre dispute, je me demande qui est cette cliente qui sans le vouloir fout la merde dans mon couple. Je suis passé plusieurs fois à l'agence à l'improviste mais elle n'était jamais là. Myla commence à me soupçonner de quelque chose car passer comme ça sans raison particulière aussi souvent, c'est un peu bizarre mais elle ne dit rien et fais des efforts. On passe beaucoup de temps ensemble surtout le week-end pour aménager mon atelier et ça me plaît de partager ces moments avec elle.

– Tu veux que je le mette où ce truc ?

Ce truc est un démonte pneu qu'elle essaie désespérément de déplacer.

– Attends, c'est trop lourd pour toi.

– C'est quoi ce machin ?

– C'est un démonte pneu, dis-je en levant les yeux au ciel.

Elle sourit.

– Et pour la compta tu vas faire comment ? Tu vas prendre le même prestataire que Cole ?

– Non, j'ai pas l'argent. Je me suis documenté à la bibliothèque et je pense pouvoir la faire moi-même.

– Oh... Je pourrais t'aider si tu veux.

– Tu vas avoir fort à faire avec ton agence bébé.

– Je sais mais si tu as besoin je serais là.

Elle est adorable et je suis sous le charme. Elle est magnifique et quand elle me regarde comme ça je ne peux pas m'empêcher de vouloir l'embrasser. Je m'approche d'elle et l'enlace.

— Tu sais que tu es sexy avec le t-shirt du garage ? dis-je en la regardant de haut.

— C'est un type qui me l'a donné.

— Ah ouais ? Et il est comment ce type ?

— Sexy, bien musclé et beau comme un dieu.

Je hausse un sourcil.

— Beau comme un dieu ?

— Oui monsieur, comme un dieu.

Elle éclate de rire et ma bouche s'approche de la sienne mais au moment de déposer un baiser passionné sur ses lèvres, son téléphone sonne. Elle se détache de moi, l'air ennuyé et répond. Je continue à ranger tout en gardant une oreille sur sa discussion.

— Non, là je ne suis pas disponible... On verra tout ça lundi si ça ne vous dérange pas... Très bien merci. A lundi.

Ça doit être sa friquée. Putain à croire qu'il n'y a qu'elle comme cliente. J'essaie de prendre sur moi puisqu'elle lui a fait comprendre que le week-end, elle ne travaillait pas. Je suis content qu'elle ait pris en considération ce que je lui ai dit. Même si on s'est disputé. Elle revient vers moi sans rien me dire. Elle me sourit.

— Tiens tu peux me passer le cadre, là ?

Elle se tourne vers le comptoir de l'accueil.

— Celui-là ?

— Oui.

— MCustom, ça y est tu as réussi à faire un choix ?

— Oui je trouve que ça le fait bien.

— J'aime bien aussi.

— Merci, dis-je en souriant.

Après avoir passé la moitié de l'après-midi à tout ranger, je la ramène à la maison. Elle descend de la moto et enlève son casque.

— Je reviens d'ici une heure.

— Passe le bonjour à ton père et Charlotte.

— Ok.

J'accélère et je me dirige vers la maison de mon père. Charlotte est là, sa voiture est garée devant l'allée. J'ai juste la place pour passer avec ma moto. Quelques secondes plus tard, j'entre et personne n'est dans le salon.

– Y'a quelqu'un ?

Pas de réponse. Putain j'espère qu'ils ne sont pas en train de.... Je veux pas savoir, je veux même pas avoir des images dans ma tête.

Alors que je me questionne, j'entends des voix à l'étage. Mon père est en train de refaire les peintures dans mon ancienne chambre. Je monte les escaliers et forcément j'entends leur conversation.

– Je suis persuadée que c'était elle.

– Charlotte...

– Je t'assure Phil, pourquoi elle serait allée la voir ?

– Je pense que tu te trompes, vraiment... Elle n'est jamais réapparue alors pourquoi maintenant ?

– Je ne sais pas.... Mais je mettrais ma main à couper que c'était elle.

J'essaie de comprendre leur échange. Charlotte a l'air ennuyé.

– En tout cas, tu n'as rien à craindre, je suis bien avec toi.

Je décide de me montrer.

– Salut les amoureux !

Oh merde, mon père est en train de l'embrasser. Il se détache rapidement de Charlotte quand il me voit.

– Hum... Jax ? Qu'est-ce que tu fais là ?

Ça me fait sourire, on dirait deux ados pris sur le fait. Charlotte s'approche de moi et embrasse ma joue.

– Excuse-moi, je me suis garée devant l'allée, tu n'as pas eu de mal pour entrer ?

– Non t'inquiète pas, c'était pas prévu que je passe.

Elle passe sa main sur ma joue avec un beau sourire. Je l'adore, elle me fait me sentir comme son fils.

– Je suis venu chercher les affaires que j'ai laissées dans le coin là-bas.

Mon père se tourne et voit le sac. Je m'approche de lui. Il me prend dans ses bras. Charlotte descend pour nous laisser tous les deux.

– Un souci avec Charlotte ? j'ose lui demander.

– Non pas le moindre.

Il me sourit. Il ne ment pas bien mais s'il ne veut pas m'en parler, je n'insiste pas. Après tout c'est leur vie privée à tous les deux.

– Et toi ? Myla ?

– Elle va bien, elle t'embrasse.

— Ton atelier est prêt ?

— Presque, on a bien avancé avec Myla cet après-midi, je pense que je pourrais l'ouvrir d'ici une semaine.

— C'est bien, je suis fier de toi Jax.

— Merci.

Je récupère le sac et je salue mon père qui se remet au travail. Je descends les escaliers, Charlotte m'attend avec un tupperware dans les mains.

— Tiens j'ai fait de la tourte à la pomme de terre.

Je ferme les yeux, j'adore sa tourte.

— Merci Charlotte.

J'hésite et je me lance à lui poser la question.

— Tout va bien avec Papa ?

Elle se raidit et son regard la trahit.

— Oui tout va bien.

Son faux sourire m'interpelle mais je n'insiste pas.

— Myla va bien ?

— Oui.

— Prends soin d'elle d'accord ?

Je fronce les sourcils. Pourquoi me dit-elle un truc pareil ?

— Oui bien sûr... Toujours.

— C'est bien mon grand, ça serait bien que vous veniez manger un de ces soirs.

— Ok, je le dirai à Myla.

Elle m'embrasse et je sors de la maison. Cette discussion me perturbe.

***

Durant le trajet, j'essaie de comprendre l'échange entre mon père et Charlotte mais je ne trouve pas de lien. Puis mon esprit diverge et je ne sais pas pourquoi mais la lettre me revient en tête. Je n'en ai jamais parlé à personne même pas à Myla. J'avoue que j'étais sous le choc ce jour-là et je n'ai pas donné suite. De toute façon, je l'ai déchirée en morceaux sous le coup de la surprise et de la colère et j'ai tout jeté. Elle n'a pas essayé de me joindre depuis et c'est tant mieux. Parce que jamais je ne voudrai la revoir.

Et je ne dirai rien à Myla car je sais ce qu'elle serait tentée de faire. *Tu devrais lui laisser une chance de t'expliquer,* voilà ce qu'elle me dirait et je n'ai pas envie de lui laisser une chance. Est-ce qu'elle m'en a laissé une à moi quand elle est partie ? Non. J'ai vécu sans mère et pendant toute mon enfance et mon adolescence, ça m'a perturbé. Aujourd'hui j'ai retrouvé de la sérénité, c'est en partie grâce à Myla et à mes rendez-vous chez la psy. Mon père aussi a tourné la page et je suis heureux de le voir si bien avec Charlotte.

Quelqu'un me klaxonne et je reprends mes esprits.

– Tu dors ou quoi ?

L'automobiliste s'énerve au volant de sa voiture. Je lui fais un doigt mémorable et accélère. Putain quand je pense à tout ça, j'arrive à me perdre dans mes pensées.

Je me détends quand j'accède au parking de notre résidence. Je sais que Myla m'attend et que nous allons nous poser tranquillement tous les deux. J'aime ces moments que j'ai connus sur le tard avec Myla parce qu'il m'était impossible avant elle de rester à ne rien faire.

Aujourd'hui, je sais prendre mon temps, profiter des gens que j'aime et c'est pour ça qu'il est important pour moi de pouvoir garder ces moments à nous. J'espère que Myla l'a compris et qu'elle fera des efforts même si son travail est prenant. J'insère la clef dans la serrure. J'ouvre la porte et entre. Une forte odeur de chocolat m'envahit les narines.

– Bébé ?

J'avance vers la cuisine et le spectacle qui m'est offert me fait sourire. Myla casque sur les oreilles est en train de faire une chorégraphie, tout en remuant la pâte de son gâteau présumé dans un grand saladier. Elle pose son doigt dans la préparation et le dirige vers sa bouche. Elle se tourne à ce moment-là et sursaute de me voir. Elle pose tout sur le plan de travail et enlève son casque.

– Ça fait longtemps que tu es là ?

Assis sur mon tabouret, je la regarde amoureusement.

– Juste le temps de te voir te trémousser les fesses en mangeant du chocolat.

Elle rougit et j'avoue que j'adore ça.

— Je te fais un gâteau, c'est ma façon à moi de te dire que je t'aime.

— Merci bébé.

Elle plante son doigt à nouveau dans le chocolat et le dépose devant ma bouche. Je la regarde droit dans les yeux et attrape son doigt entre mes dents. Je le suce langoureusement en fermant les yeux. Même si je ne suis pas un grand fan de chocolat, j'avoue que ce n'est pas si mauvais.

— Mmmmh putain c'est bon !

Elle sourit. Je pose mes mains de chaque côté de son visage et dépose un baiser sur ses lèvres sucrées.

CHAPITRE 17 – MYLA

– Bonjour Myla ! Comment allez-vous très chère ?

Je regarde Ruby, elle est magnifiquement apprêtée. C'est lundi matin et elle est pimpante. Moi j'en suis à mon troisième café depuis l'ouverture et je n'arrive pas à être réveillée complètement. Faut dire que Jackson ne m'a pas laissée beaucoup dormir cette nuit...

– Bonjour Ruby, je vais bien merci, dis-je en regardant la jolie jeune femme qui se tient près d'elle.

– Je vous présente ma fille, Leeann. Leeann, je te présente Myla, la petite fée qui nous prépare un voyage de rêve, dit-elle en se défaisant de sa veste.

– Bonjour, dis-je gentiment.

La jeune femme me répond. Elle est vraiment très belle. Son regard m'attire. C'est bizarre car elle a le même grain de beauté que Jackson sous l'œil. Ça me fait sourire. Elle est différente de sa mère. Elle est plus naturelle, sans trop d'artifices. Juste un léger maquillage qui rehausse son teint.

– Leeann, assieds-toi et écoute bien Myla, tu vas voir, ça va être extra !

Elle lève les yeux au ciel. Je ne sais pas si je dois le prendre pour moi ou si c'est parce que sa mère semble l'irriter.

– Myla ?

Je reprends mes esprits en affichant un grand sourire mais Leeann ne me donne pas l'impression d'avoir envie de participer au débriefing du voyage.

Quand je termine ma présentation, je n'ai aucune réaction de sa part. Ruby, elle, est enchantée mais Leeann reste muette et sans réaction. Ça me gêne parce qu'une partie du voyage est faite pour elle, notamment le trek prévu.

– Leeann, vous en pensez quoi ? je lui demande gentiment.

Elle me regarde droit dans les yeux et ça me déstabilise sans savoir pourquoi.

– Oui ça peut aller.

– Leeann !

Ruby la regarde outrée.

– Non mais ne vous inquiétez pas Ruby.

Je me tourne vers sa fille.

– Dîtes-moi si vous souhaitez voir autre chose, je peux y travailler.

– Non ça ira merci, dit-elle en se levant.

Elle ne me salue même pas et sort de l'agence. Ruby prend sa veste avec nervosité.

– Je suis confuse Myla, je ne sais pas ce qu'elle a en ce moment mais là ça devient du n'importe quoi !

– Non mais...

– C'est du bon travail que vous avez fait, je suis plus que satisfaite.

Elle attrape son sac et sort rapidement. Je l'accompagne et regarde à travers la vitre. Ruby réprimande sa fille. Leeann a l'air d'avoir du répondant car elle ne lâche pas l'affaire.

Soudain je vois la tête de Jackson apparaître devant moi. J'ouvre la porte.

– Tu espionnes les gens dehors maintenant ? dit-il en souriant.

– Non... C'est juste ma cliente qui engueule sa fille qui est une parfaite.... Euh je ne trouve pas les mots....

Il plisse le front sans rien comprendre à ce que je lui raconte.

– Qu'est-ce que tu fais là ?

– Rien, j'avais envie de te voir.

Il me prend dans ses bras et m'embrasse. La sonnerie de la porte retentit et je me sépare de lui rapidement.

Leeann fait son entrée. Je reste surprise de la voir. Jackson se met en retrait mais la jeune femme le regarde. Elle le regarde trop même. Je me racle la gorge pour lui rappeler ma présence.

– Oui je suis venue m'excuser de mon comportement, désolée, dit-elle en levant les yeux au ciel.

Je vois Jackson qui se passe la main devant la bouche et c'est mauvais signe. J'essaie de garder mon self-control.

– Il n'y a aucun souci Leeann, je reste à votre disposition si vous avez des souhaits pour le voyage.

Elle regarde encore en direction de Jackson mais baisse rapidement ses yeux quand elle s'aperçoit du regard méchant qu'il lui renvoie.

– Merci, j'y vais.

– Bonne journée, dis-je en serrant les dents.

Cette fille me rappelle mon adolescence mais elle devrait être sortie de cette période. Avant de passer la porte, elle regarde encore une fois en direction de Jackson. La porte se ferme.

– Tu m'expliques ? C'est quoi cette petite pimbêche ? Tu ne devrais pas te laisser faire Myla !

– Je ne me laisse pas faire, c'est la fille de ma cliente. Elle ne s'est pas bien comportée tout à l'heure et sa mère a dû lui demander de venir s'excuser c'est tout.

Il fait une grimace et je sais qu'il déteste quand on parle de Ruby. Il ne la connaît pas mais la considère comme la source d'une bonne partie de nos disputes.

– Tu n'as pas de travail toi ?

– Tu me jettes ?

– Non mais j'attends des clients alors...

– Tu as honte de moi ?

– Jackson Meyer, on se voit à la maison ce soir.

– Ok Myla Williams et à l'heure en plus !

Je souris. Il m'enlace et embrasse mon front.

– Je t'aime.

– Et moi je te « sur » aime.

Il est fier de lui car je sais pourquoi il est passé. Il essaie depuis des semaines de rencontrer Ruby mais à chaque fois il la manque. Aujourd'hui, il aurait pu la voir mais c'est sa fille qu'il a rencontrée.

Nous sommes dérangés par le couple de clients avec qui j'ai rendez-vous.

– Je te laisse, à ce soir.

– À ce soir, dis-je avec un grand sourire.

***

— Non mais tu vois je suis crevée en ce moment, me dit Molly.

Nous sommes allongées dans l'herbe. Nous regardons, amusées, nos deux hommes en train de se lancer un ballon de football américain.

— C'est normal Molly, tu as un petit bébé qui pousse dans ton ventre.

Elle sourit et passe ses mains sur son petit bidon rebondi.

— Tu l'as dit à Flora ?

— Non pas encore, j'ai tellement de choses à lui dire... Elle me manque.

— Moi aussi, dis-je nostalgique.

— Myla ?

Elle se relève et me regarde droit dans les yeux. Tout en piquant une chips dans le paquet, je la regarde interrogatrice.

— La dernière fois, j'ai capté une conversation entre Justin et Jackson.

Je fronce les sourcils. De quoi veut-elle me parler ?

— Ils parlaient de Cole et Flora et Jackson a dit qu'ils allaient revenir.

— Quoi ?

— Oui il disait que Cole lui avait expliqué que Flora voulait rentrer.

Je reste silencieuse un instant.

— J'espère qu'il n'y a rien de grave entre eux...

— Non je ne crois pas, mais si c'est vrai, je suis trop contente ! dit-elle en sautillant sur ses fesses.

— Pourquoi Jackson ne m'a rien dit ? Il sait que c'est important pour moi.

— Peut-être qu'ils veulent nous faire la surprise ?

— Alors pourquoi tu me l'as dit ?

Elle reste interdite et bafouille.

— Euh... Ben... Parce que j'avais besoin de le dire à quelqu'un ! J'aime pas garder les secrets pour moi !

Je lève les yeux au ciel.

— Putain t'es nul Justin !

Jackson s'allonge à côté de moi. Il prend ma main qu'il embrasse. Il me sourit.

Combien de secrets a-t-il ? J'en compte deux maintenant. Le deuxième, je sais qu'il veut me faire la surprise mais le premier, il ne m'en a jamais parlé. Pourtant ça fait presque six mois maintenant qu'on a emménagé ensemble et cette lettre il n'en a jamais rien dit.

Je l'ai vu ce jour-là. Il l'a déchirée et l'a jetée à la poubelle. Mais quand il avait le dos tourné, j'ai pris les morceaux et j'ai lu. Pourquoi il ne me confie jamais rien ? Sa mère a repris contact avec lui et c'est quelque chose d'important dans sa vie mais il n'a jamais rien dit, même pas à son père je crois.

— À quoi tu penses ?

Je le regarde et je lui souris.

— Rien d'important.

— T'es sûre ?

Ses yeux sont froncés et il s'inquiète.

— Je t'assure que tout va bien.

Je voudrais lui en parler mais je sais très bien comment il va réagir. Il ne sait pas rester calme quand il s'agit de parler de sa génitrice comme il dit et j'ai même un doute sur s'il en parle à sa psy. Et je ne veux pas que ce problème prenne de l'ampleur et soit une ombre sur notre couple. Chad l'a suffisamment été pour que la mère de Jackson le soit maintenant. Depuis la lettre, je ne pense pas qu'elle ait essayé de reprendre contact avec lui. Je l'aurais vu à son humeur.

Mais cette ombre plane toujours au-dessus de nous et j'espère que jamais, cette femme, ne viendra ternir notre amour.

Je réalise que je suis encore dans mes pensées quand Jackson dépose un baiser sur ma joue.

— On va y aller nous.

— Quoi déjà ? dit Molly.

— Ouais je suis crevé et je crois que Myla aussi.

Je le regarde en souriant. C'est vrai que je suis morte et une petite soirée tranquille sous ma couette me ferait du bien.

Nous nous séparons et retournons à notre appartement.

— Tu semblais ailleurs tout à l'heure au parc, tu n'as pas de soucis ?

Jackson se place devant moi face au comptoir. J'aime quand il prend soin de moi.

— Non tout va bien je t'assure, je suis juste un peu fatiguée.

— Ok, alors tu sais quoi ? Tu vas t'installer dans le canapé et je vais te préparer un bon thé.

— Merci t'es un amour.

Il m'embrasse tendrement en me portant jusqu'au canapé. Il dépose le plaid sur mes jambes.

— Je reviens, me dit-il en murmurant.

J'adore quand il prend soin de moi et j'adore ma vie.

CHAPITRE 18 – JACKSON

— Charlotte nous invite à dîner cette semaine, fallait que je voie avec toi pour définir le jour.

Je crie du salon pour qu'elle m'entende de la salle de bain. Elle sort dans le couloir, se démaquillant avec sa lingette.

— Oui quand tu veux, ça m'est égal.

— Je lui dis quoi ? Après-demain ?

— Oui voilà.

Je pianote un SMS que j'envoie à Charlotte.

— Tu veux faire quoi ce soir ?

— Rien, dit-elle en posant son menton sur mon crâne.

Je lève les yeux vers elle, surpris car je la croyais toujours dans la salle de bain.

— On se fait un petit film et un gros dodo, dit-elle en se lovant sous la couverture du sofa. Elle pose sa tête sur mes jambes.

— Moi j'aurais dit un gros film suivi d'un petit dodo mais vraiment petit tu vois...

Elle pouffe sous la couverture et je mets le film sur notre écran.

L'histoire me rend nerveux. Elle a voulu regarder un film à l'eau de rose mais le sujet n'est pas à mon goût du tout. Cette mère qui se tire et laisse son enfant me ramène à ma propre histoire et je n'ai pas envie de continuer.

— Bon je vais me coucher, dis-je avec nervosité.

— Jackson ? Tout va bien ?

— Je suis fatigué, bonne nuit.

Je l'embrasse à peine et part dans la chambre. On dirait que tout ça me poursuit en ce moment. Je n'arrête pas de penser à elle depuis cette lettre.

***

Mon bras sur mes yeux, j'essaie de trouver le sommeil mais je n'y arrive pas. Je vois toujours un filet de lumière sous la porte. Myla doit être encore en train de regarder ce film pourri. J'aurais dû lui parler de cette lettre le jour où je l'ai découverte mais j'étais tellement content de voir tout le monde et de passer enfin une soirée en dehors de cet hôpital que je n'avais pas envie de plomber l'ambiance.

Et puis je connais Myla, elle aurait voulu s'immiscer et essayer de tout arranger. Et je ne veux pas ça, je ne veux pas revoir ma mère. Elle a disparu de ma vie quand elle est partie, je me suis construit sans elle et ce n'est pas maintenant qu'elle va refaire surface. Mon père n'a jamais été aussi bien de sa vie que maintenant. Charlotte lui apporte tout le bonheur qu'il mérite et certaines fois je me dis que j'aurais aimé que ce soit elle qui m'élève. Je ne veux pas qu'elle fasse tout éclater. Et ça Myla ne le comprendrait pas. Elle verrait juste le fait que je retrouve ma mère et que tout se termine bien. Mais rien ne se passerait bien, j'ai trop de rancœurs, trop de choses que je pourrais lui reprocher.

Je n'ai pas d'amour pour cette femme, je n'en ai jamais eu et j'en aurai jamais. C'est pour cela que je préfère taire cette lettre et puis elle n'a pas donné suite donc elle a compris que je ne souhaitais pas la voir.

La porte s'ouvre tout doucement. Je vois l'ombre de Myla entrer dans la chambre. Elle s'éclaire à la lumière de son portable.

– Tu peux allumer si tu veux.

Elle crie en sursautant. Elle pose sa main sur son cœur.

– Tu m'as fait peur !

J'allume la lampe de chevet.

– Tu ne dors toujours pas ?

Je secoue la tête pour lui dire non.

– Ça va ? demande-t-elle inquiète.

Je secoue la tête encore une fois. Elle se déshabille et se glisse sous la couette. Elle s'approche de moi. Je passe mon bras sous sa nuque.

– Tu veux m'en parler ?

– Non ça va aller.

Elle lève les yeux vers moi. Elle fronce les sourcils et doit se demander pourquoi je ne lui explique pas.

– J'ai pas envie d'en parler.

– C'est à cause du film ?

– Myla...

Elle ne détache pas son regard du mien. Je sais ce qu'elle fait à l'instant. Elle essaie de me sonder pour deviner mes pensées.

– Je... Je ne savais pas qu'il traitait de ce sujet, je suis désolée.

– C'est rien.

Nous restons silencieux un moment. J'entends juste nos respirations et ça me détend.

Mais ce silence ne dure qu'un court moment et cette plénitude aussi quand elle relève un peu sa tête et me dit :

– Tu as déjà pensé à la retrouver ?

La retrouver ? Elle se fout de moi ! Elle ne m'a jamais envoyé signe de vie et c'est moi qui devrais la rechercher. Tous les sentiments et ressentiments se mélangent dans ma tête et je sens déjà ma nervosité s'amplifier.

– Jamais de la vie ! Je ne veux rien savoir d'elle comme elle n'a jamais rien voulu savoir de moi !

– Tu ne sais pas tout ça Jackson, peut-être que sa vie n'a pas été facile, peut-être qu'elle n'a pas eu les moyens de le faire, peut-être...

– Stop !

J'ai crié. Elle a sursauté et s'est détachée de moi. Elle me regarde incrédule.

– Je ne veux pas parler de ça avec toi et tu le sais ! dis-je en essayant d'être le plus calme possible.

– Et à qui tu vas en parler ? A ton père ? Charlotte peut-être, ta psy ? Mais je ne suis même pas sûre qu'elle soit au courant que tu appelles ta mère, génitrice !

Je suis surpris du ton qu'elle emploie et je ne comprends pas vraiment pourquoi ça lui tient tant à cœur.

— C'est mon droit !

— Et moi quelle place j'ai ici ?

Je fronce les sourcils. Cette discussion prend un chemin qui ne me plaît pas.

— Tu confonds tout.

Je m'assois au bord du lit.

— Je ne confonds rien ! Tu me mets à l'écart d'une chose importante de ta vie et à chaque fois que j'essaie de t'aider, tu me rembarres !

— Ce n'est pas une chose importante de ma vie ! Elle n'existe pas à mes yeux ! Quand est-ce que tu vas le comprendre ?!

— Pourquoi tu t'énerves alors si c'est pas important ?

Cette fois, elle est assise à genoux sur le lit et moi je me lève.

— Ok c'est bon, j'ai pas envie d'avoir cette discussion.

— Jackson reste ici ! On discute de quelque chose d'important !

— D'important pour qui ? Parce que moi j'en ai rien à foutre si tu veux savoir ! Rien à foutre d'elle, rien à foutre de ce que tu peux penser sur le sujet !

Elle reste immobile et silencieuse un instant. Moi je me dirige vers la porte. Je n'ai plus sommeil et l'ambiance de la pièce me pèse. Il faut que je sorte. Je pose la main sur la poignée quand je l'entends murmurer.

— J'ai lu la lettre qu'elle t'a envoyée.

Mes doigts se crispent et je ferme les yeux. Je n'ai pas entendu ce qu'elle vient de dire. Je viens d'imaginer tout ça, rien n'est en train d'arriver. Ma respiration devient saccadée. Il faut que je parte avant de péter un câble.

— Et je ne comprends pas pourquoi tu ne m'en parles pas...

C'est la phrase de trop.

— Pour ça ! dis-je en bougeant mes mains, pour cette discussion, pour que tu arrêtes de fouiner dans mon passé. Je ne veux plus entendre parler de tout ça ! Ça me regarde ! Pas toi !

Je vois son visage se décomposer au fur et à mesure de mes paroles et ses yeux se remplir de larmes. Elle attrape son t-shirt et passe devant moi comme une furie. Elle me bouscule et s'enferme dans la salle de bain.

Je soupire. Putain je n'imaginais pas ma fin de soirée comme ça. Je m'installe sur le canapé et rallume la télé. Ma nuit est foutue, je sais que je ne fermerai pas l'œil. Je regarde les images défiler mais mon esprit est occupé par Myla. J'attends qu'elle veuille bien sortir de la salle de bain. Puis j'entends le bruit du loquet qu'elle débloque et je me relève. Je regarde en direction du couloir quand je la vois passer.

– MYLA !

Je crie son prénom, peut-être même un peu trop fort. Mais elle ne s'arrête pas et j'entends juste la porte de notre chambre claquer. Je décide d'y aller.

Je toque une première fois. Je pose mon front contre le bois de la porte. Elle ne répond rien.

– Putain Myla, ouvre cette porte !!!

Elle reste muette.

– Myla, dis-je doucement.

Mais la porte reste définitivement close. Je soupire encore une fois et je décide de la laisser tranquille pour ce soir.

Tout ce que je ne voulais pas est en train de se passer. Je ne l'ai pas vue depuis mes deux ans et elle est toujours présente à me casser les couilles dans ma vie. J'avais réussi à trouver un équilibre, à essayer de garder mon calme dans des situations où auparavant je pétais un câble. Plusieurs fois je me suis surpris à éviter des disputes avec Myla alors qu'il y a quelques mois de ça, j'aurais tout cassé.

Mais là je reviens au point zéro. Ma génitrice est un sujet sensible et je ne sais pas gérer même quand c'est Myla qui essaie de me faire parler. J'explose et ensuite je regrette. Non son avis ne m'indiffère pas mais je ne me sens pas capable de mettre des mots sur ma souffrance. Myla a comblé tellement de choses en moi mais pas ça. Je crois que je ne pourrais jamais changer ça. Jamais. Et j'aimerais tellement qu'elle le comprenne. En attendant me voilà comme un con au milieu de mon salon, à regarder les conneries qui passent à la télévision.

CHAPITRE 19 – MYLA

Recroquevillée sous la couette, je reste là à regarder le mur de notre chambre. J'y vois notre pêle-mêle de photos où nous avons tous les deux le sourire et ça me fait encore plus mal. Cette façon qu'il a de m'éjecter de sa vie quand on parle d'un sujet qui le touche me pose question et je me demande si nous sommes vraiment faits pour être ensemble.

Notre rencontre a été inattendue et notre relation fulgurante, parsemée d'embûches dès le début. Je croyais qu'une fois que Chad serait sorti de nos vies, tout irait pour le mieux. Mais je me suis trompée, le problème est plus profond. Jackson n'a pas fait et ne fera certainement jamais le deuil de la mère idéale. Ce sujet brûlant reviendra sur le tapis et à chaque fois ça se terminera par des reproches ou des paroles désobligeantes.

Je ne suis pas faite pour le conflit. Je ne sais pas comment réagir quand il commence à hausser le ton. Avant je réagissais avec la peur mais maintenant je sais que je pourrais répondre mais je sais aussi que Jackson s'énerve très rapidement.

Ces questions me reviennent souvent en tête. Je ne veux pas avoir de sujets tabous avec la personne qui partage ma vie et celui-ci devient un problème entre nous. Je ne sais pas comment régler ça. Je lui propose d'en parler mais il refuse et en devient même méchant. Je deviens lasse de ces disputes et même si je l'aime, je me demande si on est vraiment faits l'un pour l'autre si on ne peut pas tout partager. Est-ce que la communication sera toujours aussi difficile entre nous ? Je ne suis plus très sûre que ce soit ce que je veux dans notre relation.

***

Le réveil est difficile ce matin. Je n'ai pas arrêté de tourner dans mon lit. Impossible de trouver le sommeil. Je crois que Jackson aussi a eu du mal à dormir. Je l'ai entendu plusieurs fois passer devant la porte de la chambre.

J'enfile mon t-shirt et je sors pour prendre mon petit déjeuner. Le salon est encore dans la pénombre et je n'ai vraiment pas envie de me prendre la tête ce matin. J'avance doucement vers la cuisine. J'ouvre le frigo et prends le jus d'orange. J'attrape la boîte de céréales de Jackson que je pose sur la table. Il n'est pas sur le canapé mais son blouson et ses clefs de moto sont toujours là. Je fais griller quelques toasts que je dépose au centre de la table. Je nous sers deux verres et rajoute du lait près du bol de Jackson.

Je beurre tranquillement mes tartines quand la porte de l'appartement s'ouvre. Je suis d'abord surprise de le voir, je pensais qu'il était dans la salle de bain. Il porte un petit sac venant de la boulangerie que j'affectionne et qui se trouve au coin de la rue et dans l'autre main, un bouquet de fleurs qu'il a dû prendre au kiosque pas très loin du marché aux puces. Il pose ses affaires sur le canapé.

– Salut, me dit-il timidement.

– Salut.

Je reste distante. Je pense que je n'ai pas à m'excuser de ce qu'il s'est passé hier soir.

– Euh... Je t'ai pris tes gâteaux préférés...

Il s'essuie les mains sur son jean. Je le sens embêté par la situation.

– C'est gentil.

– Et... C'est pour toi.

Il s'avance vers moi et me tend le bouquet de fleurs. Elles sont magnifiques. Je le prends et le sens en fermant les yeux.

– Merci, elles sont très belles.

Il me le reprend pour les mettre dans un vase qu'il dépose sur la table. Il s'assoit à côté de moi dans un silence de cathédrale. J'aimerais être dans sa tête pour savoir ce qu'il pense. Là, à l'instant

112

T, j'ai plutôt l'impression d'avoir un petit garçon qui ne sait pas comment se faire pardonner sa bêtise.

Il se sert des céréales qu'il noie de lait.

– Tu peux me passer le beurre s'il te plaît ?

Je tends le bras pour le lui donner. De ses doigts, il effleure ma main. Ça me fait lever les yeux vers lui. Il me regarde.

– Bébé... me dit-il pour engager la conversation.

Mais moi je ne veux pas d'une conversation stérile où il va me présenter ses excuses et où je vais les accepter et peut-être que ça se terminera dans notre lit. Non je ne veux pas ça, je veux qu'on parle de ce problème et je veux qu'il me dise ce qu'il a dans sa tête.

– Si tu t'excuses pour hier soir, je te préviens je quitte la table. Garde les pour plus tard car ce que je veux, c'est une discussion. Histoire qu'on avance un peu plutôt que de faire du surplace et de sans cesse s'engueuler sur les mêmes sujets.

Je vois la surprise dans son regard. Il s'attendait sûrement à avoir face à lui la Myla toute gentille mais pas la Myla offensive. Mais la Myla toute gentille en a marre de l'être. Il déglutit ne sachant plus du tout comment réagir face à mes mots.

– Je tiens quand même à m'excuser.

Je feins de me lever mais il attrape mon avant-bras pour me retenir.

– Laisse-moi parler s'il te plaît

Je lâche un soupir et me rassois.

– Je m'excuse ok ? Que tu le veuilles ou non ! Mes mots ont dépassé ma pensée. Évidemment que ton avis m'importe mais je sais ce que tu essaies de faire et je ne le veux pas. Je veux juste que tu le prennes en compte. Je ne veux jamais que tu fasses revenir ma génitrice dans ma vie, dans notre vie, jamais.

Je ne le lâche pas du regard. Il est très sérieux et je comprends qu'il a réellement tiré un trait sur elle. Sa main relâche mon bras.

– Pourquoi tu ne m'en as pas parlé de cette lettre ?

– Parce que y'a rien à dire, elle peut m'écrire ce qu'elle veut, ça m'est égal.

– Non ça ne t'est pas égal Jackson.

Il souffle et lâche sa tartine. Il s'essuie la bouche avec sa serviette.

– Tu en parles avec ta psy ?

— Pourquoi je parlerais de ma mère avec elle ?

Je ne relève pas mais c'est la première fois qu'il dit le mot mère devant moi.

— Parce que la blessure est profonde.

— Écoute Myla, je regrette pour hier soir et je t'ai expliqué mon ressenti mais je ne veux pas discuter de ça... Avec personne.

— Tu me mets à l'écart.

Il s'affale sur sa chaise en soupirant.

— Je ne te mets pas à l'écart.

— Si.

— Non.

On se regarde en chien de faïence. La discussion ne serait pas sérieuse, je serais partie en fou rire mais là je n'ai pas envie de lâcher l'affaire.

— C'est juste que je ne veux pas me prendre la tête avec toi sur ce sujet.

— C'est toi, il me semble, qui un jour m'as dit de ne rien te cacher car tu le prendrais mal.

— Ce n'est pas la même chose, je parlais de notre vie, pas de ma génitrice.

— Ta génitrice comme tu le dis, c'est mon problème aussi. On est en couple. Tout ce qui te concerne me concerne surtout quand on se dispute pour ça.

— D'accord alors ne parlons plus d'elle ! Comme ça il n'y aura plus de problèmes et je pourrais retrouver mon lit au lieu de dormir sur ce canapé pourri !

Je lève les yeux au ciel. Il ne veut rien comprendre alors que le mal est profond. Je me lève pour débarrasser la table.

— Où est-ce que tu vas ? me demande-t-il gentiment.

— Je m'en vais, il faut que j'ouvre l'agence, j'ai beaucoup de boulot aujourd'hui, dis-je lasse.

Mon ton l'interpelle et il se lève pour me prendre dans ses bras.

— Myla... S'il te plaît, allez on arrête de se prendre la tête.

Il ne comprend pas ou ne veut pas comprendre que ça me rend soucieuse de le voir réagir comme ça. Je prends sur moi encore une fois.

– Je vais aller me préparer, je vais être en retard.

Je dépose un baiser rapide sur ses lèvres et me dirige vers la chambre. Il reste stoïque ne sachant pas comment réagir.

Je cherche une robe dans mon dressing.

– Tu m'en veux toujours ?

Je me tourne, surprise qu'il soit dans mon dos.

– Non Jackson, c'est bon.

– Alors pourquoi j'ai le sentiment qu'on est pas réconciliés ?

J'essaie d'attraper le cintre qui est trop haut pour moi. Il le prend en tendant le bras et me le passe.

– Merci, dis-je rapidement.

– Myla...

Oh non, ça ne va pas recommencer.

– Quoi Jackson ?

Mon ton agacé lui fait froncer les sourcils et son visage se fige. Ça me fait de la peine de le voir comme ça. Alors je m'avance vers lui. Je passe mes bras autour de son cou et je l'embrasse tendrement.

– On est plus fâchés, dis-je en murmurant à son oreille.

Un petit sourire éclaircit alors son visage.

CHAPITRE 20 – JACKSON

– Asseyez-vous Jackson !

La psy me regarde avec bienveillance.

– Ça fait un petit moment que l'on ne s'était pas vu ?

– Oui je...

– Vous avez certainement vos raisons, mais si vous êtes là aujourd'hui, c'est que vous avez certaines choses à me dire.

Elle s'installe sur son fauteuil et me fait signe de faire de même. Je m'exécute.

– Je vous écoute.

Je ne sais pas par où commencer. Je passe mes mains sur mon jean. Elles sont tellement moites.

– Jackson ? elle m'incite à me confier avec gentillesse.

– En fait, j'ai pas tellement de choses à dire cette fois-ci.

– Oh très bien alors de quoi voulez-vous qu'on parle ?

– Je ne sais pas... Je suis en plein doute.

– En plein doute sur quoi ? Votre relation avec Myla ?

– Non ! Bien sûr que non ! Même si on se dispute souvent, Myla est toujours aussi importante pour moi.

Elle sourit.

– C'est de ma génitrice dont je voudrais parler.

– Jackson on en a déjà parlé, vous pouvez dire le mot mère au lieu de génitrice.

– Je n'y arrive pas alors si vous voulez qu'on parle d'elle, il faudra accepter que je l'appelle comme ça.

– Très bien continuez, dit-elle sans me contredire.

– Elle est revenue dans ma vie.

Elle fronce les sourcils.

– Comment ça revenu dans votre vie ? Physiquement parlant, vous l'avez revue ?

– Non, non jamais je n'accepterais de la revoir.

– Expliquez-moi.

– Elle m'a écrit une lettre il y a quelques mois.

Elle semble surprise par la révélation.

– Oui je ne vous en ai pas parlé parce que je l'ai déchirée sans la lire complètement mais... Myla... Elle, elle l'a lue et elle essaie de me...

– De vous dire que certaines choses sont importantes.

– Je suis sûr que si ma génitrice se présentait, elle essaierait de nous faire nous rencontrer. Et... Ça je ne veux pas.

– Pourquoi ?

Je la regarde de travers. Est-ce qu'elle m'a écouté une seule fois depuis que je viens ici ?

– Je vous l'ai déjà expliqué il me semble.

Elle sourit.

– Oui ça oui, mais j'ai l'impression que c'est plus pour Myla que vous ne voulez pas.

– Je ne veux pas que ma génitrice prenne contact avec Myla.

– D'où mon pourquoi ?

Je reste un instant silencieux. Je lève les yeux vers elle en fronçant les sourcils.

– Myla c'est ma vie, mon univers et je ne veux pas que ma génitrice vienne prendre tout ça.

– Peut-être regrette-t-elle le choix qu'elle a dû faire il y a 23 ans ?

– Et qu'est-ce que vous voulez que ça me fasse ?

– Je ne sais pas... Peut-être que ça vous fait peur tout simplement.

Je deviens nerveux. Peur ? Peur de quoi ? Elle n'a jamais été présente dans ma vie, j'aurais peur de quoi maintenant que je suis adulte ?

– Quand je dis que vous avez peur...

Je la coupe.

– Je n'ai pas peur ! Je ne veux tout simplement pas d'elle dans ma vie.

– Ok très bien mais...

Je lève à nouveau les yeux vers elle. Elle n'a pas l'intention de lâcher l'affaire.

– Mais Myla n'a pas l'air de votre avis.

– J'en ai rien à faire, et il faudra qu'elle comprenne ça ! Je ne veux pas de ma mère dans ma vie.

La psy me regarde l'air étonné avec un sourire en coin. Oui je sais j'ai dit ma mère mais qu'elle ne se fasse aucun film, cette femme ne reviendra jamais dans ma vie.

– C'est un sujet à disputes entre vous ?

– Oui.

– C'est pour ça que vous vouliez qu'on en parle ?

– Elle est têtue et...

– Vous cherchez une solution pour lui faire comprendre.

– C'est ça.

– Il n'y a pas de solutions Jackson. Myla est dans l'empathie, pour elle la famille est importante et elle cherche à comprendre pourquoi il s'est passé ça dans votre vie. Est-ce que vous en avez déjà parlé.... Disons tous les deux ?

– Non... Je ne suis pas capable de faire ça. Je ne suis pas comme elle. C'est une blessure pour moi et peu de gens me comprennent.

– Mais Myla est votre compagne, elle peut peut-être vous aider à accepter, à voir les choses sous un autre angle.

Je secoue la tête. Qu'est-ce que je fous là putain ? Même elle qui est censée m'aider à me sortir cette femme de ma tête commence à prendre le parti de Myla.

– Bon écoutez, je vous fais perdre votre temps. Je ne changerai pas d'avis.

J'attrape ma veste et me dirige vers la porte.

– Jackson, attendez !

Je m'arrête juste devant la porte mais reste le dos tourné.

– Peut-être que Myla est la personne qui pourrait soigner cette blessure, ne fermez pas les portes. Vos questions pourraient trouver des réponses.

Je me mords la langue pour ne pas dire de bêtises, après tout elle ne connaît rien de ma vie, à part ce que j'ai bien voulu lui en dire. Elle croit que c'est simple. Elle croit qu'il n'y a que moi qui cherche des réponses, mais il y a aussi l'enfant, l'ado que j'étais. Elle n'y peut rien. Personne n'y peut rien.

— Au revoir, Docteur... Merci pour tout.

J'ouvre la porte et me dirige rapidement vers les ascenseurs alors que je l'entends m'appeler au loin. Je ne me retourne pas. Ce n'est plus la peine.

***

Je n'espère qu'une chose maintenant que je suis devant la porte de notre appartement, c'est que Myla ne soit pas là. Je n'ai pas envie d'avoir encore une discussion, toujours sur le même sujet. On n'est pas d'accord tous les deux et je ne suis pas en état d'entendre ce que Myla veut essayer de me faire comprendre. J'insère la clef dans la porte.

— Oh Jax ! Comment vas-tu ?

Molly. Finalement, je ne suis pas si mécontent de la voir. Elle m'embrasse chaleureusement.

— Myla est sous la douche, je l'emmène faire un ciné entre filles, ça ne te dérange pas ?

— Non, dis-je avec soulagement.

Au moins, je n'aurai pas à me justifier ou à lui raconter ma séance chez la psy. Je me sers une bière et rejoins Molly dans le salon.

— Ça va toi ?

Molly me regarde en souriant.

— Oui et toi ?

Je sais pourquoi elle me demande ça. Myla a dû lui expliquer notre prise de tête.

— Ça va. Ton mec est seul ce soir ?

— Non, il va chez ses parents, dit-elle en levant les yeux au ciel.

— Ça s'est arrangé entre eux ?

— Non, pas que je sache mais sa mère lui a demandé de venir. Elle soupire.

— Ne t'inquiète pas, il a pris sa décision et personne ne pourra le faire changer d'avis.

— J'espère.

Molly est parfois surprenante et elle me montre un côté d'elle que je ne connaissais pas. Un peu fragile et sensible.

– Pas à moi Pitbull, je sais que tu ne te laisseras pas faire.

Elle me regarde en coin avec un grand sourire.

– Oh toi !!! Mr Bibliothèque !!

J'éclate de rire en évitant le coussin qu'elle m'envoie. Je rattrape in extremis ma bouteille de bière qui vacille sur la table.

– Hey qu'est-ce que vous faites tous les deux !

Myla fait son entrée et elle est magnifique.

– C'est ta copine qui m'agresse là !

– Quoi ? dit Molly hilare.

– Je ne peux pas vous laisser cinq minutes dans la même pièce ! dit Myla en souriant.

Je m'avance vers elle et la prends dans mes bras.

– Tu me laisses tomber ce soir ?

– Oui, dit-elle embêtée mais si tu ne veux pas, je peux rester.

– Ah non !

Molly s'interpose entre nous deux. Les bras croisés sur sa poitrine et son ventre rebondi en avant, elle me fait face. Elle plante son doigt dans mon torse.

– Mr Biblio, tu la laisses sortir, j'en ai besoin !

– Tu en as besoin ? Et tu viens me prendre ma chérie sans rien demander ?

Elle change de stratégie.

– Oh s'il te plaît, Mr Biblio, j'en ai tellement besoin.

Elle me supplie en se foutant de ma gueule. Je l'adore cette fille et je sais que Myla est en sécurité avec elle.

– J'ai pas entendu, le Jax, maître suprême que je vénère, à la fin de ta phrase.

Elle hausse un sourcil et reste un instant interdite.

– Euh faudrait pas abuser hein ? Myla sort ce soir et c'est tout !

Le retour de Molly. J'éclate de rire.

– Bonne soirée les filles et rentrez pas trop tard !

CHAPITRE 21 – MYLA

Jackson a insisté pour que nous nous retrouvions tous les quatre en afterwork. Installés chez Mo's qui est devenu un peu notre QG depuis que nous sommes ensemble, nous regardons Molly et moi, les garçons faire une partie de billard.

– J'ai craqué aujourd'hui.

Je me tourne vers Molly.

– Qu'est-ce que tu as fait ? Tu as mangé une glace avec quatre boules chocolat et chantilly ?

Elle sourit.

– Non, j'ai acheté des petits bodies trop beaux.

– Oh c'est trop mignon !

– Justin m'a même donné son avis, je lui envoyais les photos et il choisissait la couleur.

– C'est cool que tu le fasses participer.

– Oui je le sens concerné.

– C'est bien.

La grande porte en bois s'ouvre au fond de la salle et je ne réalise pas de suite que c'est Cole et Flora qui se dirigent vers nous. C'est le cri de Molly qui me fait revenir à moi. Flora s'approche avec un grand sourire. Elle me prend dans ses bras et me serre fort contre elle. Des larmes coulent sur mes joues. Je ne réalise toujours pas qu'elle est là devant moi.

– Est-ce que je peux embrasser les deux plus jolies filles après ma chérie ?

Je me lève abasourdie de les voir tous les deux devant moi. Jackson est là-derrière et je le vois me couver du regard. Il savait. Il savait qu'ils rentreraient et il a voulu me faire une surprise. L'émotion me submerge. Je m'effondre dans les bras de Cole qui me serre fort contre lui.

— Ça va aller ma petite Myla.

Il tapote dans mon dos gentiment.

— Rends là moi, dit Flora en attrapant mon cou.

Je me retrouve dans ses bras et sentir son doux parfum me rappelle multitudes de souvenirs. C'est bon de retrouver sa meilleure amie. Devant moi, j'aperçois Jackson qui prend dans ses bras son ami Cole. Lui aussi est ému.

Je suis debout devant tout le monde et je les regarde tous se prendre dans les bras. Je ne réalise pas qu'ils sont vraiment rentrés, que ma meilleure amie est en train d'embrasser Justin et que Cole empoigne Jackson. Je suis tellement heureuse à l'instant T que j'ai envie de pleurer. Toutes ces personnes sont importantes pour moi. Les filles d'abord parce qu'elles ont toujours été là pour moi et maintenant ces trois garçons car ils nous rendent heureuses. Mes larmes coulent et je me défends de les effacer. Jackson prend mon visage en coupe et m'embrasse.

— Ma chérie, pleure pas.

Je m'accroche à lui et pleure toutes les larmes de mon corps.

— Je t'aime, dis-je dans le creux de son oreille.

— Et moi je te "sur" aime, me dit-il en souriant.

***

Nous nous asseyons toutes les trois autour de la table tandis que les garçons entament une énième partie de billard.

— Alors dis-nous tout ! je dis en regardant Flora.

Je n'arrive toujours pas à réaliser qu'elle est là, devant moi. Jackson m'a regardée avec un grand sourire tout à l'heure, il était au courant, j'en suis sûre maintenant.

— Attends, attends deux minutes, dit Molly en faisant un geste avec ses mains.

Je fronce les sourcils ne comprenant pas où elle veut en venir. Flora non plus apparemment.

– Tu l'as fait ?

Je ne comprends pas de suite la question.

– Oui quoi !!! Toi et Cole vous... Enfin tu m'as compris ! Quand vous êtes partis, vous étiez tous les deux vierges de toutes... Enfin quoi vous me comprenez ou pas !? On dirait deux mérous qui ne comprennent pas mon langage.

Flora se met à rire. Moi je reste bouche bée de ce que je viens d'entendre et en effet, à ce moment-là, je veux bien croire que je ressemble à un mérou.

– Oui, dit Flora calmement.

– Oh putain ! Et c'était comment, raconte !

– Molly ! dis-je en faisant les gros yeux.

– Quoi ça m'intéresse ! Alors dis- moi, il est bien monté le Cole ?

Flora secoue la tête mais entre dans le jeu de Molly.

– Si tu savais... Un vrai dieu !

Molly sourit.

– Il t'a sorti le grand jeu ? C'était dans quel pays ?

– Alors c'était dans le premier en Nouvelle-Calédonie et il avait tout prévu, une superbe soirée avec dîner sur la plage et un coucher de soleil magnifique.

Molly la regarde en posant son menton sur sa main, complètement aspirée par le récit de Flora.

– Il a été très romantique et très patient, c'était...

– Il t'a fait la totale ?

– Molly ?!!

– Mais quoi ?

– Oui... Je n'ai jamais ressenti ce que j'ai ressenti avec lui, c'était magique.

Nous nous regardons toutes les trois un instant, silencieuses et puis Molly éclate de rire.

– Oh putain ce que ça fait du bien de se retrouver !

– Tu nous as manqué tu sais, dis-je encore émue par nos retrouvailles.

– Je sais, à moi aussi vous m'avez manqué. C'était chouette mais j'avais envie de revenir et puis des choses ont changé par ici, dit-elle en regardant le ventre de Molly.

Molly rougit. Molly rougit ? Oui elle rougit et c'est tellement d'une rareté extrême que je prends vite mon portable pour immortaliser le moment.

— Mais qu'est-ce que tu fais !! Arrête ça tu veux !

Flora rit.

— Alors ? Ça se passe bien ? Justin a l'air content.

Molly fronce les sourcils. Même s'il a pris sa décision et qu'elle est ferme et définitive, Molly reste sur la réserve.

— Molly ? Tout va bien avec Justin ?

— Oui ne t'inquiète pas Flora, Justin est sûr de lui maintenant.

Molly me regarde répondre à sa place.

— Et comment ça s'est passé avec ses parents ?

— Je ne sais pas trop, il est resté évasif mais tu sais je sais très bien qu'elle a dû essayer de le dissuader d'avoir le bébé.

— Oui... Hum... L'annonce a été difficile mais Justin a beaucoup parlé avec Jackson et il a pris la décision d'assumer le bébé.

— Avec Jackson ? Serait-il devenu un grand sage pendant mon absence ?

Je souris. C'est vrai que Jackson a beaucoup évolué depuis leur absence. Il est plus responsable, plus investi. Finalement, il n'y a que sur un seul sujet où il campe sur ses positions mais ce n'est pas le moment d'en parler.

— Un grand sage ?? se moque Molly, je dirais pas ça mais je peux te dire que notre impétueux Jax, s'est assagi ça c'est certain. Il me prend même dans ses bras maintenant !

Je lève les yeux au ciel en secouant la tête.

— Oh quel progrès ! dit Flora en riant.

— Ils sont toujours comme chien et chat, je te rassure mais ils arrivent à passer du temps ensemble.

— Et toi ? Tu vas bien ? me demande Flora.

— Oui je vais très bien même. Ma vie me plaît, mon travail aussi. Tout va bien.

— Je suis heureuse pour toi.

Elle pose sa main sur la mienne et son regard me dit plein de choses.

— Alors raconte-nous ! Ces pays que vous avez vus, vos aventures !

– Ouh la ! J'ai plein de photos à vous montrer, c'était tellement incroyable ! On va organiser une soirée avec Cole pour partager nos souvenirs, on se fera un repas tous ensemble. Mais tout ce que je peux vous dire c'est que c'était merveilleux.

J'ai encore du mal à réaliser que mon amie est en face de moi en train de me raconter son périple et mes pensées dérivent, ça me fait sourire. Je tourne la tête sentant un regard pressant sur moi. Jackson est adossé au pilier près de la table de billard. Il lève sa bière en ma direction en me faisant un clin d'œil. Ça me rappelle la première soirée que nous avons passée ensemble et nous avons fait du chemin depuis car je ne l'ai jamais autant détesté qu'à notre première rencontre.

Je lui souris. Il savait qu'ils rentreraient aujourd'hui c'est pour ça qu'il a fortement insisté pour que nous venions après le travail. Je n'en avais pas très envie car j'ai eu une journée difficile mais il a trouvé les arguments pour que je vienne. Il savait que je serais heureuse de revoir Flora. Je me rends compte qu'il fait vraiment tout pour que je me sente bien et quelques fois je culpabilise car je ne suis pas sûre de lui rendre ce qu'il me donne.

– Oh Myla, tu regardes !

Je reprends mes esprits et je les vois toutes les deux, regardant le portable de Flora.

– Tu sais je me disais que je pourrais peut-être me rendre utile dans ton agence ?

– Comment ça ?

– J'ai vu huit pays différents, je pourrais peut-être te donner des infos, des plans à faire.

– Mais oui ! C'est une bonne idée !

– C'est vrai ? Tu serais d'accord ?

– Mais carrément !

– Bon super les filles, on peut regarder la suite ? dit Molly en riant.

Flora reprend son diaporama. Elle nous montre des endroits magnifiques et ses explications sont toutes empreintes de nostalgie. Je pense qu'elle a un peu peur de reprendre une vie « normale ».

Je regarde Cole qui est tout souriant. Il a l'air toujours aussi serein et calme. Je vois qu'il embête Jackson qui râle dans son coin. Il doit perdre et un Jackson qui perd, c'est un Jackson qui boude.

CHAPITRE 22 – JACKSON

— Alors mec, Flora est radieuse. C'est ton don pour la baise qui l'a rendue comme ça ? se moque Justin.

Je lui envoie une claque sur le crâne.

— Ferme-là.

— Quoi ? Il a quand même une réputation hein !

Justin s'éloigne et essaie de mettre la bille six dans le trou opposé.

— Ma réputation est loin derrière moi maintenant.

Je souris. Il a l'air épanoui et changé. Justin continue de se foutre de sa gueule.

— C'est cool mec, si ça marche avec Flora.

— Mieux que ça Jax, cette fille est faite pour moi. On a plein de choses en commun c'est hallucinant et je crois que ce voyage nous a fait énormément de bien.

— J'imagine.

— Ouais t'as pu tremper le biscuit et ça c'est bien !!

— Tu es toujours aussi con, dit Cole en secouant la tête.

— Qu'est-ce que j'ai dit ? me demande Justin l'air étonné.

— Ferme-là Justin, je t'ai dit.

Cole boit une gorgée de sa bière.

— En tout cas moi je l'ai pas mise en cloque.

Justin perd son sourire et regarde en direction de Molly.

— Joue Justin.

Il fronce les sourcils et pose son bras sur le rebord de la table. Il rate son coup et râle comme un enfant dans sa barbe.

— J'ai touché un point sensible ? dit Cole.

Je souris. Justin, l'air sérieux, le regarde. Je sais qu'il a envie de gueuler mais il ne le fera pas pour ne pas attirer l'attention des filles. Il souffle et s'isole pour boire une gorgée de bière.

– Sujet sensible... Très sensible, dis-je en direction de Cole tout en prenant position pour entrer la boule sept.

– Arrête tes conneries Jax ! me dit Justin.

– C'est quoi le problème mec ? Cole insiste auprès de Justin.

Je ne pense pas que ce soit une bonne idée mais après tout, si ça peut enlever la frustration de Justin pourquoi pas.

– Tu vois pas le problème ? Molly, un ventre rond, neuf mois, couches et biberon ? J'en ai encore plein des comme ça, ça te va où je continue ?

– Hey du calme, j'ai compris.

Justin retourne dans son coin.

– Vous allez le garder ou pas ?

Le regard de Justin est outré.

– Évidemment qu'on le garde !

– Bon ben c'est cool, avec Jackson, on rêvait d'être tontons.

Je pouffe de rire.

– C'est ça marrez-vous ! J'aurais bien aimé voir la gueule de Jackson si Myla lui avait annoncé qu'elle attendait un mioche.

Je blêmis. Putain il va me porter le noir ce con. Moi je ne suis pas prêt, c'est certain.

– Ah !!! Tu vois ?! Regarde la tronche qu'il fait ! Mais peut-être qu'elle t'a pas encore annoncé la nouvelle !

Je déglutis très difficilement.

– Elle a pas des sautes d'humeur en ce moment ? Vous vous disputez plus souvent que d'habitude non ? Elle a pas des envies un peu bizarres ?

– Mais ta gueule ! je dis irrité.

Justin se met à rire. Cole le suit.

C'est vrai qu'en ce moment, on se prend un peu plus la tête et qu'elle me montre qu'elle a du caractère mais ça ne veut pas dire que.... Je la regarde, épiant le moindre geste qui pourrait me faire penser qu'elle soit enceinte.

– Relax mec, j'ai dit ça pour te faire chier. Myla n'est pas enceinte !

– Et comment tu le sais ?

– Molly... Ok ? Elle l'aurait dit à Molly !

Je souffle et libère ma respiration que je retenais depuis sa connerie.

– Voilà, tu ris moins maintenant ! Alors arrêtez de me faire chier avec le bébé ok ?

Nous levons tous les deux les bras en l'air pour lui dire que c'est bon.

– Tes parents l'ont bien pris ?

Putain Justin n'a rien dit à Cole. Justin dérape sur le tapis et rate son coup. De rage, il balance sa queue de billard et attrape sa bière qu'il boit d'une traite. Je regarde Cole en faisant les gros yeux.

– Même ça on peut pas lui demander ?

– Non il t'a rien dit ce con mais ses parents lui ont coupé les vivres, ils ne veulent rien savoir de Molly ou du bébé.

– Quoi ? Pour de bon ?

– Ouais, alors t'étonne pas s'il est un peu... Comment dire... Susceptible sur le sujet.

– Ok, je comprends mieux.

On le voit s'éloigner en direction des toilettes. Molly se lève déjà. Elle a dû capter que Justin n'était pas bien. Je lui fais signe que je le rejoins et Myla en posant sa main sur son bras, lui demande de se rasseoir.

– Je vais le voir et je le ramène.

– Ok, me dit Cole, embêté par la situation.

Devoir parler dans les toilettes pour mecs n'est pas l'endroit idéal mais bon, là je n'ai pas le choix. Justin face aux pissotières regarde droit devant lui. Il ne tourne même pas la tête quand j'entre. Je crois qu'il ne m'a même pas entendu. Je me poste à côté de lui et me soulage aussi. Ma proximité le fait revenir à lui. Il se tourne vers moi en me regardant bizarrement.

– Ah c'est toi… me dit-il.

Comme s'il pensait que c'était un mec qui le matait.

– Pourquoi t'as rien dit à Cole ?

Il soupire. Il remonte sa braguette et appuie sur la chasse d'eau. Il se dirige vers les lavabos. Tout en se lavant les mains, il me regarde dans le miroir.

– Il était toujours avec Flora, alors j'ai pas voulu les inquiéter.

– Ne lui en veut pas alors s'il te pose des questions.

Je le rejoins pour me laver les mains.

– Je n'y arrive pas.

– À quoi ?

– A garder mon calme quand on me parle de ça.

– Molly a vu qu'il y avait un problème.

– Merde !

– Sérieusement Justin.

Il se tourne vers moi.

– Tu le veux ce gamin ?

– Oui.

– Alors assume maintenant, t'es un grand garçon !

J'essuie mes mains et lui tourne le dos.

– Non mais attends ! Je rêve ! Depuis quand tu te la joues grand moralisateur ?

Je souris.

– Tu te vengeras quand ça sera mon tour !

– J'y compte bien mec ! J'y compte bien !

J'ouvre la porte des toilettes et Molly me saute dessus.

– Il va bien ?

– Ne t'inquiète pas Molly, ça va aller.

– C'est encore à cause du bébé, dit-elle tristement.

– Mais non... Juste des questions de Cole à qui il n'avait rien expliqué.

Justin sort à ce moment-là, non sans me rentrer dedans.

– Merde tu fous quoi là ?

– Justin ?

– Bon ben je vous laisse hein… dis-je en me défilant et en retournant vers le bar.

Ils sont vraiment pas possibles tous les deux. Je secoue la tête quand j'entends le rire de Cole. Il est assis à la table avec les filles. Myla est radieuse. Elle doit être heureuse de voir Flora. À moins que.... *Non putain pense pas à ça ! Elle n'est pas enceinte !*

Putain je hais Justin de m'avoir mis cette idée dans la tête. Ça ne peut pas nous arriver à nous. On n'en a pas parlé et puis elle me l'aurait dit. Elle me l'aurait dit c'est sûr... Enfin je crois.

— Ah tu es là ! me dit-elle en m'accueillant avec un grand sourire.

Elle m'embrasse dès que je m'assois près d'elle.

— Ça va ?

— Oui enfin... J'ai un peu mal au cœur, je ne sais pas pourquoi.

Quoi ? Mais qu'est-ce qu'elle me fait ?

— Tu as dû manger quelque chose qui ne t'a pas réussi.

— Oui peut-être.

— Tu veux qu'on rentre ?

— Non, ça va aller, j'ai pris un médicament que Flora m'a donné.

— Ils sont où nos tourtereaux ? me demande Cole.

— Dans le couloir, mais je me suis cassé. J'avais pas trop envie d'être entre les deux.

— T'as raison, dit Cole en riant.

— Ils ne se sont pas assagis depuis le temps ?

— Oh si quand même ! dit Myla pour défendre Molly.

Je lève les yeux au ciel. Flora sourit. Puis tout s'enchaîne, Je vois Justin qui met un grand coup dans la porte.

— Aidez-moi !!! Appelez une ambulance !

Je suis le premier à le rejoindre. Il est dans tous ses états.

— Justin calme-toi, où est Molly ?

— Dans le couloir....

Il devient blanc comme un linge et je m'aperçois qu'il a du sang sur ses mains. Je fonce vers le couloir. Molly est allongée et semble inerte. Bordel mais c'est quoi cette merde ! Je la prends vite dans mes bras pour l'emmener dans le bar et la poser sur une table. Les gens autour s'agitent mais j'arrive à me frayer un chemin. Certaines filles poussent des cris et j'entends des personnes qui demandent qu'on appelle une ambulance.

Myla arrive derrière moi. Elle se tétanise quand elle me voit avec Molly dans les bras.

— Oh mon Dieu... Oh mon Dieu...

Je la dépose sur la table que les serveurs ont débarrassée rapidement.

— Qu'est ce qui s'est passé ? je demande à Justin.

Il attrape sa main qu'il tient fermement dans la sienne.

— Je sais pas, elle s'est sentie mal et elle a posé sa main sur son ventre. Putain le bébé Jax... Le bébé…

Myla se met à pleurer et Flora n'est pas en mesure de la consoler.

— Ils ont appelé une ambulance ? je demande à Cole avec inquiétude.

— Oui, ils arrivent…

Pas le temps de finir la phrase que nous entendons les sirènes des pompiers qui se garent dans le parking.

— Molly réponds moi bébé !

Justin commence à paniquer et à prendre conscience de ce qu'il se passe. Myla tremble de tous ses membres. Les choses se passent au ralenti. Je regarde mes mains maculées de sang aussi. Mon cœur bat à cent à l'heure, moi aussi je suis en train de comprendre la gravité des choses.

— Bonsoir, vous pouvez nous dire ce qui s'est passé ?

Je laisse Justin le faire, c'est son conjoint, c'est à lui de le faire. Mais il reste muet et regarde toujours Molly.

— Justin bordel ! On te parle !

Il sursaute mais ne réagit pas plus que ça. Je prends les devants.

— Ils étaient dans le couloir et elle a fait un malaise. Elle est enceinte et il y a du sang enfin vous voyez quoi.

— Oui Monsieur, merci, on va l'emmener à l'hôpital.

— Au Scripps Mercy ?

— Oui.

— Ok.

— Son petit ami vient avec nous ou vous l'emmenez avec vous ?

— Justin ?

Il lève la tête vers moi, blanc comme un linge.

— Tu pars avec les pompiers ou avec nous ?

— Je pars avec Molly.

Le pompier n'attend pas plus. Son collègue est occupé à prendre les constantes de Molly.

— Allez on y va, elle est enceinte, faut pas tarder.

Il lui fait signe et ils la mettent sur un brancard. Nous les regardons partir et je m'aperçois à cet instant de l'état dans lequel se trouve

Myla. Elle tremble comme une feuille et ses yeux sont remplis de larmes. Je l'entoure de mes bras et essaie de la réchauffer.

- Ça va aller bébé, ça va aller.

Elle enfouit sa tête contre mon torse et se met à pleurer.

CHAPITRE 23 – JACKSON

Il est 2h30 du matin quand nous rentrons. Je suis vanné. Je dépose mon blouson sur le canapé et me dirige vers le frigo pour prendre la bouteille de jus d'orange. Je regarde Myla, errer dans l'appartement comme une âme en peine.

– Tu veux quelque chose à boire, un thé ?

Elle lève les yeux vers moi.

– Non un chocolat s'il te plaît.

Bizarre, elle n'en boit jamais.

– Ok, dis-je un peu surpris.

– Je vais prendre une douche, me dit-elle tristement.

– D'accord, prends ton temps, je nous prépare un petit encas.

– Je n'ai pas très faim tu sais.

– Il faut que tu manges un petit truc avant d'aller te coucher.

– Comme tu veux.

Elle me laisse dans la cuisine et se dirige vers la salle de bain. Je m'active pour que tout soit prêt quand elle sortira de sa douche. Je n'aime pas la voir dans cet état. C'est vrai que ce soir Molly nous a fait peur. J'ai cru qu'elle avait perdu le bébé. Il s'en est fallu de peu. Elle a fait une hémorragie qui aurait pu être très grave mais le petit bébé est resté bien accroché.

J'avoue que j'ai prié au fond de moi pour que ça n'arrive pas sinon je ne sais pas comment Justin aurait pu réagir face à cette annonce. Il était déjà dévasté sans savoir que Molly s'en sortait bien dans la salle d'opération. Quand le médecin est sorti et qu'il nous a dit que tout allait bien, il s'est effondré dans mes bras. Myla aussi et j'ai eu du mal à me contenir aussi tellement j'étais content que Molly soit la fille forte que je connais. Elle est indestructible cette fille.

Je beurre quelques tartines que je dépose sur le comptoir. Je suis mort mais je ne veux pas qu'on aille se coucher sans parler de ce qui s'est passé ce soir. J'installe nos bols, le jus d'orange et les céréales. Un vrai petit déjeuner en pleine nuit. Elle arrive dans sa tenue de nuit, son petit shorty et son top noir. Ses cheveux sont attachés par une pince. Elle laisse ses affaires sales dans le cellier, près de la machine à laver.

— Installe-toi, je lui dis en m'asseyant face à elle.

— Jackson... Je n'ai pas vraiment faim.

— C'est pas grave, bois au moins ton chocolat.

— Oui.

Elle attrape le bol et boit une gorgée.

— Myla, je voudrais qu'on parle de ce qui s'est passé ce soir.

Elle lève les yeux vers moi.

— On n'a pas des fraises dans le frigo ?

Je reste interdit. Des fraises ? Elle m'a demandé des fraises, je n'ai pas rêvé ? Là je commence à flipper grave. Je décide de ne pas faire cas de sa question.

— Tu dois te sentir mieux maintenant non ?

Elle ne me répond pas et se lève pour fouiller dans le frigo. Je la regarde, inquiet.

— Qu'est-ce que tu fais ?

— J'étais sûre d'avoir acheté des fraises. Ah voilà !

Putain mais elle me fait quoi là ?

— Putain Myla, tu crois que c'est le moment de manger des fraises ?!

Elle me regarde avec sa barquette dans les mains.

— Pourquoi c'est le moment de prendre le petit déjeuner ?

Elle me sort ça comme si elle me demandait de lui passer le sel à table. Je ferme les yeux un instant. Sautes d'humeur, larmes, fraises, mal au cœur. Elle a tous les putains de symptômes de la femme enceinte. Je crois que je vais aller me pendre. Je m'attrape l'arête du nez et j'essaie de garder mon calme mais je veux en être sûr. Je reste un instant silencieux. Elle, ne bouge pas et reste droite comme un I. Elle essaie de prendre une fraise mais mon regard noir l'en empêche.

– Tu es enceinte Myla ?

Elle ouvre les yeux tellement grand que j'ai l'impression qu'ils vont sortir de leur orbite. Elle avale difficilement le morceau de fraise qu'elle avait dans la bouche.

– Tu....

– Sois sincère, ne me cache rien. Ça ne sert à rien, les symptômes sont là et je ne suis pas con.

Ses yeux restent grands ouverts.

– Mais... Je…

– Justin a vendu la mèche. Tu as dû le dire à Molly j'imagine et l'autre débile me l'a dit.

– Là il faut que je m'assoie, dit-elle abasourdie.

– Tu ne te sens pas bien ?

– Non mais stop ! Qu'est ce qui se passe Jackson ?

Je la regarde bizarrement.

– Je ne sais pas, à toi de me le dire.

– Excuse-moi mais là on est en plein délire, tu es sérieux ?

– Sérieux ? Bien sûr que je suis sérieux, c'est une chose importante et tu ne me dis rien.

– Je suis en plein cauchemar.

– Quoi ? Je sais que je t'ai dit que je n'étais pas prêt encore mais si je dois assumer je le ferais. Tu ne me prends pas au sérieux comme d'habitude.

– Non mais Jackson, je ne suis pas enceinte ! Ok !?

Je reste interdit devant elle et je serais presque déçu de la réponse qu'elle vient de me donner.

– Oh... Ok donc je me suis fait un film.

– Euh oui !

Je reste silencieux. Je me suis monté la tête tout seul parce que Justin m'a fait une putain de remarque.

– Justin t'a vraiment dit que j'étais enceinte ?

– Non il a fait une allusion et je l'ai pris au pied de la lettre.

Je secoue la tête. Ce que je peux être con. Elle se déplace et vient s'asseoir sur mes genoux. Je passe mes mains autour de sa taille.

– Je te sens presque déçu, je me trompe ?

– Quoi ? Mais ça va pas ! J'ai pas besoin de ça maintenant.

Je fais celui que ça ne touche pas mais elle a raison, je m'étais presque fait à l'idée. Elle sourit. Je suis sûr qu'elle ne me croit pas une seconde.

— Comment tu te sens bébé ?

Elle se mord la lèvre.

— J'ai eu peur.

— Je sais... Mais elle va bien, ok ? Le bébé va bien.

— Oui.

Elle reprend une fraise dans la barquette, qu'elle colle dans sa bouche comme une gourmande.

— Tu en veux une ?

— Oui pourquoi pas.

Elle attrape la plus grosse fraise et la pose lentement sur mes lèvres.

— Tu n'es pas fatiguée ? je demande en croquant un morceau.

— Un peu mais...

— Mais ?

Je lève les sourcils.

— Mais maintenant que j'ai pris des vitamines, je pourrais t'accorder un petit moment.

— Oh vraiment ?

Elle dépose ses lèvres sur les miennes et le goût de fraise m'envahit. Je recule le tabouret sur lequel on était assis. Je la soulève et elle passe ses jambes autour de ma taille. Nos baisers sont passionnés. J'essaie de me diriger sans renverser les objets dans le salon. J'éteins la lumière et me dirige vers notre chambre. Je ferme la porte avec mon pied.

Elle descend et glisse le long de mon corps tout doucement. Je défais lentement les bretelles de son top que je laisse tomber le long de ses épaules. Son soutien-gorge en dentelle rose me fait un effet de fou. Je caresse sa peau et lui souris.

— Tu es belle... dis-je en murmurant.

Elle soulève mon t-shirt et passe ses mains sur mon torse. Ses doigts dessinent les lignes de mes abdominaux et ils accèdent au bouton de mon pantalon qu'elle défait brusquement. Elle le baisse. Je l'envoie un peu plus loin dans un coin de la chambre. Je passe mes mains sur ses joues et je les croise dans sa nuque. Je tire un peu sur ses cheveux, elle me laisse accès à son cou que j'embrasse avec délectation. Puis je m'attaque à son soutien-gorge que j'ai du mal à détacher mais je ne me laisse pas abattre et au bout de quelques secondes j'en viens à bout. Le dessous tombe à nos pieds et je découvre sa poitrine gonflée de plaisir. Mes doigts frôlent légèrement ses tétons qui durcissent aussitôt. Je souris.

Je me baisse pour les lécher un à un et descendre sur son ventre où je laisse une traînée de baisers. J'attrape chaque côté de son shorty que je baisse avec énergie. Elle en sursaute d'ailleurs. Mes mains se déplacent sur ses fesses joliment rebondies et ma bouche se colle contre ses secrets. Elle soupire longuement. Mes doigts s'immiscent lentement sur ses petites lèvres et ses jambes tremblent déjà. Elle est mouillée et toute excitée et ça me fait devenir fou. J'appuie un peu plus sur son bouton rougi et elle laisse échapper un gémissement langoureux. Je dépose un baiser sur son pubis et je remonte rapidement. Je l'attrape par la taille et la porte. Ses jambes se croisent à nouveau autour de mes hanches. Je la plaque contre le mur.

– Bébé, dis-je en murmurant.

– Prends-moi, me dit-elle dans le même souffle.

Avec ses pieds, elle descend mon boxer. J'attrape alors mon sexe que je présente à l'entrée du sien. Je pousse une première fois pour la pénétrer. Elle tape légèrement le dos contre le mur. Ses yeux se verrouillent aux miens et je la pilonne de va-et-vient. Certaines fois, elle ferme les yeux comme pour mieux savourer notre corps à corps et moi je continue de lui donner la cadence. Mes mains serrent bien fort ses cuisses et mes coups de hanches vont crescendo. Elle ne gémit plus mais hurle mon prénom et ça m'excite encore plus. Elle m'embrasse à n'en plus finir et je continue mes mouvements jusqu'à ce que je sente son corps se raidir en même temps que le mien. Je jouis en elle. Ses bras entourent plus fort mon cou. Elle tremble et serre encore plus ses jambes autour de mon bassin. Je continue de faire des petits mouvements et ses gémissements deviennent plus faibles.

– Putain Myla, tu me rends fou.

Elle pouffe dans mon cou.

– C'était bon, me dit-elle en mordillant le lobe de mon oreille.

141

Je la soulève alors un peu plus et nous nous dirigeons vers la salle de bain.

— Une bonne douche et puis dodo, dis-je en ouvrant l'eau dans la cabine.

CHAPITRE 24 – MYLA

Ce matin en me levant, je laisse Jackson dormir encore un peu et j'appelle Molly. C'est elle qui me répond et ça me rassure.

– Comment tu vas ma chérie ?

– Un peu fatiguée mais ça va. Du moment que le bébé va bien, je suis heureuse.

– Justin est avec toi ?

– Oui il est parti m'acheter de la glace au chocolat.

Je me mets à rire.

– Tu m'as fait peur hier soir, vilaine !

– Je sais Flora m'a dit la même chose.

Je sens deux mains attraper mes hanches et des lèvres m'embrasser le cou.

– Salut toi, me dit-il en murmurant.

Je lui souris.

– Le médecin t'a dit que le bébé était en bonne santé ?

– Oui, c'est plus un petit pois maintenant, il a la taille d'une mandarine.

– Qu'est-ce que tu racontes ?

– Hey Pitbull comment ça va ?

– Oh Mr Bibliothèque !

– Alors tu vas arrêter de faire ton intéressante un peu !

– Merci, Justin m'a dit que tu avais pris les choses en main hier soir, merci beaucoup.

– Y'a pas de quoi mais on continue à se détester t'as compris !

– Ah mais ça c'est certain espèce de crotte de bouc !

— Crotte de bouc ? dit-il en grimaçant, mais qui traite les gens de crotte de bouc ?

— Quoi ? Tu préfères goujat ?

Il se met à rire. Je reprends l'appareil.

— Non mais tu te moques de moi ?

Molly rit aussi au téléphone.

— Je vous aime tous les deux.

Elle devient sérieuse et je suis émue de l'entendre me dire ça.

— Moi aussi je t'aime Molly.

— Moi aussi je t'aime passionnément Pitbull.

— Beurk !

Nous nous quittons en riant et je suis contente de savoir que tout ça, est un mauvais souvenir.

— Cette fille est complètement folle. Je me répète mais c'est vrai.

Je souris.

— Avoue que tu l'aimes bien.

Je le regarde en coin. Il ne répond pas mais je vois bien dans son regard que je dis vrai.

***

— Votre table est magnifique Charlotte.

— Merci ma chérie.

Je l'aide en cuisine à finaliser son repas. Elle est très gentille et je me suis de suite entendue avec elle. Jackson aussi d'ailleurs. Je les regarde son père et lui dehors. Ils se ressemblent et ça me fait sourire.

— Ça va toi ?

Je tourne la tête vers Charlotte et je lui fais signe que oui.

— Et Jackson ?

— Oui, il va très bien, il s'épanouit dans son nouvel atelier. Je suis contente pour lui.

— Tant mieux ! La dernière fois je suis passée devant ton agence...

— Oh ! Et pourquoi vous n'êtes pas entrée ?

— Tu étais occupée avec une cliente, une dame d'un certain âge. De mon âge en fait.

— Ah oui, c'est Mme Johnson-Blackwell. C'est une grosse cliente.

– Oh...

Charlotte semble inquiète tout à coup.

– Tout va bien ? je lui demande.

– Oui, me répond-elle avec un sourire crispé.

La porte s'ouvre et nos deux hommes entrent en riant. Jackson enlève son blouson et l'accroche près de la porte. Il se dirige vers moi, souriant. Il se stoppe et attrape ma nuque délicatement pour m'embrasser.

– J'ai faim !

– Allez à table les enfants ! crie Phil.

Charlotte nous amène un plat de lasagnes qui a l'air d'être une merveille. Jackson mange le plat des yeux. Il est vrai que je ne suis pas si cordon bleu et que je n'ai pas trop l'occasion de lui préparer des bons plats. Elle le sert en premier et il hume le plat avec un gémissement de bonheur.

– Tu es la reine des lasagnes.

Elle rougit et pose son regard sur Phil qui semble fier de sa compagne.

– Franchement tu es libre Charlotte ? Parce que je t'épouse de suite, dit Jackson en riant.

– Hey ! je dis l'air en colère.

Phil se racle la gorge. Il a l'air un peu embarrassé.

– Sois pas jaloux ! Je te la laisse ta Charlotte !

J'adore quand Jackson est de bonne humeur et je trouve super qu'il s'entende bien avec sa future belle-mère. J'entends Phil qui se racle encore la gorge. Je me tourne vers lui en fronçant les sourcils. Charlotte se lève et le rejoint. Elle se tient derrière lui en posant ses mains sur ses épaules.

– Nous avons quelque chose à vous dire à tous les deux.

Jackson lâche sa fourchette de lasagnes. Il n'aime pas ce genre d'annonce et je sais que ça le rend nerveux. Il me regarde, je lui souris pour le rassurer mais bon c'est peine perdue avec lui. Il s'essuie la bouche avec sa serviette, boit une gorgée d'eau. Son père fait la même chose et le mimétisme est amusant à voir.

– Bon Jackson, Myla...

Jackson devient inquiet face au ton solennel que prend son père.

— Charlotte et moi, nous avons quelque chose à vous dire.

— Je... Y'a un problème ?

Jackson intervient mais je vois qu'il se sent en danger.

— Non Jax, ne t'inquiète pas, il n'y a pas de souci.

— Oh ok, alors vas-y je t'écoute.

— Oui hein, j'aimerais bien pouvoir en placer une !

— Ok je te laisse la parole.

Je souris.

— Bon je disais que...

— Phil et moi, allons nous marier !

Charlotte coupe la parole à mon beau-père. Et Jackson et moi nous regardons avec de la surprise. Jackson reste silencieux.

— Hum... Et on aimerait bien que tu nous donnes ta bénédiction, dit Phil en regardant son fils.

La tension monte d'un coup. L'absence de réaction de Jackson m'inquiète. Je lui file un coup de pied sous la table. Il sursaute en faisant une grimace.

— Oui... Oui évidemment que je vous donne ma bénédiction.

Charlotte laisse échapper un sanglot et se dirige vers Jackson en le prenant dans ses bras.

— Merci mon grand.

Il la prend dans ses bras et lui dit quelque chose que je n'entends pas mais qui émeut encore plus Charlotte.

J'embrasse et félicite Phil.

— Et c'est prévu pour quand ? je demande en les regardant tous les deux.

Charlotte regarde avec amour son homme.

— Phil veut que nous nous mariions le jour de mon anniversaire, dans trois mois.

***

Quand nous rentrons à la maison, Jackson est étrangement silencieux. D'ailleurs depuis l'annonce du mariage, il est bizarre. Je n'ose pas engager la conversation car je ne sais pas comment il pourrait réagir. Pourtant il avait l'air heureux pour son père.

– Tu veux boire quelque chose ? je lui demande en ouvrant le frigo.

Il ne me répond pas, pourtant il est à trois mètres de moi.

– Jackson !

Il lève le visage vers moi.

– Quoi ?

– Est-ce que tu veux boire quelque chose ?

– Non ça va.

J'attrape un soda et vient m'asseoir en tailleur devant lui. J'ouvre ma canette et boit une gorgée.

– Ça va ?

Je me lance mais j'ai peur de sa réaction.

– Oui pourquoi tu me demandes ça ?

Son ton est limite mais je tente d'aller un peu plus loin.

– Écoute Jackson, j'ai l'impression que tu ne prends pas bien la nouvelle du mariage de ton père et de Charlotte, je me trompe ?

– Non.... Je... Je suis content pour eux.

– Cache ta joie alors, dis-je avec un petit sourire.

Il me regarde en coin.

– Tu te moques de moi ?

– Mmmmh... Peut-être un tout petit peu, dis-je pour le taquiner.

– Je suis désolé, ça me soucie.

– Qu'est ce qui te soucie ?

– J'espère juste que leur mariage va marcher, je ne voudrais pas que mon père souffre encore une fois.

– Jackson... Charlotte n'est pas ta mère. Regarde comme elle est adorable avec ton père et nous.

– Ouais je sais mais je ne peux pas m'empêcher de m'inquiéter pour lui.

– Je comprends mais il faut aussi que tu lui montres que tu es content pour lui.

– Je l'appellerai plus tard.

– D'accord.

Je bois encore une gorgée de ma boisson. Il lève sa main sur mon visage et me caresse lentement.

– Merci.

– Pourquoi ? dis-je étonnée.

— Pour tout ce que tu fais pour moi.

Je rougis.

— J'adore te voir rougir, tu es belle.

— Merci mon cœur.

J'attrape l'ordinateur posé sur la table basse devant nous.

— Mais avant tout, on va devoir te choisir un beau costume !

— Quoi ?? Non mais on a le temps pour ça ?

— Jackson, ton père et Charlotte se marient dans trois mois ! Il faut réserver ton costume.

— Oh... Pourquoi je sens que ça va être horrible, dit-il en mettant son visage dans un coussin.

— Mais non ! Regarde ! Je te verrais bien en bleu marine avec un nœud papillon.

Il lève le coussin et me regarde l'air blasé.

— Il est hors de question... Tu m'écoutes ? Que je porte ce machin autour de mon cou !

Je perds mon sourire.

— Quoi ? Mais Jackson, c'est le mariage de ton père ! Tu dois être... Tu dois être le plus beau... Après ton père bien sûr.

— Ce machin va m'étouffer, va m'étrangler. Je n'en veux pas !

— Mais tu n'auras qu'à le porter pour la cérémonie et les photos, ensuite tu pourras l'enlever !

— Non, non et non...

— Oh mais Jackson, fais un effort s'il te plaît, une cravate alors peut-être ?

— Encore pire ! je ne veux rien autour de mon cou, à part tes bras !

Il me regarde en coin. Je croise les bras devant ma poitrine et lève le menton avec un air vexé.

— Hé bien sache que si tu ne portes pas de nœud papillon, tu n'auras pas non plus mes bras autour de ton cou.

Je l'ignore et continue de chercher un costume.

— Ah oui ? Et bien moi je crois que ce jour-là, je serai tellement sexy que tu ne pourras pas me résister.

Je lève les yeux au ciel en faisant une grimace.

— Hey ! me dit-il en me bousculant de l'épaule.

Je fais celle qui est monopolisée par la recherche internet de son costume.

– Ne m'ignore pas !

Je sais que je vais le faire craquer et je pince ma lèvre entre mes dents et là je lui donne le coup de grâce. Il me regarde, je le sais. J'ai envie de rire mais je me retiens.

– Bon allez ça va ! Tu as gagné un nœud pap c'est bon !

Je lâche l'ordinateur du regard et je lève les bras en l'air en signe de victoire.

– T'es une vraie chipie ! Tu utilises des moyens qui ne sont pas loyaux.

– Quoi ? Mais je n'ai rien fait !

Il pose son doigt sur ma bouche.

– Ça, c'est pas loyal.

Il caresse ma lèvre inférieure. Sa bouche rejoint mes lèvres et il y dépose un baiser.

– Ne me détourne pas de ma mission, il faut qu'on te trouve un costume.

– Oh non, dit-il en se laissant tomber sur le canapé, ça va durer des heures !

Je le regarde en souriant, j'aime ces moments où on se chamaille mais qu'on est tous les deux et que rien ne nous atteint. Il regarde son portable et je me love dans ses bras. Il m'accueille chaleureusement en embrassant le haut de mon crâne.

– Mon père m'a demandé d'être son témoin.

– Quoi ? dis-je en me relevant rapidement. Mais pourquoi tu ne m'as pas dit ?

– Je voulais te faire la surprise.

– La surprise ? Mais attends, il faut que tu portes le plus beau costume avec le plus beau nœud papillon qui existent !

Il rit.

– Remets-toi là ! Je ferai tout ce que tu veux, mais reviens dans mes bras !

– Tout ce que je veux ? dis-je mutine en me rallongeant près de lui.

– N'abuse pas quand même...

Je me love dans ses bras et respire son odeur. Son parfum que j'adore me monte dans les narines et je me sens à l'abri de tout. Son bras musclé me serre contre lui et ses doigts caressent lentement mes cheveux. Je lève les yeux vers lui. Il est toujours rivé sur son écran.

— Je t'aime Jackson.

Il dévie son regard vers moi en souriant.

— Je t'aime aussi bébé.

Je me resserre contre lui en le tenant bien fort contre moi. J'aimerais que ce soit tout le temps comme ça mais je sais aussi qu'avec Jackson rien n'est jamais simple alors je profite de l'instant présent.

CHAPITRE 25 – RUBY

Je passe ma main sur les photos que j'ai gardées toutes ces années et me souviens surtout des deux ans de Jackson. Je regarde par la fenêtre et les images reviennent dans ma tête.

Aujourd'hui il fait gris et froid. Phil est parti travailler et Jackson joue chez les voisins avec Justin. Mes idées noires sont revenues et je n'arrive plus à voir le bout du tunnel. Quel avenir me réserve cette vie ? Phil est gentil mais il ne peut pas combler toutes mes envies et mes envies sont celles de réussir dans ma vie professionnelle. San Diego n'est pas vraiment la ville pour que je m'épanouisse. New York me tend les bras, les propositions affluent mais mon mari n'a pas connaissance de tout ça.

Je sais que je devrais faire face aux jugements des gens mais je sais aussi que je ne veux pas de ça, cet enfant est arrivé trop tôt, je n'avais pas envisagé d'être mère au foyer. Phil ne comprend rien à mes attentes et il veut que je reste là, à lui repasser ses pantalons et lui servir de bons petits plats.

Je ne veux pas de ça… Jackson se construira sans moi mais il aura un père, une image masculine et c'est le plus important. Je sais que Phil en sera capable et puis il refera sa vie. Je n'ai jamais eu la fibre maternelle mais Phil voulait absolument des enfants. Des enfants ? Non ! Jackson est déjà arrivé par accident, je ne veux pas être la mère de plusieurs enfants. Je ne veux pas être mère tout court.

Je suis prête à prendre cette grande décision car toute ma vie j'ai rêvé de cette carrière.

– Maman ?

Je tourne la tête vers ma fille qui vient de faire son entrée dans la pièce. Je referme l'album photo. Quand j'y pense, une fois que ma carrière a décollé, à l'époque j'ai terriblement regretté d'avoir abandonné Jackson. Non pas parce qu'il me manquait mais parce qu'il me fallait un héritier. C'est d'ailleurs sur cet argument que j'ai réussi à convaincre mon mari de faire un enfant. Mais malheureusement, Leeann est trop sotte pour s'occuper de mes affaires. J'ai cru un moment qu'elle pourrait hériter de mon travail et prendre le relais mais dernièrement, j'ai décelé un côté immature chez elle et je ne peux pas compter sur elle.

— Qu'est-ce que tu fais ?

— Rien, je regardais les albums photos.

— C'est quoi celui-là ? Je l'ai jamais vu je crois.

— Oh si tu as dû le voir plus d'une fois, dis-je pour ne pas éveiller sa curiosité.

— C'est un des miens ?

— Non... Allez ! Hop fini la nostalgie, j'ai plein de choses à faire.

— Euh je voulais te demander...

— Quoi donc ?

— Est-ce qu'on peut aller voir l'agence de voyage, j'aimerais rajouter une activité que j'aimerais bien faire.

— Oui, je crois que je vais lui demander de venir boire le thé à la maison comme ça on évitera de l'accaparer dans l'agence. Je trouve que c'est plus sympathique, tu ne crois pas ?

— En même temps c'est son boulot et puis tu la payes pour ça non ?

— Oui tu as raison, mais je voudrais la connaître mieux.

— Pourquoi ça ? Une fois qu'on aura fait ce voyage, tu ne la verras plus.

— Oui... Enfin on verra, dis-je en murmurant.

Je vois Leeann regarder en direction des albums mais ne dis rien. J'espère qu'elle ne viendra pas fouiner. Je la connais ma fille, elle est trop curieuse. Elle sort de la pièce pour se diriger vers sa chambre. J'attrape les photos et les range dans le placard que je ferme à clef. Je pose cette même clef derrière ma collection d'objet en crystal.

Leeann me ressemble tellement. D'ailleurs je suis étonnée que Myla n'ait pas fait le rapprochement avec Jackson même si j'ai bien vu qu'elle a fait une fixation sur le grain de beauté sous l'œil de Leeann.

Myla est une gentille fille mais ce n'est pas une fille qui mérite mon fils. Elle est trop nature pas assez mondaine, elle ne pourrait pas l'accompagner lors de soirées organisées par mon association quand il acceptera de travailler avec moi. Parce qu'il acceptera, j'en suis certaine. Ce que j'ai appris des gens dans mon métier, c'est qu'ils sont attirés par l'argent facile et mon fils ne fait pas exception. J'ai bien l'impression qu'ils ont du mal à finir leurs fins de mois. Et puis ce boulot de mécanicien moto... Je pensais que Phil l'aurait orienté vers de hautes études plus valorisantes. Il va falloir que je remédie à ça. Il a du style comme moi quand j'étais plus jeune. Je le verrais bien à la tête de mon empire, bien que je sois la directrice d'honneur de mon magazine maintenant, je pourrais le proposer au conseil d'administration. Et avec le physique qu'il a, il pourrait même être l'égérie de mon agence.

J'ai de beaux projets pour lui et j'espère qu'il m'en sera reconnaissant. Il suffit juste que j'arrive à l'approcher et ensuite viendra le temps des explications. J'ai compris d'après les informations qu'a pu me donner Myla, que c'est un garçon difficile et colérique. Mais après notre entretien, il comprendra ce que je voulais pour lui et ce que je souhaite lui donner maintenant. Il n'a jamais répondu à ma lettre mais ça ne m'arrêtera pas. Je prends mon téléphone et appelle Myla.

– Oui allô chère Myla, j'aurais besoin de vous voir.

– Oui bonjour Mme Johnson-Blackwell.

– Appelez-moi Ruby.

– Oh c'est vrai vous me l'avez déjà dit... D'accord Ruby.

– Pourriez-vous venir à la maison pour prendre un thé, ça me ferait vraiment plaisir de vous accueillir chez moi.

– Euh... C'est-à-dire que j'ai de nombreux rendez-vous et...

– Venez à la fin de votre journée.

– D'accord, je passerai après ma journée.

– J'en suis ravie, alors à ce soir.

– Oui merci.

Je regarde par la fenêtre et souris. Cette jeune femme est adorable vraiment dommage qu'elle ne soit pas à la hauteur. Il faudra ouvrir les yeux de Jackson.

– Leeann ?

Je l'appelle du bas de l'escalier.

– Oui ?

– Myla sera là ce soir, j'espère que tu seras présente.

– Oui Maman.

***

Quand la sonnerie retentit, je sais que c'est Myla. Je me recoiffe devant le miroir de l'entrée et attrape l'énorme poignée. J'ouvre en ne manquant pas d'afficher un large sourire sur mon visage.

– Bonjour Myla !

Myla lève son visage qui était braqué sur l'écran de son portable. Elle a l'air un peu tendu. Elle enfouit son téléphone dans son sac oversize.

– Bonsoir Madame Johnson-Blackwell.

Je lève les yeux au ciel.

– Appelez-moi Ruby, je vous l'ai demandé, c'est beaucoup plus agréable.

Myla entre en regardant l'immensité de ce hall.

– Venez ! Suivez-moi nous allons aller dans le patio, c'est tellement plus agréable.

Myla me suit sans dire un mot. Je la vois admirer la décoration épurée et la beauté des pièces que nous traversons pour arriver dans un patio magnifique entouré de plantes et de fleurs plus sublimes les unes que les autres.

– C'est magnifique, dit Myla.

– Merci.

– Votre mari doit avoir un très gros poste dans son entreprise.

– Cette maison n'est pas à mon mari.

Myla s'apercevant de sa méprise et surtout de sa curiosité mal placée, s'excuse platement.

– Oh désolée, je n'avais pas à dire un truc pareil.

– Je vous en prie, Myla. Je sais que tout le monde pense que je vis au crochet de mon mari.

– Non je...

Mais je la coupe.

– Mais j'ai eu une vie avant lui. J'ai été PDG d'un très grand magazine américain et tout ce que je possède, je l'ai eu grâce à mon travail.

– Excusez-moi Ruby, je suis tombée dans la facilité de penser que...

Je m'assois et souris.

– Ne vous inquiétez pas, il n'y a rien qui puisse me vexer.

Myla s'assoit face à moi.

– Alors si je vous ai fait venir c'est d'abord parce que j'avais envie de partager ce moment avec vous, je trouvais que c'était plus sympathique autour d'un thé car je sais que vous êtes amatrice de cette boisson.

– Oui j'aime beaucoup en effet.

– Et aussi parce que ma fille voulait ajouter une nouvelle activité au voyage mais je vais l'appeler, elle va mieux vous expliquer.

– Oh... Ok.

Je me lève et retourne vers l'entrée de la maison. Quand je reviens dans la pièce, Myla est en train de passer sa main sur une des fleurs de la pièce.

– C'est une Hoya ou fleur de porcelaine comme vous voulez, je l'ai ramenée d'Asie.

Myla sursaute.

– Elle est vraiment très belle.

– Oui l'une de mes préférées.

– Bonjour.

Myla tourne la tête vers Leeann. Celle-ci est habillée d'un jean usé et d'un t-shirt des Ramones, groupe de rock des années 70.

– Oh Leeann, tu aurais pu te changer tout de même !

– Quoi ? Mais on ne reçoit pas la première dame que je sache.

– Mais...

– Non laissez Ruby, ça ne me dérange pas. Bons goûts musicaux en tout cas, lui dit-elle pour détendre l'atmosphère.

Leeann sourit.

– Je vous sers le thé ?

– Oui merci.

– C'est un thé vert chinois, le Long Jin, reconnu comme l'un des meilleurs thés au monde, vous m'en direz des nouvelles.

Myla semble impressionnée. Elle prend la tasse et trempe ses lèvres dans le breuvage. Les saveurs fruitées doivent envahir son palais. Et quand elle ferme les yeux, un instant, je devine qu'elle apprécie ce thé délicieux.

— Alors ?

— Il est exquis.

Je souris.

— Je savais que vous apprécierez.

— Maman, tu l'as faite venir pour parler du thé ? Vraiment ?

— Leeann, j'en ai assez de ton impertinence !

Myla est détournée de la conversation par son téléphone qui sonne. Elle s'excuse en disant qu'elle doit absolument répondre. Elle s'éloigne un peu. Mais à la manière dont elle murmure et aux gestes qu'elle fait, je devine que la conversation ne se passe pas bien. Et je suis prête à parier que c'est mon fils qui est au bout du fil.

— Écoute Jackson, ma cliente, Mme Johnson-Blackwell, m'a invitée à boire le thé chez elle et comme sa fille voulait rajouter...

Gagné... Il ne doit pas être très heureux de la savoir chez moi. Je suis assez envahissante j'avoue et je me délecte de voir que mon fils est au bord de la crise de nerfs.

— Jackson, attends, je...

Elle raccroche. Myla semble irritée en revenant dans la pièce.

— Tout va bien ? je lui demande.

— Oui, dit-elle dans un soupir.

— Si vous voulez en parler, nous sommes là entre femmes.

Myla semble hésiter mais je dirais qu'elle a envie de se libérer de ce poids trop lourd à porter après cet appel, du moins c'est le sentiment qu'elle me donne.

— C'est Jackson... Mon petit ami. Il ne comprend pas notre complicité, dit-elle avec un petit sourire.

— Oh... Je suis désolée si je suis la cause de votre dispute.

— Non c'est juste que je ne le comprends pas, dit-elle lasse.

— Ça fait longtemps que vous êtes ensemble ? demande Leeann.

Myla la regarde et elle fronce les sourcils. J'ai l'impression que ma fille est contente de savoir que Jackson et Myla se sont disputés.

— Presque un an et demi.

– Ne vous inquiétez pas Myla, c'est normal au début. Il doit être jaloux non ?

– Jaloux ? C'est le moins que l'on puisse dire ! Vous pouvez rajouter colérique, anxieux, têtu.

– À croire qu'il n'a que des défauts, dit Leeann en croisant les bras devant elle.

Myla la regarde bizarrement.

– Non, il est adorable, j'aime l'avoir comme petit ami, il est attentionné, protecteur et je sais qu'il m'aime.

– Tout ça va s'arranger, je ne m'inquiète pas, dis-je en tapotant la main de Myla.

Leeann semble jalouse de mon geste envers Myla. Je pense que cette dernière s'en aperçoit car elle retire sa main lentement avant de se tourner vers ma fille.

– Alors Leeann, vous vouliez rajouter une activité ?

Elle semble sortir de sa torpeur et avec un grand sourire de façade, elle explique ce qu'elle veut pour ce voyage en Nouvelle-Zélande. Myla sort de son petit cartable en cuir, une brochure et le dossier de notre voyage.

– Oui ça me paraît tout à fait faisable, dit Myla, je pourrais le combiner avec cette sortie-là comme ça on ferait d'une pierre deux coups.

– Ah ! C'est très bien, je dis, je suis contente que vous puissiez faire plaisir à ma fille !

– Je vous en prie. Bon ben, je vais vous laisser, dit-elle en se levant.

– Oh si vous le souhaitez nous pouvons partager notre repas, ma gouvernante en fait toujours trop, je propose avec un grand sourire.

– Non je vous remercie, je vais rentrer chez moi. Jackson doit m'attendre pour manger.

– Oui je comprends.

Leeann se lève aussi et nous la raccompagnons jusqu'à l'entrée.

– Merci pour cette dégustation de thé qui était divin.

– Merci à vous de vous être déplacée, passez une bonne soirée.

– Bonne soirée à vous deux aussi.

Myla s'avance vers la route et prends son téléphone pour réserver un taxi.

CHAPITRE 26 – MYLA

Tout au long du trajet, je me pose la question de pourquoi je me suis mise à parler de Jackson pendant mon entrevue avec Ruby. Il m'avait pourtant prévenue de ne pas être trop proche de mes clients mais j'ai eu le besoin d'évacuer mon stress. Le stress qu'il me met à chaque fois que je la vois elle. Il ne l'a jamais rencontrée et pourtant il ne la supporte pas. Et maintenant je pense à mon arrivée à l'appartement et à la dispute qui va en découler car dispute il va y avoir.

Le taxi me laisse devant notre résidence. Je m'avance vers les escaliers. Parfois, je me maudis d'avoir pris cet appartement car aujourd'hui je n'ai vraiment pas envie de monter les quatre étages. On dirait que j'ai des poids de vingt kilos dans chaque pied.

Quand j'insère la clef dans la serrure, je retiens mon souffle comme si j'avais fait une bêtise et que je m'attendais à recevoir la punition dès mon entrée dans le hall. J'entends le bruit de la télé. J'allume la lumière du couloir et je dépose mon sac près de la console. J'enlève mes chaussures que je laisse en vrac à même le sol et dépose ma veste sur le porte-manteau.

J'entre dans le salon et je vois Jackson assis au comptoir de la cuisine en train de se manger un plat de pâtes. Il ne dévie même pas son regard sur moi. Il est plongé dans le programme qu'il regarde. Un match de foot américain.

Super.

Je m'approche de lui.

— Bonsoir, dis-je en lui laissant un baiser sur la joue.

Il marmonne un truc avec la bouche pleine que je ne comprends pas mais il ne me regarde toujours pas.

– Tu as fait des pâtes ?

Il approuve avec un mouvement de tête. J'ouvre le frigo et une assiette m'attend. Je savais qu'il ne pouvait pas être si méchant.

– Merci pour l'assiette.

Mais il ne dit rien et boit une gorgée d'eau. Je m'installe près de lui. Je suis crevée. J'aurais presque envie d'aller me coucher sans manger mais mon ventre me dit le contraire.

J'enfourne une bouchée et ferme les yeux. Ses tagliatelles à la bolognaise sont une tuerie. C'est Jackson qui les a faites et il sait que j'adore ça. Je gémis légèrement quand j'avale la première fourchette. Ses yeux se détournent de l'écran et il me regarde furtivement.

– Pardon mais c'est trop bon.

En temps normal, j'aurais eu droit à un sourire ou même un baiser mais pas maintenant. Il est fâché et même s'il a fait mon plat préféré, il me conseille par son regard noir de ne pas abuser. Il débarrasse son assiette et ses couverts et me laisse seule au comptoir. Il s'installe sur le canapé.

Je soupire. Je n'avais pas envie de ça en rentrant. Je ne finis pas mon assiette. J'attrape une boîte en plastique où je mets les restes à l'intérieur. Je pose tout dans le lave-vaisselle et j'éteins la lumière.

– Bonne nuit, dis-je le cœur lourd.

J'aurais aimé qu'il me prenne dans ses bras, qu'on passe la soirée enlacés jusqu'à ce que je m'endorme mais quand il m'ignore et qu'il ne me parle pas c'est comme un abandon pour moi. Il sait me rendre coupable et c'est le cœur serré que je me dirige vers la salle de bain.

Je décide de me faire couler un bain. Ça me fera du bien et j'essaierai d'oublier ma soirée pourrie de ce soir. J'allume les lumières de chromothérapie, mets un fond de musique et je me plonge dans l'eau brûlante de la baignoire. Je me détends instantanément.

***

Je ne sais pas combien de temps je suis restée dans ce bain mais la lumière blanche qui s'éclaire me fait sursauter. L'eau est froide maintenant et je vois Jackson qui me regarde bizarrement. Il prend sa brosse à dent sans rien dire. Je vide la baignoire et attrape ma serviette pour m'envelopper dedans. J'aurais presque froid.

Une fois son brossage terminé, il dépose sa brosse à dents et s'essuie avec une serviette. J'ai pu juste apercevoir son regard quand je me suis levée tout à l'heure pour sortir du bain mais toujours pas un mot. Le connaissant, il est prêt à exploser. Il n'est pas du genre à rester sans rien dire.

– Jackson... Je…

– Bonne nuit.

Il claque la porte derrière lui. Le dialogue est rompu, là il n'y a plus de doute. J'enfile mon shorty et mon top et le rejoins dans la chambre. Il est déjà allongé, juste la lumière de son téléphone éclaire son visage. J'entre dans le lit froid, à côté d'un mec froid, dans une ambiance froide, la soirée rêvée en somme.

Je m'assois en me calant les oreillers derrière mon dos. Je regarde mes derniers mails. Tout ça dans un silence de mort. Mais moi aussi cette ambiance me déplaît et mes nerfs sont mis à rude épreuve. Avant je n'aurais rien dit et j'aurais pris sur moi mais depuis que je connais Jackson, il me pousse à dire les choses qui me font mal, qui m'empêchent de vivre ma vie normalement.

– Jackson, ne fais pas ça.

Ses sourcils se froncent mais il ne me regarde toujours pas.

– Tu sais très bien ce que tu me fais quand tu m'ignores.

Son œil clignote légèrement.

– C'est comme si tu m'abandonnais, que je ne comptais pas pour toi.

Hé oui mon cher Jackson, tu as peut-être des armes pour me faire payer mes erreurs mais moi aussi j'en ai et j'ai bien l'intention de m'en servir. Je vois ses mâchoires se serrer.

– Je ne mérite pas ça, tu me fais du mal et je ne comprends pas pourquoi ?

– Te fous pas de ma gueule Myla.

Je recule la couette et m'assois sur le lit.

– Pourquoi tu refuses de me parler ?

Il ose me regarder pour la première fois de la soirée.

— Parce qu'à chaque fois qu'on en parle, tu me dis que tu vas faire des efforts mais en fait tu fais que dalle.

— Mais quel est le problème ? Elle m'a juste invitée à boire le thé !

— Est-ce que tu crois que tous mes clients m'invitent chez eux pour boire le café ?

— Ce n'est pas la même chose, tu fais de la mécanique, le plus souvent ce sont des hommes qui viennent te voir ! Là c'est une femme avec une certaine éducation qui pense que discuter autour d'un thé est tout à fait normal.

Il se mord la lèvre.

— Cette femme a pris la main sur toi et elle te fait faire n'importe quoi.

— Tu ne la connais même pas !

— Et j'ai pas envie crois-moi ! Depuis qu'elle a foutu les pieds dans ton agence, on arrête pas de se prendre la tête !

— C'est toi qui te prends la tête pour rien ! C'est pas comme si j'allais baiser chez un mec !

Son visage se décompose. Je ne sais pas si c'est le fait que j'émette la possibilité de le tromper ou si c'est le mot baiser dans ma phrase qui le surprend.

— Putain, de mieux en mieux, dit-il en se levant de notre lit.

— Non je... Pardon Jackson, tu sais très bien que je ne voulais pas dire ça.

— En plus tu en deviens vulgaire !

Il fait une moue de dégoût et c'est ce qui me blesse le plus.

— Où tu vas ? Je voudrais qu'on en parle... Je...

— Non, je vais dormir sur le canapé, j'ai pas envie de parler de ça.

— C'est mon gagne-pain Jackson, tu ne comprends pas que j'ai besoin de clientes comme elle pour me faire connaître. C'est toujours pareil avec toi ! Tu m'étouffes ! Et tu m'empêches de faire les choses que je veux !

Il reste dos à moi et je vois ses épaules s'affaisser.

— Ces gens que tu crois tes amis, ils se servent de toi Myla parce qu'ils ont du fric. Ils adorent quand on leur cire les pompes et malgré le fric qu'elle va te filer c'est toujours toi qui auras le rôle de la pauvre petite vendeuse. Alors si tu crois que c'est pour ton talent qu'elle est là, détrompe-toi. Tu viens d'ouvrir ton agence et tu ne te demandes même pas pourquoi elle est venue chez toi... Moi je suis sûr que c'est pas pour ton savoir-faire.

Mes yeux s'embuent. Lui qui m'a toujours donné confiance et m'a toujours dit de suivre mes objectifs et de me battre pour ça, vient de me terrasser sur place.

– Donc tout ce que tu m'as dit depuis le début comme quoi j'avais les capacités d'ouvrir mon agence, c'était des mensonges ?

– Je n'ai jamais dit ça !

– C'est toi qui me mets plus bas que terre, ce ne sont pas mes clients friqués comme tu dis !!! En fait tu me mens depuis le début ! Tu ne crois pas en moi comme lui ne croyait pas en moi...

Cette phrase est celle de trop. Jackson se tourne et s'avance vers moi avec fureur. Je recule jusqu'à rencontrer le mur derrière mon dos. Son regard est noir. Me voilà bloquée, il pose une première main près de mon visage et frappe un grand coup avec son autre main dans le mur. Je ferme les yeux en sursautant.

– Ne dis jamais que je te fais penser à lui ! Jamais !

Des larmes roulent sur mes joues et je garde mes yeux fermés jusqu'à entendre la porte claquer. Je me laisse glisser le long du mur et je me recroqueville. Qu'est ce qui nous arrive ? Comment peut-on se dire des méchancetés pareilles ? Et cette colère dans ses yeux...

***

La nuit fut agitée, je n'ai pas réussi à fermer l'œil de la nuit et une douleur dans ma poitrine m'empêche de respirer normalement. Je sors de la chambre avec une boule au ventre. Je ne sais pas cette fois-ci comment nous allons pouvoir nous pardonner les mots que nous avons eus hier soir. La porte de la salle de bain s'ouvre sur un Jackson torse nu et une serviette nouée autour de la taille.

Un autre jour, j'aurais bavé sur mon mec et je lui aurais sauté dessus. Mais là, je n'ose même pas le regarder dans les yeux. Il reste de marbre et hésite un instant mais ça ne dure que quelques secondes. Il se racle la gorge et fonce tel un fantôme dans notre chambre.

163

Je me sers une tasse de thé et m'emmitoufle dans un plaid. Je ramène mes jambes et pose ma tête dessus. Je l'entends qui vient déjeuner mais il ne prend pas le temps de se faire son chocolat, ni de manger ses céréales. J'entends le bruit de ses clefs et la porte qui claque.

La réconciliation n'est pas à l'ordre du jour.

CHAPITRE 27 – JACKSON

Je suis le premier arrivé ce matin et c'est une journée que je passe dans mon atelier. J'allume les lumières de la grande salle. Trois motos sont là et j'ai du boulot. Tant mieux parce que je veux me vider la tête. Je veux oublier ce qui nous arrive. Cette dispute prend des proportions que je ne maîtrise pas.

Ça m'a fait du mal de la laisser ce matin comme ça, sans l'embrasser, sans même lui dire je t'aime. Elle semblait être vraiment anéantie dans son plaid mais je suis tellement en colère. Je regrette le geste que j'ai eu hier soir quand elle a osé me comparer à lui. Putain, elle m'a tué avec ces mots. J'ai cru que j'allais devenir dingue.

Je tape sur mes doigts avec une grosse clef. Bordel ! Ce que ça fait mal ! Je dis tous les gros mots de la terre.

– Wow ! Qu'est ce qui se passe ici ?

Cole tout souriant comme d'habitude me regarde sans rien comprendre de la situation.

– Salut, dis-je en me calmant.

– Salut, un café ?

– T'as pas plutôt un double whisky ?

Il me regarde à nouveau avec curiosité.

– Oh toi... Tu t'es disputé avec Myla.

Je m'assois autour du comptoir près de son bureau.

– Et cette fois, c'est pas une petite dispute.

– Ah... Tu me racontes ?

J'hésite, j'ai pas envie de le faire chier avec mes histoires.

– Laisse tomber c'est des conneries comme d'habitude.

— Allez, c'est bon on est tout seul, pas de Justin pour se foutre de ta gueule.

Je souris.

— Myla a une cliente super friquée.

— Attends me dis pas que tu as couché avec elle !

— Non ! T'es fou ou quoi ? Jamais de la vie, je tiens trop à Myla pour faire une connerie pareille !

— Ah ok, j'ai eu peur sur le coup.

Je continue mon histoire.

— Depuis qu'elle est entrée dans sa vie, on ne fait que se prendre la tête.

— Pourquoi ?

— Parce qu'elle l'appelle tout le temps, elle lui demande de travailler le week-end et elle l'invite chez elle.

— Ok et qu'est-ce qui te gêne ?

— Ce qui me gêne c'est qu'on en avait parlé avec Myla, on voulait avoir une vie après le travail et toutes les promesses se sont envolées depuis.

— Tu lui as dit ? Enfin je veux dire sans gueuler, sans hurler comme tu le fais souvent ?

— Hey ! T'es de quel côté mec ? Bien sûr que je lui ai dit plusieurs fois mais elle ne comprend pas apparemment. En plus...

— Quoi ?

— Hier soir, elle m'a comparé à cet enfoiré.

— À qui ?

— A Chad.

— Oh.

— Ouais et ça je l'ai en travers, dis-je en jetant mon gobelet en plastique dans la poubelle.

— C'était sur le coup de la colère, tu sais très bien qu'elle ne pense pas ça.

— Non je ne le sais pas.

— Enfin Jax, putain on parle de Myla, là ! Rentre chez toi et va te réconcilier avec elle.

Je hausse les sourcils.

— Tu plaisantes ? J'ai plein de boulot et puis j'en ai ras le bol de gérer ces conneries.

— T'es sûr ? Parce que je pense que t'as pas bien dormi cette nuit.

— J'ai pas dormi si tu veux tout savoir.

Il secoue la tête.

— J'aimerais être comme vous, toi et Flora, vous ne vous disputez jamais. Comment tu fais ?

— On se dispute mais on sait aussi communiquer.

Je sais que c'est là où j'ai des progrès à faire mais en attendant on est toujours fâché et je ne vois pas d'alternative à notre brouille.

— Fais un truc ce soir, invite là au restaurant ou ailleurs mais un tête-à-tête sera le bienvenu.

— Je ne sais pas... Si elle refuse, elle va me faire péter les plombs.

— Il faut que tu trouves la meilleure façon de le faire Jax.

Je lui fais signe de loin quand je rejoins mon atelier. Et maintenant je n'ai que ça en tête. Bordel et si elle refuse, si elle m'envoie sur les roses ou pire, qu'elle m'insulte. Non ce n'est pas une bonne idée. Je vais laisser faire les choses et quand je rentrerai ce soir, on se réconciliera comme on le fait d'habitude. Sauf que là ça a duré plus longtemps que d'habitude.

***

Fin de journée. Je ferme le rideau en fer de mon atelier. Aucune nouvelle, pas même un petit SMS. Je me dis que la réconciliation s'éloigne de plus en plus.

J'entre dans l'appartement et elle n'y est toujours pas. Il est 18h45 et je me demande bien où elle peut être. Putain j'espère que c'est pas encore la grosse richarde qui l'a accaparée. *C'est bon Jax, te mets pas martèle en tête, elle est peut-être allée voir les filles et quand elles sont ensemble toutes les trois, ça peut durer des heures.*

La porte s'ouvre et je me retourne aussitôt. Elle entre sans dire un mot. Elle dépose son sac sur la console comme chaque soir. Elle enlève ses escarpins et je la trouve sexy quand elle fait ça. Je ne suis pas sûr qu'elle m'ait vu. Je me racle la gorge et elle lève la tête brusquement.

– Oh... Tu es là.

– Oui je suis arrivé, il n'y a pas longtemps.

– Ah...

– Tu as terminé tard ?

– Oui... Euh en fait je me suis arrêtée "chez Fred", j'ai acheté tes hamburgers préférés, dit-elle gênée.

Elle dépose le sac sur le comptoir de la cuisine. Je la regarde et je ne peux m'empêcher de la trouver attirante dans cette robe en cuir noire. Je crois qu'elle me sort le grand jeu. Ses bas soulignent ses jambes fines.

– Merci, dis-je en murmurant.

Elle dépose une bouteille de vin et elle s'adosse au comptoir en me regardant. Sa lèvre entre ses dents. Putain elle me fait quoi là ? Si elle croit que je vais craquer sans qu'on ait de discussion, elle se fourre le doigt dans l'œil. Je m'approche et je peux voir sa respiration devenir saccadée. Sa poitrine monte et descend rapidement.

– Je m'excuse pour hier soir, pour mes propos et mes gestes inappropriés, dis-je en prenant la bouteille et en regardant l'étiquette.

Comme si je m'y connaissais en vin.

– Non c'est moi qui m'excuse mais je veux que tu comprennes que c'est important pour moi d'avoir une cliente comme elle.

Elle est en train de me dire qu'elle en fera qu'à sa tête ?

Je m'assois sur un des tabourets en face d'elle.

– Je ne veux pas que tu sois en colère après moi. Ce qui s'est passé hier soir m'a fait mal.

Je prends la bouteille une nouvelle fois et la débouchonne. Je verse le liquide dans les verres.

– Tu crois que moi ça ne me fait rien ?

Elle lève les yeux vers moi, inquiète. Elle est toujours inquiète quand je réponds à ses questions par des questions.

– Je... Je n'ai pas dit ça.

Je bois une gorgée de ce bon vin et je fouille dans le sachet pour commencer à manger un de ces délicieux hamburgers. Elle sourit légèrement. Elle sait comment me faire plaisir.

– Cette femme nous empoisonne la vie, tu t'en rends compte ? dis-je la bouche pleine.

– Elle n'est pas si méchante, c'est juste qu'on est pas du même monde.

– Explique-lui alors.

– Je le ferai.

Je la regarde, surpris.

– Vraiment ?

Elle goûte au vin et ferme les yeux.

– S'il le faut pour sauver notre couple, je le ferai.

– Alors pourquoi on se dispute à chaque fois ?

Je sais j'ai le rôle du salaud mais je ne veux plus de discussions sans fin qui ne servent à rien.

– Parce que c'est nouveau pour moi, parce que c'est important pour mon entreprise et que je ne pensais pas que ça pouvait nous nuire.

Je finis mon verre d'un trait.

– Je ne sais pas pourquoi mais cette femme ne nous apporte que des ennuis.

– Non tu te trompes, je t'assure, elle est très gentille. C'est juste qu'elle n'a pas la même vie que nous.

– Il faut qu'elle reste à sa place de cliente !

– D'accord.

Elle finit aussi son verre. Je les remplis à nouveau. Elle me prend un petit bout de mon hamburger, qu'elle grignote. Ma main caresse sa joue. Des larmes viennent border ses yeux.

– Je m'excuse encore pour ce que je t'ai dit et la façon dont je l'ai fait.

Elle se laisse caresser en pressant sa joue contre la paume de ma main. De mon pouce, j'efface les stigmates de sa tristesse.

Je savoure ce vin excellent. Elle se lève pour aller prendre un mouchoir. Je fais une fixation sur ses formes magnifiées par le cuir.

– Elle te va à merveille cette robe.

– Merci, dit-elle en rougissant.

Je finis mon deuxième verre. Elle fait de même.

– Jackson ?

– Oui.

– Tu n'es pas comme lui tu sais.

Je ne réponds rien et lui sers encore un verre. J'avoue que là à l'instant je suis irrité qu'on parle encore de lui et mon troisième verre est fini d'une traite.

— Je regrette ce que...

— N'en parlons plus, dis-je agacé.

Je prends un autre burger et en mets un devant Myla.

— Je n'ai pas très faim.

— Mange s'il te plaît.

Elle avale un petit bout du sandwich pour me faire plaisir. Je finis la bouteille tout en rajoutant du vin dans son verre.

— Arrête je crois que je vais être saoule.

Je la regarde droit dans les yeux. Ils sont déjà brillants. Elle avale difficilement son morceau de hamburger. Elle me rend fou surtout quand elle croise ses jambes. Je crois qu'elle n'a même pas conscience que tous ses gestes me rendent fébrile. Elle boit à nouveau ce nectar enivrant. Elle sourit.

— Tu es magnifique.

Elle pose le verre lentement et ne me lâche pas du regard. Sa main s'approche de la mienne. Ses doigts touchent légèrement ma peau. J'hésite à aller plus loin. Est-ce qu'on a définitivement réglé le problème ? Est-ce qu'elle a compris que c'était important pour moi ?

CHAPITRE 28 – JACKSON

Elle sourit et je ne peux m'empêcher de penser qu'elle est un peu ivre. Ses yeux sont brillants et elle chancelle sur son tabouret. Elle lève son verre mais je pose ma main dessus.

– Je crois que tu as assez bu.

– Non je...

Je me lève pour me poster devant elle. Je m'installe entre ses cuisses qu'elle écarte légèrement pour me laisser la place. Je pose mes deux mains sur la table de chaque côté de son corps.

– Je crois que tu es à la limite de l'ivresse.

Elle pouffe.

– N'importe quoi ! Je me sens super bien ! dit-elle euphorique.

Ça me fait sourire. Je m'approche encore plus d'elle et mon bassin se colle au sien. Sa respiration se fait plus rapide. Mon souffle vient s'écraser derrière son oreille que j'attrape délicatement avec mes dents. Je la sens frissonner. Une de mes mains passe sous sa nuque et je descends lentement la fermeture éclair de sa robe. Elle me regarde droit dans les yeux.

– Cette robe sur toi, c'est...

Je laisse ma phrase en suspend et je plonge dans son cou pour y laisser un baiser brûlant. Son corps réagit aussitôt. Elle se cambre légèrement pour appuyer son entrejambe sur le mien. Elle ferme les yeux et laisse échapper un petit gémissement. J'arrive alors en bas de la fermeture et je dénude ses épaules.

Putain elle comptait me jouer le grand jeu quand je vois apparaître des dessous super sexy. Son soutien-gorge en dentelle noire cache juste ses tétons durcis par le plaisir des caresses que je lui procure et je n'ose imaginer ce qu'elle a mis en bas. Elle se lève du tabouret pour faire glisser sa robe le long de son corps. Quand elle arrive à ses pieds, elle fait deux pas sur le côté pour s'en débarrasser.

Je passe ma main dans ses cheveux et je l'embrasse amoureusement. Sa bouche, au goût de cerise, m'accepte et me laisse appeler sa langue. Notre baiser devient sulfureux. Mes mains descendent le long de ses hanches et se posent sur ses fesses nues. Je cherche sa culotte mais je m'aperçois que c'est un string qu'elle porte. Je me détache d'elle pour mieux admirer sa tenue. Des porte-jarretelles viennent agrémenter son côté femme fatale.

— C'est beau ça, dis-je en claquant l'un des élastiques accrochés à ses bas.

— Je rêvais que tu me les enlèves, me dit-elle mutine, sa lèvre entre les dents.

Mes mains remontent sur ses seins que je malaxe avec envie. J'en prends un en coupe et ma bouche vient le happer à travers la dentelle. Elle gémit à nouveau et laisse tomber sa tête en arrière. J'en profite pour poser mes lèvres dans son cou offert et lécher sa peau douce comme de la soie.

Un autre gémissement a raison de moi. Je l'attrape par les hanches et la porte. Un cri de surprise s'échappe et elle resserre ses jambes autour de mes hanches. Je la pose sur le comptoir, le froid de la matière la fait sursauter. Elle prend mon t-shirt qu'elle fait passer par-dessus mes épaules. J'essaie d'enlever la boucle de ma ceinture et je défais les boutons de mon jean qui tombe à mes pieds rapidement. Je sens mon sexe qui pulse dans mon boxer. Elle me rend dingue, son corps me rend dingue.

— Jackson...

Et sa voix, putain sa voix quand elle dit mon prénom...

Elle descend du comptoir pour se retrouver face à moi. Ses yeux ont changé, ils sont plus clairs et envahis par l'envie et le désir. Elle glisse le long de mon corps pour se retrouver face à mon sexe encore enfermé dans mon caleçon. Ses mains s'accrochent à son élastique de chaque côté de mes hanches et le descendent lentement pour libérer mon érection.

Mes deux mains sur l'îlot central, je lâche un râle de plaisir quand je sens mon sexe entre ses lèvres. Bordel, c'est bon. Sa langue prend le relais et me procure un plaisir intense que je vais devoir abréger si elle ne veut pas que je finisse dans sa bouche. Ses mouvements de va-et-vient ainsi que ses doigts autour de ma queue continuent et je ferme les yeux en serrant les dents.

Putain Jackson résiste. J'ai encore envie de lui faire plein de choses. Elle accélère et ses doigts se serrent encore plus. Je suis au bord du gouffre. Il faut que je l'arrête de suite. J'attrape ses cheveux délicatement et je la tire vers l'arrière.

Elle me regarde de ses yeux innocents. Innocents pas tant que ça.

– Viens bébé, dis-je en la relevant.

Ses seins frôlent mon torse et je crois que j'ai déjà trouvé mon prochain terrain de jeux. Mais d'abord, je vais l'emmener dans notre chambre. Je la soulève à nouveau et me dirige dans le couloir. Sa bouche collée à la mienne, je tâtonne pour ouvrir la porte. J'entre avec Myla dans les bras et avec mon pied je referme derrière moi. Je m'avance jusqu'au lit où je la laisse retomber sur le matelas. Elle rit.

– Tu es saoule, dis-je pour la faire rager.

– Non ! rit-elle en se tortillant sur la couette.

– Oh que si et j'adore ça !

J'attrape une de ses jambes et je commence à embrasser sa cheville, je remonte lentement vers son mollet puis sa cuisse. Je pose mes genoux sur le matelas et je me courbe pour atteindre sa culotte. Je laisse des baisers à travers le tissu. Elle passe sa main dans mes cheveux et pousse un peu sur mon crane pour que je continue mes douces caresses. De mon doigt, j'écarte le tissu pour laisser apparaître son sexe déjà luisant. Il se déplace lentement sur ses petites lèvres pour les caresser lentement. Elle se cambre légèrement et son souffle devient saccadé. Ma bouche prend le relai et ma langue cherche son petit bouton pour le faire éclore. Elle attrape les draps qu'elle serre entre ses doigts et mes caresses buccales se font plus intenses. Son bassin fait des mouvements et mes doigts s'insèrent en même temps que ma langue.

– Jackson... Oui !

J'accélère encore un peu et soudain son corps s'arque boute et se raidit. Elle gémit longuement. Je ralentis ma cadence, sa respiration rapide m'indique qu'elle vient d'avoir son premier orgasme. Elle relâche ses jambes qui viennent se poser sur le matelas. Je m'approche d'elle et lui tire les chevilles. Je pose mes mains de part et d'autre de son visage et je la pénètre lentement. Ses yeux se verrouillent aux miens. Mon bassin effectue des va-et-vient lents mais ciblés. Son visage caché dans les draps, j'attrape son menton pour pouvoir l'embrasser. Ma langue danse avec la sienne et je continue mes mouvements de bassin.

Je la relève et elle s'assoit sur mes cuisses, je la pénètre à nouveau et elle monte et descends le long de ma hampe bien tendue. Ses petits cris et ses caresses m'excitent au plus haut point.

– Putain Myla, c'est bon…

Elle accélère et ses seins qui bougent devant mes yeux ont raison de moi. Je râle longuement et je sens mon sexe se raidir en elle. J'attrape ses hanches pour qu'elle arrête de bouger. Je bouge mon bassin pour aller au plus profond de son corps et je ferme les yeux. Je me vide en elle. Elle me sourit. J'attrape sa bouche que je mange avec avidité.

Je fais encore quelques mouvements. Elle ferme les yeux et je la garde tout contre moi. Pour rien au monde, je ne voudrais laisser ma place. La sueur a envahi nos corps. Je me détache d'elle et m'allonge sur le matelas. Elle se tourne vers moi toujours avec ce grand sourire. Ses doigts touchent ma joue.

– Je t'aime.

Je ramène une mèche de cheveux derrière son oreille.

– Moi aussi je t'aime Myla.

Nos ébats ont terminé sous la douche et nous avons largement exploré nos corps encore une fois.

Quand elle arrive dans la chambre juste une serviette autour de son corps, le mien se réveille à nouveau.

– Je suis crevée, dit-elle en l'enlevant et en se lovant dans la couette près de moi.

Range ton matos Jackson, c'est fini pour ce soir. Elle pose son visage sur mon torse et j'enfouis mon nez dans ses cheveux.

– Je croyais qu'on arriverait pas à se réconcilier tous les deux cette fois-ci.

– Ben tu vois, on y est arrivés, dis-je sur le ton de la plaisanterie.

Elle pouffe légèrement.

– Jackson ?

– Mmm …

– Tu sais que je ne te ferai jamais de mal ?

– Oui je sais.

– Tout ce que je fais, c'est pour qu'on soit heureux toi et moi.

– Je sais bébé, moi aussi j'essaie de faire pareil.

– Et tu sais que je n'ai pas fini avec le voyage de ma cliente.

Je me raidis légèrement et elle doit le sentir.

– Ce que je veux dire, dit-elle en se relevant un peu pour me regarder, c'est que je te demande d'être un peu plus conciliant pendant que j'effectue ce travail et ensuite j'apprendrai à gérer ma clientèle, je te promets.

Je soupire. Si elle fait des concessions, je dois en faire moi aussi.

– Ok mais je ne veux pas que ça empiète sur nos week-ends.

– D'accord, promis.

J'ai toujours l'impression quand elle me parle de sa cliente que ça sera toujours le sujet qui va faire que nous allons nous disputer et elle a beau me dire qu'elle va faire des compromis, ça ne me rassure pas.

Pourtant, là je donnerais tout ce que j'ai pour vivre et revivre ce que nous venons de partager. Parce que quand elle est avec moi, je me permets d'espérer, je me permets d'envisager un avenir et je me permets de faire des projets.

Elle se love contre moi et trace des dessins imaginaires sur mon avant-bras. Je ne pourrais pas vivre sans elle et pourtant j'ai toujours cette douleur lancinante dans la poitrine comme un rappel que rien n'est encore gagné.

CHAPITRE 29 – PHIL

Quand j'entre dans la maison, tout est calme pourtant je sais que Charlotte est là. Sa voiture est garée devant l'allée.

– Chérie ? Tu es là ?

Pas de réponse. Je fronce les sourcils et monte à l'étage. La porte de la chambre de Jackson est ouverte. J'avance jusqu'à elle.

– Charlotte mais qu'est-ce que tu fais ?

Je la regarde, assise à même le sol en train de regarder les albums photos. Sa tristesse et son désarroi m'interpellent.

– Qu'est ce qui se passe ma chérie ?

– Phil... Je n'ai pas une bonne nouvelle.

– Comment ça ? Tu me fais peur, dis-moi ce qui t'arrive.

Elle se relève et dépose l'album sur le lit de Jackson.

– Je sais que tu vas dire que je suis têtue et que je me fais des idées mais cette fois j'ai la preuve.

– De quoi tu parles ? Je ne comprends pas.

– C'est elle Phil, il n'y a plus aucun doute, elle est revenue à San Diego.

Je deviens blême, pas la peine de continuer. Je sais très bien de qui elle parle.

– Je ne comprends pas Charlotte, pourquoi tu continues à croire qu'elle est là ?

– Parce que je l'ai vue et Myla m'a confirmé la chose.

– Comment ça Myla t'a confirmé ?

– Quand ils sont venus manger la dernière fois, elle m'a donné le nom de famille de sa cliente. Elle s'appelle Johnson-Blackwell maintenant mais c'est Ruby Johnson, c'est sûr.

Je m'assois sur le lit et prends l'album.

— Je suis désolée mais je suis inquiète.

— Tu t'inquiètes pour quoi ? Tu crois que je pourrais retourner avec la mère de Jackson et te laisser ?

— Non... J'ai confiance en toi Phil, c'est pour Myla et Jackson que j'ai peur.

— Pourquoi ?

— J'ai cru comprendre qu'elle créait des problèmes dans leur couple.

— Comment ça ?

— Elle s'immiscerait trop dans la vie de Myla et Jackson ne serait pas d'accord avec ça.

Je la regarde incrédule. Je me lève avec rage.

— Qu'est-ce qu'elle peut bien vouloir après toutes ces années ?

— Je n'en sais rien.

— Je ne veux pas que Jackson soit au courant.

— Phil...

— Non ! Je ne veux pas discuter de ça !

Mon ton est monté et Charlotte reste debout devant moi.

— Je dis juste ça parce que si Jackson apprend ça, j'ai peur qu'il le prenne très mal.

— Et tu as raison...

Nous nous tournons rapidement vers la porte. Jackson se tient là debout, blême.

— Est-ce que Myla est au courant ?

— Non Jax, elle ne sait pas enfin je ne crois pas.

— C'est sa meilleure cliente, tu crois qu'elle pourrait fermer les yeux sur une information pareille ?

— Jackson ! Tu parles de Myla !

— Oui bordel je sais ! Et c'est ça qui me fait le plus chier ! Elle savait et elle ne m'a rien dit !

— Écoute mon grand, ne tire pas trop de conclusions hâtives. Je ne vois pas Myla te cacher une chose pareille.

— Elle voulait... Elle voulait que je lui pardonne. Elle voulait que je lise cette putain de lettre qu'elle m'a envoyée à mon retour de l'hôpital.

— Quelle lettre ? je demande.

– Une putain de lettre qu'elle m'a envoyée en me disant qu'elle voulait me revoir !

– Myla n'y est pour rien.

– Tu n'en sais rien Charlotte !

– Jackson, je ne crois pas que...

– Je ne veux pas la voir, ni l'entendre, ni la rencontrer, que ce soit bien clair.

– Bien sûr ! Jamais je ne t'imposerai quoique ce soit.

Il fait un signe de tête, fait un demi-tour et passe la porte. Il s'arrête un moment.

– Je... Je vais revenir quelques jours ici, si ça vous dérange pas.

– Jackson... Ne fais pas de bêtises d'accord.

– Je serai là ce soir.

CHAPITRE 30 – JACKSON

Assis sur ma moto, je regarde tout San Diego du Mont Soledad. Je suis perdu. Quand l'histoire avec Chad s'est terminée, je me suis dit que mon histoire avec Myla pouvait commencer et que nous allions vivre quelque chose de magnifique.

C'était ça jusqu'à aujourd'hui. Jusqu'au moment où j'ai entendu de la bouche de Charlotte que ma mère était de retour et que cette mère était la cliente privilégiée de Myla.

Est-ce que Myla savait ? Est-ce qu'elle a essayé d'arranger les choses ? Est-ce qu'elle a pensé que je pouvais pardonner à ma génitrice de m'avoir abandonné ?

Putain je lui en veux... Je lui en veux de ne pas avoir fait le lien... Ruby Johnson... Elle aurait dû savoir.

J'ai tellement la haine et je n'arrive pas à passer au-delà de ça. Ma colère est tellement grande que si je me retrouve face à elle, je pourrais être le pire des connards.

Je me dis que tout ce que j'avais ressenti quand elle me parlait d'elle était vrai. Cette femme est entrée dans la vie de Myla et ce n'est pas un hasard. Elle voulait reprendre contact avec moi et elle l'a fait par le biais de Myla.

Je m'en veux de ressentir ça. Myla est tout ce que je veux, elle est tout ce que j'attendais dans ma vie. Et pourtant j'arrive à la détester. Je suis perdu, plus rien ne tourne rond dans ma tête. Il va falloir que j'aille chercher des affaires et j'ai déjà peur de la voir.

Pourquoi elle a choisi ce moment pour réapparaître ? Pourquoi vouloir faire partie de ma vie alors qu'elle n'a jamais été là. Pas un mot, pas une photo, pas un appel pour mes anniversaires et elle croit vraiment que je pourrais l'accueillir à bras ouverts.

Toutes les larmes de mon père qui me reviennent à l'esprit, les prises de tête à cause de cette photo que mon père gardait dans son portefeuille. Les moments de doute, les moqueries à l'école parce que je n'avais pas de maman et la souffrance...

Cette souffrance que j'ai encore en moi et sur laquelle je n'arrive pas à mettre de mot. Cette souffrance qui fait que je suis horrible avec celle que j'aime. Je l'envie d'avoir une famille unie. Une mère et un père qui l'adorent.

Putain... Je suis en train de sombrer et je fais sombrer mon couple avec moi. J'attrape mon téléphone.

– Cabinet du Docteur Hewitt, je vous écoute ? Que puis-je pour vous ?

– Je voudrais voir le Docteur...

– Oui bien sûr, le prochain rendez-vous est...

– C'est urgent, je dois la voir là maintenant.

– Mais Monsieur, c'est impossible, je...

– Dites-lui que c'est Jackson Meyer, s'il vous plaît...

Elle hésite un instant.

– Patientez un instant, je vous reprends.

Je passe ma main sur mon visage et j'attends qu'elle me reprenne au bout du fil.

– Mr Meyer ?

– Oui.

– Elle vous attend.

– Merci.

Soulagé, je monte sur ma moto et file à toute allure vers son cabinet. La douleur dans ma jambe s'est réveillée mais elle n'est pas aussi horrible que celle que j'ai dans la poitrine.

Au bout de dix minutes je suis arrivé et je pousse la porte me menant au troisième étage. Je ne prends pas l'ascenseur comme si je pouvais repousser cette échéance qui me terrifie. Mais j'ai besoin de me confier et il n'y a que le Dr Hewitt pour me comprendre.

J'entre dans la salle d'attente et la secrétaire lève les yeux vers moi.

– Mr Meyer ?

Je fais un signe de tête.

— Vous pouvez y aller, me dit-elle en me montrant le bureau.

— Merci.

Je tape deux coups et j'entends le médecin me demander d'entrer.

— Bonjour Jackson.

— Bonjour.

Elle me détaille et décèle rapidement qu'il y a un malaise.

— Installez-vous.

Je m'assois sur le sofa et reste mutique pendant quelques secondes.

— De quoi voulez-vous qu'on discute Jackson ?

— Elle est revenue, dis-je comme si elle pouvait comprendre.

Un silence s'installe. Je relève les yeux vers elle et je vois à son visage qu'elle a compris.

— Vous l'avez rencontrée ?

— Non.

— Elle a pris contact avec vous ?

— Non, elle a fait pire.

— Pire ?

— Elle s'est fait passer pour une cliente de Myla et c'est à travers elle qu'elle essaye de prendre contact.

Mon ton amer la surprend.

— Vous en voulez à Myla ?

Comment fait-elle pour tomber juste à chaque fois ? Bordel je suis con, c'est son métier non ?

— Oui.

— Pourquoi ? J'imagine qu'elle ne savait pas que c'était votre mère ?

— Je ne sais pas...

— Comment ça ? Vous pensez qu'elle a comploté dans votre dos ?

— Je... Myla voulait que j'essaie de comprendre le choix de ma génitrice, et elle est bien capable de vouloir essayer de tout arranger. Mais je l'avais prévenue plusieurs fois que je ne voulais rien savoir d'elle.

— Myla est peut-être tout simplement une victime collatérale de votre histoire.

C'est ça c'est une victime collatérale, j'en suis persuadé et pourtant je n'arrive pas à ne pas lui en vouloir.

— Jackson ?

— Oui vous avez raison mais pourquoi je lui en veux autant alors ?

— Peut-être parce qu'elle est capable de pardonner, d'essayer de comprendre les choses.

— Mais y'a rien à comprendre là ! J'ai cette putain de colère en moi que je n'arrive pas à évacuer ! Et je ne veux pas tout perdre ! Et là c'est ce que je suis en train de faire, de la perdre...

— Jackson essayez de vous relaxer.

— Ça ne sert à rien tout ça ! Je suis désolé... Je vous ai dérangée pour rien... Tout ça va mal se terminer. Myla est trop émotive et moi trop un connard. Je vais tout briser et ça sera encore à cause de cette... Cette femme !

Je me lève brusquement.

— Jackson attendez !

— Merci et désolé encore du dérangement mais vous ne pouvez rien faire pour moi, c'est ancré en moi, cette colère ne disparaîtra jamais !

Elle pose sa main sur mon avant-bras. Je la regarde et je m'extirpe de son étreinte.

— Un jour cette colère disparaîtra Jackson, croyez-moi, lorsque vous aurez des enfants, elle disparaîtra.

Je sors dans la rue et essaie de reprendre une respiration normale. J'ai l'impression de manquer d'air, j'ai l'impression que je vais mourir là maintenant car je ne vois pas comment je vais faire pour essayer de comprendre pourquoi Myla est au centre de cette histoire. Ses mots d'hier soir me reviennent en tête.

"Tu sais que je ne te ferais jamais de mal ?", "Tout ce que je fais, c'est pour qu'on soit heureux toi et moi"

Et là je ne vais pas gérer...

CHAPITRE 31 – MYLA

J'entre dans l'appartement et je peux le voir assis sur le canapé. La télévision n'est même pas allumée et je suis surprise de la pénombre qui a envahi la pièce. Je pose mon sac et le rejoins.

– Ça va ?

Je demande ça naturellement, ne comprenant pas l'objet de son silence.

– Depuis combien de temps es-tu au courant ?

Sa voix est dure, sans appel. Je fronce les sourcils. Je ne sais pas de quoi il parle mais son attitude m'inquiète.

– Mais de quoi tu parles ?

– Réponds Myla.

– Répondre à quoi Jackson ?

– À ma question... Combien de temps ?

Je reste silencieuse et mon cerveau fonctionne à vitesse grand V. De quoi me parle-t-il ?

– Excuse-moi Jackson, mais il faut que tu m'expliques, je suis un peu perdue.

Il lève les yeux vers moi et je peux y voir toute la rancœur... qu'il me porte ?

– Qu'est-ce qu'elle te raconte quand vous vous voyez ? Que je lui manque ? Qu'elle aimerait revenir en arrière ? Et toi ? Tu lui dis quoi ? Tu lui racontes notre vie ?

Il s'énerve et mon cœur bat plus vite. Je ne comprends rien de ce qu'il se passe.

– Jackson calme-toi s'il te plaît, je ne comprends pas.

— Tu ne comprends pas ? Sérieusement Myla ? Tu vas me la jouer comme ça ?

Mon visage se décompose et je commence à avoir du mal à déglutir.

— Et putain ne te mets pas à chialer ! Parce que je compte bien que tu répondes à mes questions !

Et là tout me revient, les hurlements, les injures, les coups. Il a crié tellement fort et sa posture agressive me renvoie à il y a quelques mois. Je recule pour me protéger. Je regarde même l'espace qu'il y a entre moi et la porte d'entrée. J'avais l'habitude de le faire quand je me demandais si je pouvais m'échapper. Je ne comprends pas pourquoi il se met dans cet état. Je le regarde perdue. Lui, aussi à l'air perdu et semble se demander ce qu'il se passe.

— Ma mère putain Myla !! Tu parles avec ma mère !

Je hoquette de surprise. *Quoi ? Sa mère ?*

Et là je prends en pleine face, l'image de Ruby, son regard, son sourire et le grain de beauté sous l'œil de Leeann. Il doit voir à mon visage que je réalise là maintenant comment j'ai pu être dupée.

— Je...

Mais les mots ne sortent pas. Jackson se déplace et attrape les clefs de sa moto.

— Je t'avais dit de ne pas te mêler de ça ! Et tu ne m'as pas écouté ! Je t'en veux... Putain ! dit-il en mettant un grand coup de poing dans la porte du placard.

— Mais...

Il attrape un sac que je n'avais pas vu en entrant. Il avait préparé ses affaires pour partir.

— Jackson ? Où tu vas ?

— Loin d'ici !! Loin de tous ces mensonges !

— Attends ! dis-je désespérée.

Il s'arrête et se tourne vers moi.

— Je t'assure que je ne savais pas.... Je ne savais pas que c'était elle. Elle ne m'a jamais parlé de toi.

Il secoue la tête et se faufile dans le couloir de la résidence.

***

Phil m'a appelée car évidemment, Jackson est retourné chez lui. Il m'a fait part de la discussion qu'il avait eue avec Charlotte et que son fils avait tout entendu.

– Je suis désolé Myla, Charlotte se sent coupable.

– Non vraiment dites-lui Phil, elle n'y est pour rien.

– Il est dans sa chambre, il ne veut pas parler. Peut-être que si tu venais...

Je le coupe.

– Non Phil, il faut qu'il gère seul. Au fond de lui, il sait très bien que je n'y suis pour rien mais il a préféré s'en prendre à moi plutôt que d'affronter ce problème.

– Ne lui en veut pas s'il te plaît.

– Non je ne lui en veux pas.

– Il t'aime, tu le sais ça n'est-ce pas ?

– Oui mais il n'est pas capable de l'assumer.

– Myla ?

– Oui.

– Ne le laisse pas tomber. Il a besoin de toi.

Et qu'est-ce que je peux dire à ça ? Je ne suis pas sûre qu'il ait besoin de moi. Il me laisse encore seule face à mes doutes, à me rendre responsable d'une situation dont je suis complètement étrangère. Sa mère s'est immiscée dans ma vie et je n'ai rien vu venir. Et comment j'aurais pu le savoir ?

Je salue Phil et raccroche. Je reste là, plantée sur mon canapé à regarder mon écran de téléphone. Est-ce que je devrais l'appeler ? Je me fais du souci parce que je sais dans quel état il doit être à ce moment précis.

Je fais son numéro mais bien sûr il ne me répond pas. J'entends l'annonce de sa messagerie et quand le bip retentit je lui laisse un message.

– Je sais que tu es mal et je souffre de te savoir dans cet état. Je souffre de savoir que tu m'en veux pour quelque chose que je n'ai pas fait mais je peux comprendre. Je t'assure Jackson, je peux comprendre ton mal être et j'attendrais que tu reviennes vers moi quand tu seras prêt pour en parler. En attendant, je te laisse et j'espère que ça ira mieux pour toi. Je t'aime de tout mon cœur, j'espère que tu le sais.

***

Je n'ai pas eu de réponse et je savais que ça se passerait comme ça. Je le connais assez pour savoir qu'il a été touché au plus profond de son âme et qu'il ne sait pas gérer ce genre d'émotions. Les garçons m'ont dit qu'il était parti deux jours au Coronado.

Mais là je sais qu'il est revenu et c'est le silence complet. Pas de messages, pas d'appels. Il n'est même pas repassé prendre des affaires.

Flora est passée pour qu'on discute de la situation mais je n'ai fait que pleurer et je n'ai pas pu lui donner mon ressenti. Elle m'a juste dit que Jackson ne maîtrisait plus rien, qu'il faisait le vide autour de lui, et qu'il passait sa vie à l'atelier.

Aujourd'hui, je suis à l'agence mais j'ai surtout envie de retrouver ma couette et de me morfondre dans mon lit. La clochette de l'entrée sonne. Je lève la tête quand je vois celle qui est la cause de tous mes tourments.

Je me lève rapidement. Refusant toute discussion avec elle dès à présent.

— Je n'ai rien à vous dire, veuillez sortir s'il vous plaît.

— Myla ? Qu'est ce qui se passe ? Vous voulez qu'on en parle ?

— Non ! Laissez-moi tranquille !

—Vous avez un voyage à m'organiser, ne l'oubliez pas !

— Non j'annule tout, je vous rends vos arrhes et je ne veux plus jamais avoir à faire à vous !

— Ce n'est pas très professionnel tout ça ! me dit-elle de façon hautaine.

— Vous nous avez fait du mal et je ne peux pas continuer comme ça.

— Du mal ? Je ne comprends pas ?

— Vous êtes là pour approcher Jackson, votre fils ! Je sais tout et lui aussi ! Et à cause de vous, tout va mal entre nous !

Elle me regarde de haut et un petit rictus fend son visage.

– Mon fils mérite ce qu'il y a de mieux pour lui et ici ce n'est pas le cas.

Je reste abasourdie par ce qu'elle vient de me dire.

– Vous êtes gonflée ! Vous l'avez abandonné et vous voulez revenir dans sa vie et la régenter ?

– Ne jugez pas des choses que vous ne connaissez pas !

– Jackson m'a tout raconté !

– J'imagine, mais il ne connaît qu'une version !

– Je vous demande de sortir !

– Et moi je vous demande de sortir de la vie de mon fils ! Vous n'êtes pas celle qui lui faut, vous êtes trop... Trop fade.

Je reste transie. La clochette retentit à nouveau. Molly et Flora entrent. Ma respiration devient saccadée et il faut que je sorte rapidement. J'attrape mon sac posé sur mon bureau et je pars en courant. J'entends juste mes amies m'appeler mais je ne m'arrête pas. Il faut que je respire et sans lui je ne sais pas faire ça. Sans lui je suis perdue et maintenant qu'il ne veut plus d'un "nous", je ne sais plus comment faire.

***

Mon téléphone sonne mais je ne veux pas répondre. Je regarde mon écran et c'est le prénom de Jackson qui apparaît. Les filles ont dû lui dire. J'essuie les larmes sur ma joue d'un geste rageur. La sonnerie recommence et je sais qu'il ne s'arrêtera pas tant que je n'aurais pas répondu. Au pire, il appellera James pour borner mon portable.

– Allô, dis-je d'une voix tremblante.

– Dis-moi où tu es.

Sa voix est froide mais je sens qu'il est inquiet.

– Pourquoi tu fais ça ? dis-je toujours en pleurant.

– Je veux pas parler de ça au téléphone, je veux te voir, où es-tu ?

Il perd patience mais moi je sais que je ne veux pas discuter avec lui, pas quand je suis dans cet état.

– J'ai mal Jackson.

– Myla...

— Et tu n'es pas là.

— Myla, dis-moi...

— Au revoir.

Je raccroche. Je n'ai pas le temps de faire cent mètres que mon téléphone sonne à nouveau et cette fois, je l'éteins. Je hèle un taxi. Je ne vais pas rentrer à la maison parce que tout le monde va m'attendre là-bas. Je vais aller me réfugier dans un hôtel.

***

Cela fait trois jours que je suis assise sur le lit de cette chambre sommaire. Je regarde le mur en face de moi. Juste une petite fenêtre vient illuminer la pièce. C'est le seul endroit qui va me permettre de me recentrer et de comprendre pourquoi ma vie avec Jackson est si difficile. Mais peut-être que je réfléchis pour rien et qu'il a déjà tracé un trait sur notre couple.

Pourquoi je me sens coupable d'une situation qui ne me concerne pas ? Il a toujours voulu éviter cette discussion et je me retrouve au milieu de ce conflit familial.

Ne retombe pas dans tes travers Myla. Tu dois rester forte et ne pas te laisser submerger par tes émotions. Montre-lui que tu es plus forte que ça et que c'est lui qui doit tout faire pour se faire pardonner. Je ne mérite pas ça.

Au bout de quelques minutes, je m'allonge et ferme les yeux.

CHAPITRE 32 – JACKSON

– Putain de bordel de merde ! Trois putains de jours !

Ça fait trois putains de jours que Myla ne m'a plus donné de nouvelles et j'erre dans l'appartement sans savoir où elle est, si elle est en danger, ce qu'elle fait. J'ai envie d'appeler chez ses parents mais si elle n'y est pas je vais les alerter et les inquiéter. Je suis sur les nerfs. Je ne sais plus quoi faire. Mes amis doivent arriver et il va falloir que je leur explique pourquoi elle a décidé de se casser sans rien dire.

Elle sait pourtant que me laisser sans nouvelles va déclencher chez moi une vague de colère et d'incompréhension et pourtant elle le fait.

Je suis en colère contre elle.

On sonne à ma porte. Je me relève difficilement de mon canapé pour aller ouvrir. Je n'ai pas le temps de les laisser entrer que Molly m'invective.

– Dis-moi qu'elle t'a donné des nouvelles ?

Molly toujours aussi directe.

– Non toujours rien, dis-je dépité.

Elle me scrute un instant sans rien dire car elle comprend en me voyant que je suis à deux doigts de craquer, avant de reprendre du poil de la bête.

– Tout ça à cause d'une cliente ? T'es sérieux Jax ? Tu crois que ce problème n'aurait pas pu être réglé autrement ? m'assène Molly avec tout le mépris dont elle peut faire preuve.

Je ne les ai pas mises au courant du fait que la cliente, c'était ma génitrice. Je n'avais pas envie de parler d'elle et évidemment qu'elles ne comprennent pas.

– Jax tu es sûr qu'il n'y a que ça ?

Je me rassois sur le canapé et passe mes mains sur mon visage. Si seulement c'était juste une petite dispute.

– Je pensais que vous arriveriez à vous réconcilier même si tu étais en colère… Enfin d'après Myla…

Flora s'assoit à côté de moi. Sa voix posée et son calme me font du bien. Ça compense la nervosité de Molly qui en plus d'être enceinte et sur le qui-vive, ne cache pas son agacement.

– C'est plus compliqué que ça.

Flora ne comprend pas. Je le vois à son regard interrogateur.

On sonne à la porte. Je lève la tête pensant que c'est elle qui a décidé de rentrer. Mais cette idée retombe aussitôt, elle aurait ouvert avec sa propre clef. Flora me fait signe de rester assis, c'est elle qui va ouvrir.

J'entends alors les voix de Justin et Cole.

– Des nouvelles ?

– Non je ne sais toujours pas où elle est.

Ils me regardent tous les deux sans savoir quoi rajouter.

– As-tu demandé à James de la localiser ? demande Molly très inquiète.

La sonnerie retentit pour la troisième fois. Je fais signe à Justin d'aller ouvrir. Je ne réponds pas à Molly, elle va avoir sa réponse.

– C'est James, dit Justin.

Il fait son entrée, toujours aussi impressionnant. Il salue tout le monde.

– Tu l'as eue au téléphone ?

– Non, pas depuis trois jours.

– James fais quelque chose s'il te plaît !

Molly est au bord des larmes et Justin s'inquiète de son état.

– Molly… dit Justin.

– Non je veux qu'on m'explique pourquoi elle a disparu comme ça pour une dispute ! C'est mon amie qui est je ne sais où et je veux savoir !

Elle ne me lâche pas du regard.

– Elle t'a dit ta copine que sa cliente c'était ma mère ?

J'ai l'impression que tout le monde s'arrête de respirer.

– Quand tu dis ta mère, tu parles de....

– Ouais je parle de ma génitrice.

– Elle t'a retrouvé ?

– Apparemment.

– Et c'est quoi le problème avec Myla ? rajoute Molly.

Pitbull n'a pas l'intention de lâcher l'affaire. Flora pose sa main sur son avant-bras pour lui demander de se calmer.

– Jax ?

Je lève les yeux vers elle.

– Tu crois que Myla savait pour ta mère ?

Je me mords la joue. Je n'ai plus de certitudes. Je lui ai tout foutu sur le dos mais je sais au fond de moi qu'elle ne m'aurait jamais fait ça.

Question de fierté. Question que je ne savais plus où j'en étais et que c'était plus facile pour moi de lui mettre toute la faute dessus alors qu'elle est une victime, comme moi, de ma mère.

– Est-ce qu'on peut revenir au moment où elle est partie de l'agence ? A-t-elle dit quelque chose ?

Tout le monde lui répond que non.

– On est entrées dans l'agence et elle était avec une femme, elle semblait énervée et puis elle s'est mise à courir dans la rue et on n'a pas pu la rattraper

– Une femme ? Comment était-elle ?

– Je ne sais pas... Elle s'est éclipsée rapidement, je n'ai pas eu le temps de la voir vraiment.

– C'est elle... je dis anéanti.

Les filles me regardent.

– Comment elle s'appelle ? demande James.

– Ruby Johnson.

– Je vais devoir aller à l'agence pour trouver le dossier de Myla sur cette cliente.

Je fouille dans ma poche et lui passe une clef et un code d'alarme. James hoche la tête pour approuver.

– Est ce que vous avez une idée des endroits où elle pourrait aller ?

– Au Coronado Jax ? demande Justin.

— Non il faudrait qu'elle prenne le train et en taxi ça serait trop cher je pense.

— Pourquoi tu lui en veux Jax ?

Quand je vous dis que c'est un pitbull.

— Je ne lui en veux pas, c'est juste que je suis perdu putain !

Je me lève et me dirige vers le balcon. Faut que je respire. J'attrape mon téléphone et j'essaie de la joindre à nouveau. Mais toujours ce putain de répondeur. *Myla je t'en supplie réponds-moi.*

James me prend à part et me conseille de me reposer. Il me dit qu'il va faire le nécessaire pour la retrouver au plus vite.

***

Tout le monde est parti et je me retrouve seul comme un con à regarder la nuit tomber sur San Diego. Je me résous à appeler ses parents car s'il y a une infime chance qu'elle soit là-bas, je veux le savoir. Mais quand je raccroche avec sa mère, je suis encore plus dans l'angoisse. Elle n'y est pas et elle ne les a pas appelés. Il a fallu que j'use de patience pour expliquer à sa mère de ne pas venir et que je la tiendrais au courant de la suite. Je lui ai caché que ça faisait trois jours que Myla n'avait pas donné de nouvelles.

La sonnerie de mon téléphone me sort de mes pensées. L'espoir renaît mais c'est juste mon père.

— Alors as-tu des nouvelles de Myla ?

— Non rien. Je suis très inquiet Papa, je ne sais pas où elle peut être. Elle ne connaît pas grand monde ici…

— James est sur le coup ?

— Oui.

— Tu veux venir à la maison ?

— Non, je veux être là, si elle rentre.

— Tout va s'arranger fils, ne t'inquiète pas. Myla est une fille sensée, elle a la tête sur les épaules.

— Si tu le dis…

***

Je ne peux pas me résoudre à rester planté là à attendre son retour. Je prends mes clefs de moto et je descends dans le parking. Il faut que je la retrouve. Quoi qu'il arrive, il faut que je sache si elle va bien.

J'essaye d'être cohérent dans mes recherches. J'arpente les rues de San Diego dans les quartiers où nous avons nos habitudes, mais rien. Je m'arrête même dans le petit parc où nous prenons quelques fois notre déjeuner durant notre pause de midi. Mais toujours rien.

Puis des idées noires font surface au fur et à mesure de mes infructueuses recherches. A-t-elle rencontré quelqu'un ? Peut-être qu'elle est avec lui ? Peut-être qu'elle ne veut plus entendre parler de moi. J'ai envie de gerber rien qu'à cette idée.

J'entre dans les restaurants, les bars où nous allons avec nos amis mais rien, toujours rien. Et puis je pense aux hôtels et je me dis que si elle a payé avec sa carte de crédit, James pourrait la retrouver facilement. Je lui envoie un SMS pour lui demander de vérifier ses comptes.

Puis après avoir roulé une bonne partie de la nuit, je me résous à rentrer. Las, de n'avoir aucune piste, aucune nouvelle. Je perds confiance, je perds espoir.

***

Plus tard dans la nuit, alors que je me suis endormi sur le canapé, mon téléphone sonne. Je l'attrape rapidement, c'est James.

– Dis-moi que tu l'as retrouvée ?

– Oui, elle est avec moi dans la voiture.

– Putain... Merci mon dieu, dis-je à voix basse. Passe-la-moi s'il te plaît.

– C'est que... Attends.

J'entends qu'il étouffe la conversation en mettant sa main sur son portable. Elle ne veut pas me parler, je le sens et il négocie pour qu'elle le fasse.

– Allô ?

Sa petite voix, brisée par des sanglots, me parvient aux oreilles.

– Bébé, ça va ?

– Oui.

C'est un petit oui mais ça me rassure.

— Rentre, je veux te voir, je veux te sentir, je veux te serrer dans mes bras.

Elle étouffe quelques larmes.

— Je ne rentre pas Jackson, pas maintenant.

— Quoi ?

Ma voix est presque brisée quand j'entends ses mots.

— Je ne peux pas faire face à ton regard inquisiteur qui me rend coupable de choses que je n'ai pas faites.

— Bébé, je ne t'en veux pas, je veux vraiment qu'on en discute tous les deux.

— Non.

Son non est catégorique et il me surprend. Une flambée d'incompréhension m'envahit et je ne peux m'empêcher de me mettre en colère.

— Putain tu disparais pendant des jours, je me fais tout un film de ce qui aurait pu t'arriver et toi tu me dis que tu ne rentres pas ? T'es sérieuse Myla ?

J'attends quelques secondes sa réponse.

— Je suis très sérieuse Jackson, réfléchis à nous deux, à la place que tu me donnes et à l'apparition de ta mère. Ensuite quand tu auras les idées plus claires tu prendras contact avec moi et on pourra discuter.

J'ai l'impression d'avoir une autre Myla, pas la mienne.

— Si tu fais ça Myla...

— Quoi Jackson ? Dis-moi ? Tu voulais que j'assume mes choix, que je dise haut et fort ce que je pense. Rappelle-toi, tu me l'as dit à notre première rencontre. Eh bien voilà, je te dis ce que je pense de nous. Tu n'es pas prêt à vivre avec moi et tu n'es pas prêt à me pardonner. Ce soir, je ne rentre pas à la maison et demain j'aimerais que tu n'y sois pas quand j'arriverai.

— Tu me quittes ?

— Oui et je nous rends service Jackson. Nos bases sont bancales et on ne peut rien construire dessus.

— Je... Tu sais quoi t'as raison, on était pas faits pour être ensemble.

Je raccroche. Je reste un instant stoïque. Je regarde la bouteille de whisky que j'ai sortie hier soir pour m'embrumer l'esprit. Je donne un grand coup dedans. Elle explose contre le sol. Le liquide restant se répand.

Je me lève pour me diriger vers le bar. J'attrape la bouteille de vodka que j'ouvre avec violence avant de la porter à ma bouche. Nos bases sont bancales ? C'est ça qu'elle a dit de nous, bancales. Elle veut quoi ? Que je fasse semblant de ne pas voir ce qu'il se passe dans ma vie ? En faisant ça, elle m'enfonce encore plus ! Et j'ai mal putain. Je savais qu'il ne fallait pas que je retombe amoureux. Voilà pourquoi, parce que ça fait un mal de chien et mon cœur a été encore piétiné et je ne veux plus ressentir cette douleur.

Je bois encore une grosse lampée d'alcool. Il faut que je sorte de là, j'étouffe… J'enfile un jean et un t-shirt pris au hasard. J'attrape mon blouson, mes clefs et je descends rapidement jusqu'à ma moto. Je démarre en trombe. Je ne sais pas où je vais, ce que je vais faire mais je vais vivre pour moi ce soir. Parce qu'il le faut, parce que j'en ai besoin. Retrouver l'ancien Jackson me fera du bien.

Je roule un petit moment jusqu'à un bar où j'allais souvent avec Cole et Justin quand nous étions célibataires et m'installe face à la piste de danse. Des filles en petite tenue se trémoussent. Le serveur vient prendre ma commande. Je lui demande une bouteille de whisky. Quitte à m'en mettre plein la tête autant le faire bien.

Ça nous fera du bien elle m'a dit, et bien elle a raison, ça me fait un bien fou d'être ici, seul sans contraintes à me mater des culs pour oublier que ma vie est un fiasco sans nom. Je ne prends même pas de verre, je bois direct à la bouteille tout en continuant de mater une petite blonde avec une paire de seins à damner les dieux. Elle me sourit. Je la fixe. Mon pouvoir de séduction fonctionne toujours on dirait. Je bois encore une gorgée et la fille s'approche de moi. Elle danse au-dessus de mes jambes et je passe mes doigts sur sa peau satinée.

Ma vue est trouble mais ses caresses me font un bien fou. Je ferme les yeux et me laisse aller. Je sens alors sa bouche déposer un baiser sur la mienne.

CHAPITRE 33 - JACKSON

Je suis là devant son agence dans la voiture de mon père, légèrement en retrait pour ne pas qu'elle me voit car je n'ai pas encore bien structuré mes phrases dans ma tête. J'ai grave déconné ces derniers jours et il faut que je lui dise mais j'ai une putain de trouille.

Je regarde depuis une demi-heure l'entrée. Pas mal de clients sont venus et ça me fait plaisir de savoir que son entreprise fonctionne pas mal.

Je ne l'ai toujours pas aperçue mais à midi, je me dis qu'elle va sortir pour aller déjeuner. Peut-être qu'à ce moment-là je pourrai aller la voir pour discuter avec elle.

J'ai été con d'avoir réagi comme ça. Elle m'a dit ce qu'elle ressentait et moi je n'ai pas trouvé mieux que pratiquement lui raccrocher au nez. Elle m'a tué quand elle a commencé à me dire qu'il fallait qu'on se sépare pour réfléchir chacun de notre côté. J'aurais dû lui dire oui que j'étais d'accord et que je ferais des efforts mais j'ai eu tellement peur pendant les trois jours où elle ne m'a pas donné de nouvelles. J'ai tout gâché.

Je vois Tim Barnes de l'autre côté du trottoir. J'espère qu'il ne me verra pas. Je ne voudrais pas qu'il le dise à Myla si jamais ils se voient dans la rue. Il traverse et se dirige… Vers l'agence ? Qu'est-ce qu'il fout ?

Là, je commence à baliser grave. Peut-être que Myla a un souci avec son local ? Cinq minutes, dix minutes, quinze minutes. Le client de Myla sort, suivi de Myla et Tim. Elle a mis sa veste et pris son sac. Elle ferme l'agence et elle se met à marcher à côté de lui.

Putain…

Je sors de ma caisse, je la verrouille et je les suis à bonne distance pour éviter de me faire griller. Ils marchent quelques minutes et s'arrêtent dans une brasserie pour s'installer en terrasse. Elle est souriante putain, souriante. Moi j'ai eu droit aux larmes et lui, il a droit à ça.

En même temps t'as rien fait pour qu'elle le retrouve son sourire… Ta gueule conscience de merde, je ne t'ai rien demandé !

Je m'assois loin d'eux mais en essayant de les avoir dans ma ligne de mire. Elle est belle et lui c'est un blaireau. Qu'est-ce qu'elle lui trouve ? Elle pourrait sérieusement me remplacer par lui ?

Pourquoi on en est arrivé là ?

C'est ta faute… Je passe ma main sur mon visage. Je suis à la limite de tout péter là en plein milieu de la rue. Et je la vois rire après qui lui ait dit quelque chose. Ils trinquent ensemble. Bordel, mais pourquoi je suis là à regarder ça et à me faire du mal. Il lui sort le grand jeu et je sens qu'elle me glisse entre les doigts. Je suis incapable de lui donner ça en ce moment.

Mais putain moi qui me sens coupable parce qu'une strip-teaseuse m'a embrassé… Elle peut pas me faire ça…

CHAPITRE 34 - MYLA

Je ris de bon cœur aux propos de Tim. Ça me fait un bien fou de pouvoir avoir un peu de légèreté dans ma vie même si je me sens coupable de le faire avec quelqu'un d'autre que Jackson. Jackson qui reste silencieux et avec qui je n'ai toujours pas réglé nos problèmes.

Je n'ai rien dit à Tim, ça ne le regarde pas. Je voulais lui parler de l'appartement mais finalement je me suis ravisée. Je laisse encore un peu de temps à Jackson pour qu'il essaie de retrouver la raison et surtout des solutions.

Il me manque. Tim me parle mais j'ai Jackson en tête et j'ai d'ailleurs une peur monstre qu'il passe dans le quartier et qu'il me voit avec son ami. Car là je sais que ça ne se passerait pas bien. Pourtant rien n'était prévu. Tim est passé par hasard et m'a demandé si je mangeais à l'extérieur et j'ai accepté son invitation. Je sais qu'il a un petit faible pour moi. Je l'avais déjà remarqué au tout début quand je cherchais un local et Jackson s'en était aperçu aussi.

Heureusement que Tim ne me pose pas de questions sur ce qu'il est en train de me raconter car je n'ai absolument rien écouté.

Il me demande si je veux un dessert et je lui réponds par la négative car ma salade était énorme. Il continue à m'expliquer son travail. Il faut dire qu'il monopolise beaucoup la conversation et qu'il aime bien parler de lui. Ça me saoule un peu d'ailleurs et je me languis de retourner à l'agence.

Je regarde discrètement mon téléphone mais je n'ai toujours pas de messages de Jackson. Je sais que je lui ai demandé de réfléchir de son côté mais ça m'étonne tout de même.

– Tu es pressée ?

Je sursaute.

– J'ai un client qui ne devrait pas tarder à arriver.

Je mens. Je m'en veux un peu de faire ça mais j'en ai marre de l'écouter.

– Oh ! Je vais demander la note.

Il se lève et je soupire. Je pensais que ça me ferait du bien mais finalement, je suis encore plus nerveuse. Je ne suis bien qu'avec Jackson ou entourée de mes amis.

– Voilà, me dit-il en souriant.

– Je te remercie pour l'invitation.

– Tout le plaisir était pour moi.

Il me raccompagne jusqu'à l'agence. Il reste encore quelques minutes devant la porte à me parler et puis il part. Je pose mes affaires sur mon bureau en soupirant. J'attrape mon portable, je vois la petite enveloppe des messages qui clignote. J'ouvre rapidement mais c'est Molly qui me demande de passer ce soir pour qu'on se fasse une soirée filles. Je soupire une nouvelle fois. J'ai l'impression de ne faire que ça depuis des jours.

Je regarde les gens dans la rue à travers ma fenêtre quand j'ai la vision de la voiture de Phil au bout de la rue. Je secoue la tête, non ça ne devait pas être sa voiture, il serait venu me voir, à moins que…

Jackson serait venu ? Non je ne pense pas non plus. Et s'il m'avait vue avec Tim ?

Arrête de te prendre la tête, s'il avait vu ça, tu l'aurais entendu et le pauvre Tim aurait perdu son nez dans l'affaire.

Je secoue la tête. Il m'obnubile et je n'arrive pas à me l'enlever de mes pensées. Mon téléphone sonne et je regarde rapidement mon écran. C'est ma mère.

– Maman ?

– Comment vas-tu ma chérie ?

Je sais qu'elle est inquiète depuis que Jackson l'a appelée.

– Ça va.

Mon ton las, l'interpelle.

– Tu as réussi à parler avec Jackson ?

– Non toujours pas, c'est le silence radio et puis je suis toujours en colère, je ne sais pas si ça serait une bonne chose que l'on parle maintenant.

– Myla… Parfois il faut savoir lâcher prise.

– Pas cette fois Maman.

Je m'installe dans mon fauteuil.

– C'est difficile pour lui de faire la part des choses dans cette histoire. Il était très inquiet l'autre soir quand il nous a appelés.

– Il me tient comme responsable du retour de sa mère, du moins il croit que je savais.

– Il est perdu.

Euh… Elle est de quel côté ?

– Myla chérie, la colère n'arrange rien, c'est à toi de voir ce que tu veux. Est-ce que tu te vois lui pardonner ? Est-ce que tu t'imagines plus tard avec lui ? Si oui alors tu dois pardonner.

– C'est difficile, il ne me rend pas la vie facile.

– J'imagine mais si tu réfléchis bien à la situation tu trouveras les solutions pour que vous vous retrouviez comme avant l'arrivée de la mère de Jackson.

Jackson ne lui a rien dit concernant cette histoire quand il l'a appelée et il ne lui a même pas dit que j'avais disparu pendant trois jours. Je le remercie de les avoir épargnés. C'est moi qui ai tout raconté à ma mère parce que j'avais besoin d'elle quand je lui ai dit de partir.

– Je vais essayer Maman.

– Ça nous rendrait heureux que vous trouviez une solution pour vous réconcilier. Jackson est trop à vif pour réfléchir, c'est toi qui dois l'aider mais pour ça il faut changer cette colère en positif même si tu décides de faire un break.

– Merci Maman.

– De rien ma chérie, tu me tiens au courant, d'accord ?

– Oui bien sûr.

Je raccroche et je reste plantée dans mon fauteuil à regarder le plafond. Elle a raison. Ma colère ne résoudra rien du tout et surtout pas avec Jackson. Il faut que je me calme et que je réfléchisse à tout ça.

CHAPITRE 35 – MYLA

Quelques jours plus tard, assise à une table du café Zucchero, un des meilleurs de San Diego, je déguste ma gaufre aux fruits rouges. Rien de mieux qu'une bonne pause après mon après-midi shopping. Shopping que j'avais décidé de faire pour me changer les idées et qui, au final, est devenu de l'achat compulsif avec des dépenses inconsidérées et inutiles pour combler un manque... Son manque.

Je tourne lentement ma cuillère dans ma tasse de café en regardant par la fenêtre. Les yeux dans le vide, je repense encore et encore à toute cette histoire. Malgré les conseils de ma mère, je n'arrive pas à trouver de solutions pour l'instant. Ma colère a disparu et je suis plus dans un schéma de tristesse. Jackson est toujours chez son père et il n'est pas revenu une seule fois à l'appartement. Il a tout de même payé sa part du loyer pour les trois mois à venir.

Trois mois c'est long et pour me dire quoi ? Me dire que c'est terminé entre nous ? Alors je prends les devants et je cherche un autre appartement, plus petit. J'ai donné rendez-vous à Tim Barnes, l'ami de Jackson, pour qu'il me trouve un logement pas très loin de mon agence.

D'ailleurs en parlant du loup, le voilà qui arrive.

– Salut, me dit-il avec un grand sourire.

– Bonjour Tim.

Il pose sa veste de costume sur la chaise et s'installe face à moi.

– Tu veux quelque chose ?

– Oui je vais prendre un café.

Je fais signe à la serveuse de nous servir, ce qu'elle fait avec rapidité.

— Merci, lui dit-il gentiment.

Je reste un instant silencieuse puis il enchaîne.

— Alors, tu avais besoin de mes services ?

— Oui, en fait je ne connais que toi comme agent immobilier, dis-je timidement. Et je ne t'en ai pas parlé l'autre jour parce que ce n'était pas encore un projet bien défini.

Il rit.

— Tant mieux alors !

Je lui souris.

— Qu'est-ce que vous cherchez Jax et toi ? Plus grand ? Vous allez agrandir la famille ?

Mais son sourire s'estompe quand il me voit me décomposer devant lui.

— Oh... Je crois que... Pardon, je n'avais pas compris que tu cherchais seule. La dernière fois…

— C'est pas grave, les choses ont évolué ces jours-ci.

— Je... Je suis désolé.

— Non mais je t'assure, tout va bien d'accord ? Tu ne pouvais pas savoir et je ne t'ai pas donné d'explications non plus.

Il secoue la tête pour approuver.

— Je cherche un appartement plus petit et proche de mon agence avec un loyer pas très cher si possible.

— Oui, j'en ai à te proposer.

— Vraiment ?

— J'ai eu des rentrées de biens qui sont pas mal du tout et dans des prix qui pourraient te correspondre.

Je ferme les yeux et soupire. Au moins une difficulté en moins, je vais bien trouver quelque chose qui me convient.

— Et puis en plus, ils ne sont pas encore sur le marché donc tu pourras les visiter en exclu.

— Oh merci Tim, je suis soulagée.

— Si tu veux, on peut commencer les visites de suite ?

Je finis de boire mon café et le regarde surprise.

— Vraiment ?

Mais au moment où il va me répondre, la porte du café s'ouvre et Jackson fait son entrée avec Justin et Cole.

– Mince....

Tim semble perdu et me demande :

– Qu'est ce qui se passe ?

– Jackson est là.

– Où ? demande-t-il un peu plus nerveux d'un coup.

– Ne bouge pas peut-être qu'il ne nous verra pas.

– Mais vous êtes séparés ou pas ?

– Disons qu'il n'y a que lui qui le sait.

– Ah... Euh... Je ne veux pas avoir de problèmes... Enfin je veux dire que je connais Jax, il peut être…

– Ne t'inquiète pas, ils vont s'installer au fond.

Je me lève et enfile mon blouson. Je prends mon sac et ouvre mon porte-monnaie.

– Non attends c'est pour moi, me dit Tim.

– Merci, dis-je en remettant mon argent dans mon sac.

Mais quand je le vois relever les yeux et regarder derrière moi, je sais que Jackson est là.

– Salut Tim.

– Euh... Salut Jackson.

Mon corps se met à trembler. Je ne l'ai pas vu depuis des jours, pas entendu non plus et il est à quelques centimètres de moi.

– Tu peux nous laisser seuls s'il te plaît ?

– Oui bien sûr.

Il attrape sa veste et son attaché case.

– Je t'appelle pour ce dont on a parlé, me dit-il.

– Oui.

Je reste debout, dos à Jackson et j'essaie de garder mon calme mais je sais que ça va être difficile.

Je regarde Tim s'éloigner. Jackson reste silencieux derrière moi. Le malaise qui s'installe me gêne alors je m'assois à nouveau à ma place. Lui s'installe face à moi.

Je n'ose pas le regarder. Lui, oui par contre. Il me dévisage et sa jambe qui bouge sous la table me montre le degré de sa nervosité. Cet entretien ne va pas bien se passer, je le sens.

Il fait signe à la serveuse qui accourt comme un petit chien.

– Un Earl grey et un café avec du lait s'il vous plaît.

— Ok, dit-elle en se dirigeant vers le comptoir.

Je regarde à travers la vitre.

— Il te plaît ?

Mon regard se détourne vers lui brusquement. Je le sonde en ne lâchant pas ses yeux. Mais à ce jeu-là, il gagne à chaque fois. Je cligne des yeux et baisse mon regard.

— Tu foutais quoi avec lui ? De quoi vous parliez ?

Il pose ses coudes sur la table et recouvre sa bouche de ses deux mains jointes. Il n'est pas là pour avoir une discussion tranquille. Il est là par jalousie. Je décide alors de passer à l'offensive mais la serveuse me coupe dans mon élan et dépose les tasses devant nous. Jackson sort un billet qu'il met directement sur le plateau. La jeune fille le remercie et nous laisse à nouveau seuls.

— Alors ?

Je prends la même position que lui.

— Alors quoi Jackson ? J'ai des comptes à te rendre maintenant ? Tu te souviens d'un coup qu'on est ensemble ?

— Je te rappelle que c'est toi qui m'as foutu dehors.

Il sourit de son sourire que je déteste. Celui du type arrogant, sûr de lui. Je prends un air interrogateur et l'invective.

— C'est vrai, mais tu devais te remettre en question, apparemment ça n'a pas bien fonctionné.

— Si on ne l'est plus tu m'as vite remplacé, dit-il avec son air de vainqueur.

Je prends la carafe d'eau devant moi et lui jette à la figure. Surpris et surtout trempé, je m'attends à ce qu'il pète un plomb devant tout le monde. Au lieu de ça, il prend une serviette et s'essuie le visage calmement. Il se frotte le visage nerveusement.

— Ça t'a fait du bien ou tu veux m'envoyer la boisson brûlante maintenant ?

Il fait référence à mon thé fumant.

— Et toi tu vas sortir la boîte à insultes ou tu n'as plus du tout de respect pour moi ?

— J'ai du respect pour toi.

Je ricane.

— C'est pour ça que tu veux savoir si je sors avec Tim ?

– Je ne sais pas, je te vois ici avec lui, souriante et détendue. Je peux me poser des questions, non ? Surtout que ce n'est pas votre premier rendez-vous que je sache…

Je lève la tête brusquement. J'avais raison, c'était bien la voiture de Phil que j'avais aperçue ce jour-là.

– Tu me surveilles maintenant ? Et non Jackson, tu ne peux pas te poser des questions quand tu n'as pas l'air de vouloir arranger les choses, quand c'est toi qui me tiens pour responsable de quelque chose que je ne pouvais pas savoir ! Maintenant excuse-moi mais je pensais que tu voulais qu'on règle nos problèmes mais apparemment tu t'en contrefous ! J'en ai marre !

Je me lève en bousculant la table. Mon thé se renverse sur la nappe. J'attrape mon sac à nouveau et mon blouson et je m'avance vers la sortie. Il ne me retient pas et je peux voir Justin et Cole, désolés de voir les choses s'envenimer. Je pousse la porte, les larmes me montent aux yeux mais je ne veux pas qu'il me voie dans cet état.

Sa moto est là, garée devant l'entrée. Je passe près d'elle et me dirige vers la grande avenue. Mais une main attrape mon bras et me fait reculer jusqu'à être plaquée contre le mur d'un immeuble à l'abri des regards.

Jackson me regarde et je peux voir toute la détresse qu'il essaie de cacher derrière son arrogance.

Il se mord la lèvre nerveusement.

– Il te plaît ?

Encore cette question. Je lève les yeux au ciel.

– Réponds… S'il te plaît.

Sa voix se fait plus douce mais il attend une vraie réponse. L'air désolé je lui réponds.

– Je cherche un appartement, c'est pour ça qu'il était là avec moi.

Je vois la surprise dans son regard. Il fronce les sourcils. Sa respiration devient saccadée. Je sens qu'il ne gère pas ma réponse, mais pas du tout.

– Tu… Tu me quittes vraiment ?

On dirait un enfant et ça me déstabilise.

– Chez nous c'est trop grand pour moi toute seule.

Je suis consciente de ne pas répondre à sa question mais je veux qu'il comprenne que notre histoire ne tient qu'à un fil et que s'il ne veut pas faire d'effort c'en sera fini de nous deux. Des larmes coulent le long de mes joues. Il tape contre le mur, plusieurs fois et je ferme les yeux, apeurée. Il s'arrête un instant et pose son front contre mon épaule. Ses épaules tressautent. Il pleure.

— Jackson...

Mais il ne s'arrête pas et au contraire ses pleurs s'amplifient.

— Me laisse pas...

J'entends ses mots, étouffés par les larmes. Mes bras l'entourent et le serrent fort contre moi. Ses mains à lui attrapent mes hanches. Je ne sais pas quoi répondre bien que j'ai envie de lui crier dessus mais ça ne ferait qu'augmenter son stress et sa nervosité. Alors je ne dis rien et j'essaie de le consoler du mieux que je peux.

— Je t'aime Myla, je t'aime comme le fou que je suis. Je veux que tu me pardonnes tout le mal que je te fais. Tu ne mérites pas ça.

C'est moi qui pleure maintenant et qui tremble comme une feuille.

— Jackson ?

La rue n'est pas très passante mais quelques personnes nous regardent bizarrement. J'essaie de me défaire de son étreinte.

— J'ai besoin de toi Myla, ne pars pas s'il te plaît.

— Jackson, des gens nous regardent…

— Rien à foutre !

— Je préférerais qu'on ait une discussion à la maison.

Il relève la tête.

— Tu as dit à la maison ?

— Oui.

— Oh putain Cole, ils sont là !

Justin arrive essoufflé, Cole nous rejoint.

— On vous cherchait partout ! Vous êtes réconciliés, ça y est ?

— Non, on est pas réconciliés, dis-je avec fermeté.

Jackson me regarde mais ne dit rien, il sait très bien qu'il faudra plus que ça pour que je lui pardonne ce qu'il me fait subir depuis de nombreux jours.

— Ah euh... Tiens tu avais oublié ça dans le café.

Justin me tend le sac de vêtement du shopping que je viens de faire, que je prends en le remerciant.

– On se voit à la maison Jackson.

– Mais j'ai ma moto…

– Non je rentre en taxi, à tout à l'heure.

– Ok.

Cole me sourit tristement et je les regarde partir tous les trois vers le café où nous étions tout à l'heure. Quant à moi je hèle un taxi pour rentrer chez moi.

CHAPITRE 36 – JACKSON

J'arrive avant elle et je ne me suis jamais senti aussi mal. J'ai l'impression que je peux tout perdre. Elle n'a jamais été aussi froide ou distante, même quand on a pu avoir des disputes. A chaque fois je voyais dans son comportement que ça la touchait mais là...

Je ne peux m'en vouloir qu'à moi-même. A force de vouloir toujours rejeter la faute sur les autres avec mes problèmes, je vais peut-être perdre la femme de ma vie.

Parce que c'est la femme de ma vie.

La porte s'ouvre et j'ai une impression de "déjà-vu" mais ces derniers temps ce sont toujours les mêmes situations qui se renouvellent parce que je ne sais pas gérer mes émotions. Je prends une grande inspiration et je m'assois. Elle effectue toujours les mêmes gestes avant d'arriver dans le salon face à moi. Mon visage est enfoui dans mes mains et c'est comme si j'attendais la sentence.

— Est-ce que tu es apte à avoir une discussion ?

Sa voix est monocorde et sans chaleur. Elle se met en tailleur sur le fauteuil face à moi. Je lève la tête vers elle. Je suis face à une autre Myla. De l'instabilité émotionnelle dont elle a fait preuve pendant ses trois jours d'absences et la Myla que j'ai là en face de moi, c'est le jour et la nuit. Elle semble calme, posée et presque résignée. Et ça me rend nerveux. Elle a dû bien réfléchir à la situation pour arriver à garder son calme comme elle le fait.

— Oui.

— Même si on en vient à parler de ta mère ?

La douleur lancinante que j'ai dans la poitrine depuis quelques jours ne fait qu'augmenter. J'ai tout le temps envie de chialer mais je me retiens et je vais faire l'effort d'entendre ce qu'elle a à me dire.

— Même si on parle de ma génitrice.

— Pourquoi ne m'avoir donné aucune nouvelle ?

Elle va droit au but. C'est quelque chose qu'elle n'arrivait pas à faire auparavant mais depuis elle a pris confiance en elle et ça me fait plaisir qu'elle y arrive mais j'aurais préféré que ce ne soit pas contre moi.

— Tu m'a viré de la maison, j'attendais que tu veuilles me voir à nouveau.

— Parce que c'était à moi de le faire ? Et je ne t'ai pas viré de la maison ! Je t'ai demandé de faire un break, il fallait que l'un de nous deux quitte les lieux.

— Ça n'a fait qu'empirer les choses, dis-je en la regardant droit dans les yeux.

— Non, je ne suis pas d'accord, ça nous a juste prouvé qu'on était pas capable de faire face à ce problème.

Ok. Je sens la rupture arriver et je sens que mon cœur bat plus vite.

— Pourquoi me rendre coupable de la situation ?

Je prends sur moi parce que j'ai envie de hurler.

— Je suis désolé si tu l'as pris comme ça, je...

— Tu m'as rendue coupable immédiatement, sans me demander d'explication. J'ai pris ça en pleine face alors qu'on avait passé une nuit magnifique la veille et que tu m'avais dit que tu m'aimais. Imagine ma réaction, imagine comme je me suis sentie rabaissée, anéantie. Je pensais que nous avions progressé de ce côté-là mais je me suis trompée je pense.

— Je suis désolé...

Je n'arrive qu'à articuler ces mots.

— Ça ne me suffit pas que tu sois désolé Jackson.

— Je sais.

— Ta mère est venue me voir le jour où je me suis enfuie.

— Qu'est-ce qu'elle voulait ?

— Me voir, m'expliquer que je n'étais pas assez bien pour toi, que j'étais trop… fade pour son fils.

Les mots qu'elle exprime font monter en moi une colère que je ne connaissais pas. Je commence à trembler mais Myla continue son monologue.

– Et moi je n'ai pas su réagir face à elle, je me suis juste enfuie parce que j'avais qu'une idée en tête c'était de t'épargner, de t'éviter d'entendre ce qu'elle envisageait pour toi. Mais la veille, tu m'as juste montré ton mépris, je n'ai même pas pu m'expliquer alors que je ne savais rien de l'histoire. Elle en a rajouté une couche et une de celle dont ne se remet pas.

Un silence s'installe. Qu'est-ce que je pourrais répondre à ça ? J'ai été le mec pourri, le mec qui a tout détruit. Je n'étais pas là pour elle.

– Jackson ?

Je lève à nouveau les yeux vers elle. Pas une larme pour elle aujourd'hui, juste de la détermination et de la colère.

– Je... Je ne sais pas quoi te dire. La colère m'a aveuglé et comme c'est un sujet sur lequel je n'ai jamais réussi à trouver de solution...

Je laisse ma phrase en suspend pour qu'implicitement elle comprenne la suite.

– Qu'est-ce qu'il en est de nous deux, Jackson ?

La question qui tue. Mais moi j'ai la réponse, je sais que je veux être avec elle, que je veux vivre avec elle et que je veux construire avec elle.

– Je ne sais pas.

Elle blêmit. Putain pourquoi je suis incapable de dire tout haut ce que je pense dans ma tête. Elle ne devait pas s'attendre à une telle réponse.

– Très bien.

Elle se lève et me regarde.

– Je veux juste que tu saches que jamais je ne t'aurais fait de mal, jamais je ne t'aurais caché quoique ce soit sur ta mère si tu avais bien voulu m'en parler. Parce que son simple prénom m'aurait sûrement mis la puce à l'oreille. Mais au lieu de ça, tu as préféré te taire. Et aujourd'hui tu ne sais pas comment tu vois notre avenir ?

– Comment veux-tu que je voie notre avenir ? Tu crois que je n'ai pas compris que tu ne voulais plus de moi ? Ta distance, tes yeux qui me rendent coupable. Tes rencards avec Tim !

Je me lève brutalement. Elle recule. Elle a peur de moi ?

— Si tu veux qu'on se quitte, dis-le-moi. Ne fais pas de détour.

— C'est ce que tu veux ?

Mon regard se fait noir.

— Non bien sûr que non !

— Alors dis-le ! Rassure-moi !

— Je...

Mais je suis incapable de faire ça, la rassurer. Dès que ma mère va pointer le bout de son nez, je vais exploser et elle se retrouvera encore dans la position de la victime collatérale.

— Ton silence...

— Non, dis-je en secouant la tête, ne me quitte pas Myla.

Elle se dirige vers le comptoir de la cuisine.

— Je crois qu'on a besoin de réfléchir chacun dans notre coin.

— Putain non, ça ne fera que nous éloigner.

— Non Jackson, je ne pense pas, ça nous donnera juste une idée de ce que nous voulons vraiment pour nous deux, pour notre avenir.

Je ne veux pas de ça. Les breaks, ça n'est jamais bon. Mais elle a l'air persuadée que ça nous serait bénéfique et je sens que je n'aurai pas mon mot à dire.

— Je ne veux pas de ça.

— Je sais mais moi oui.

Son ton est sans appel. Et je pourrais lui dire ce que je veux, me mettre à genoux devant elle, qu'elle ne changerait pas d'avis. Je me mords la joue pour ne pas dire de conneries qui me feraient perdre la moindre petite chance que nous restions ensemble.

— Je te laisse l'appart, je vais rester chez mon père, dis-je résigné.

— Ok merci.

Merci de quoi ? Merci de lui donner raison ? Et moi, je devrais lui dire merci de me quitter ? Putain j'ai dû perdre mes couilles quelque part et je ne les ai toujours pas retrouvées. Elle décide de notre avenir et je reste là devant elle à ne pas savoir quoi dire.

— Je... Je vais prendre le reste de mes affaires.

Elle baisse le regard, c'est la première fois depuis le début de notre discussion et je comprends que cette décision est prise à contre cœur mais elle veut me donner une leçon et je la mérite, bordel, oui et je dois m'estimer heureux qu'elle ne m'ait pas dégagé de sa vie.

***

Quand je reviens avec mon sac, elle a les yeux rougis et je ne sais pas comment réagir. Est-ce que je dois l'embrasser ? Est-ce je devrais essayer de la faire changer d'avis ? Non, je ne veux pas qu'elle se braque.

– Je... On peut s'appeler ? Enfin...

– Oui Jackson, on peut s'appeler.

– Ok.

Je passe mon sac sur mon épaule et je me dirige vers la porte d'entrée. J'entends un sanglot étouffé et putain je m'en veux d'avoir tout foutu en l'air.

Je descends les escaliers à toute vitesse comme si sa tristesse pouvait me suivre. J'attrape mon téléphone.

– Oui Jax.

James répond de suite.

– James, je voudrais que tu me trouves l'adresse de Ruby Johnson.

– Pour quoi faire Jax ?

– Faut que j'y aille James, je vais aller lui dire mes quatre vérités.

– Tu es sûr que c'est une bonne idée ?

– Je ne sais pas.... Ce que je sais c'est qu'à cause d'elle, Myla m'a foutu dehors.

– Vous êtes séparés ?

– Non... Enfin, on fait un putain de break.

– Ah...

– James ?

– Oui ?

– Est ce qu'on se sort d'un break ?

– T'inquiète pas gamin, elle t'a proposé une pause pas une rupture.

Je lève les yeux au ciel. Il me gonfle quand il m'appelle gamin.

– Tu veux venir prendre un café ? me demande-t-il gentiment.

– Ouais j'arrive.

Je cale mon sac près de mes pieds et démarre ma moto. Avant de partir, je regarde vers la fenêtre de notre appartement. Je la vois me regarder et poser sa main sur la vitre. J'ai jamais eu aussi mal de ma vie. J'ai l'impression que je ne la verrai plus jamais, que c'est la dernière fois qu'on se voit.

***

Après avoir vu James et récupéré l'adresse de ma mère, je me fais violence pour ne pas y aller directement. Je n'ai qu'une idée en tête c'est de l'appeler. Myla. Je l'ai quittée, il y a trois heures mais elle me manque. Si j'avais su qu'elle prendrait cette décision, je n'aurais pas fait le con à la laisser seule sans lui donner de nouvelles.

J'entre dans la maison de mon père. Lui et Charlotte ne sont pas là. Je fonce dans mon ancienne chambre refaite à neuf par mon père. J'envoie le sac dans un coin de la pièce et saute sur le lit. Mon téléphone entre les mains, je fais son numéro.

— Allô ?

— Bébé c'est moi.

Elle reste silencieuse. Peut-être que je devrais éviter les mots doux ?

— Ça va ? dit-elle inquiète.

— Oui.

Je l'entends soupirer.

— Et toi ?

— Ça va, répond-elle dans un murmure.

— Myla...

— Écoute Jackson…

— Ne dis rien s'il te plaît, j'avais juste envie d'entendre ta voix. Je vais te laisser, j'ai compris que tu voulais de l'espace. Je t'en laisserai puisque c'est ce que tu veux. Je t'aime Myla, ne l'oublie pas, s'il te plaît.

J'entends qu'elle renifle mais elle ne répond pas. Je l'embrasse et raccroche.

Putain moi qui croyais que toute la merde était derrière nous, il fallait que ma mère refasse surface.

CHAPITRE 37 – MYLA

Le week-end est enfin là et je me prépare car dans une demi-heure les filles seront chez moi. Elles ont décidé de me changer les idées. Charlotte sera présente en fin d'après-midi car je dois assister à l'essayage de sa robe de mariée.

J'ai eu une longue discussion avec elle. Elle m'a expliqué que Phil avait parlé avec son fils et qu'il avait essayé de le raisonner au sujet de sa mère. Contrairement à ce que j'aurais pu penser, Jackson a été très attentif à ce qu'il lui a dit et semble vouloir faire tous les efforts possibles pour que notre couple se sorte de cette crise.

Il ne m'en a pas dit un mot pourtant il m'appelle tous les soirs et nous discutons longuement de mes attentes pour notre avenir. Il n'est pas d'accord sur tout mais je ne désespère pas qu'il comprenne ma décision de nous séparer quelque temps.

La sonnerie retentit. Les filles sont en avance. À l'interphone, je les préviens que je descends. Quand j'arrive dans la rue, la voiture de Molly est arrêtée, garée à moitié sur le trottoir.

– Allez Myla ! Bouge-toi !

– Salut les filles !

– Ça va toi ? me demande Flora.

– Oui.

Molly démarre et nous voilà parties vers le grand centre commercial.

– Tu as des nouvelles de Jax ? me demande Molly en me regardant dans le rétroviseur.

– Oui, tous les soirs il m'appelle.

– Et ça avance ?

Je ne comprends pas trop sa question et elle le voit.

219

— Votre break ?

— Ah ça...

— Oui ça, dit-elle en se moquant.

Elle lève les yeux au ciel. Je sais qu'elle ne me comprend pas elle non plus mais ce n'est pas grave, je pense réellement que le fait de réfléchir chacun dans son coin, nous permettra de trouver des solutions à notre problème.

— On y travaille.

Elle remue la tête pour montrer sa désapprobation.

— Ne me juge pas s'il te plaît.

— Je ne te juge pas Myla mais vous perdez votre temps tous les deux. Lui est malheureux dans son coin et toi tu te morfonds dans le tien.

— On a besoin de ça pour avancer.

— Si tu le dis.

Flora la tape sur l'avant-bras. Molly la regarde avec incompréhension et en grimaçant. Je tourne mon regard vers la fenêtre. Je sais qu'elles s'inquiètent toutes les deux. Et même si je ne suis pas sûre de moi, j'espère que je ne me trompe pas.

Nous arrivons au Centre commercial et contrairement à Molly, je ne suis pas folle de joie à braver les magasins un samedi après-midi.

— Oh mon dieu cette beauté !!!

Molly hurle devant une robe exposée dans la vitrine. Je lève les yeux au ciel. Flora me regarde en souriant. Elle entre comme une furie dans le magasin et nous la suivons pour éviter qu'elle fasse des folies. Surtout qu'elle a légèrement oublié qu'elle était enceinte et qu'elle ne rentrerait pas dans ce vêtement. Mais Molly est Molly et elle demande à la vendeuse de lui montrer la robe en question.

Avec Flora nous nous asseyons en face des cabines d'essayage, attendant patiemment que Molly veuille bien sortir.

— Tu sais…

Je me tourne vers elle et elle me sourit. Je l'incite à continuer.

— J'ai discuté avec Jax.

Ça ne m'étonne pas, ces deux-là se sont toujours bien entendus et je sais que Flora est de bon conseil pour lui.

— Et de quoi avez-vous parlé ? dis-je en sachant très bien que c'était de nous.

– D'après toi ? me dit-elle en se moquant.

Je souris.

– Il me manque, dis-je en murmurant.

– A lui aussi tu sais... Tu lui manques.

– Je sais, il me le dit tous les soirs.

– Il m'a parlé de sa mère, qu'il avait récupéré ses coordonnées.

– Quoi ? dis-je inquiète.

– Rassure-toi, il n'a pas encore pris contact avec elle.

– Il ne m'a rien dit à ce sujet.

– Myla, un jour ou l'autre, inévitablement il devra se confronter à elle. Alors si l'idée vient de lui, ce ne sera que mieux. Il faut qu'il arrive à faire ce deuil de la mère idéale.

Je soupire. Je n'ai pas envie que ce moment arrive car je sais qu'il souffrira et je ne veux pas ça pour lui.

– Il réfléchit beaucoup à vous deux.

– Il t'a dit quelque chose ?

Je lui ai mis un ultimatum et c'est moi qui ai peur qu'il ne revienne pas.

– Hey du calme, Jax ne te quittera jamais.

Je reste silencieuse un long moment.

– Crois-moi Myla, dit-elle en posant sa main sur la mienne.

– Alors vous en pensez quoi ?

Molly nous sort de nos pensées et nous tournons notre visage toutes les deux ensemble. Elle est là face à nous dans cette robe, toute boudinée et je ne sais pas quoi en penser. Avec Flora nous nous regardons et nous partons dans un fou rire.

– Mais quoi ? Dites-moi ! Elle ne me va pas c'est ça ?

Oh mon dieu, je ne peux pas aligner deux mots tellement je ris. Flora est dans le même état que moi.

Molly se regarde dans le miroir et nous essayons de retrouver notre calme pour ne pas trop la froisser.

– Ouais bon d'accord on dirait un rosbeef ficelé.

– Mais tu es enceinte Molly, sans ça elle t'allait super bien, lui dit Flora pour la rassurer.

Elle rentre toute triste dans la cabine. Nous nous regardons, coupable de nous être moquées d'elle. Quand elle ressort, nous la prenons chacune par le bras.

— C'est dans une boutique spécialisée qu'il faut que tu trouves une jolie tenue pour le mariage, pas ici.

— Non mais ça c'était pour un dîner en tête à tête avec Justin, il m'a invitée au restaurant ce soir.

— Eh bien, on va trouver un truc super sexy mais pour femme enceinte !

Je lui souris pour lui redonner confiance. Flora s'arrête pour regarder quelques fringues et Molly me prend le bras et me chuchote.

— Myla concernant Jax...

Je la regarde surprise. Molly et Jackson sont comme chien et chat mais je me suis aperçue que finalement quand l'un ne va pas bien, l'autre prend sa défense.

— Oui je t'écoute.

— Tu sais il est très, comment dire... Très atteint par votre situation.

— Oui je sais, moi aussi je te rassure.

— Oui mais vraiment Myla. Il est en attente d'un signe, d'un mot de ta part pour que vous vous remettiez ensemble.

— C'est le but du break Molly.

— Oh !! Je déteste ce mot ! Pourquoi faire un break quand on peut discuter des problèmes ?

— C'est parce qu'avec Jackson c'est compliqué de discuter que j'ai voulu ce break.

— Hé bien c'est nul ! J'en ai marre de vous voir malheureux chacun de votre côté. Il passe sa vie au boulot, il ne veut plus sortir !

— Dis donc toi, tu es de quel côté ?

— Mais du tien bien sûr, dit-elle gênée, mais ça n'empêche que je préfère un Mr Bibliothèque plus souriant.

Je secoue la tête en levant les yeux au ciel.

— Je ne suis pas séparée de Jackson, je l'aime ok ? Et c'est pour ça que j'essaie de sauver ce qui peut être sauvé.

— Mais je sais tout ça ! Mais trois jours ça suffit ! En plus Justin est malheureux aussi.

— Ah dis-moi tout ! Ce qui t'intéresse c'est ton mec en fait !

– Non... Mais Myla tu as pardonné tellement de choses à l'autre con et Jackson lui...

Je prends ça comme un coup de poing dans le ventre. Mes yeux s'embuent. Ma respiration s'emballe.

– Je... Je n'ai jamais rien pardonné à Chad.

Elle blêmit. Elle sait qu'elle vient de dire une bêtise. Je me défais de son étreinte et file vers la grande allée.

– Myla !

Je commence à courir et à me diriger vers la sortie. Je marche rapidement vers le premier arrêt de bus.

Sait-elle vraiment l'impact que vient d'avoir sa phrase sur moi ? Pardonner à Chad ? J'ai toujours subi la violence de ses mots et de ses gestes et je ne remercierais jamais assez Jackson d'avoir su m'apprendre à me défendre et imposer mes idées. Je sais que je ferais ma vie avec Jackson mais il doit apprendre à partager ses soucis avec moi.

Le bus arrive et je m'engouffre à l'intérieur. Myla et Flora commencent à m'appeler sur mon portable. Je ne réponds pas. Je vais aller rejoindre Charlotte et j'irai avec elle choisir sa tenue pour le mariage.

Mon téléphone sonne à nouveau et c'est Jackson, évidemment. Et là il faut que je réponde sinon il va s'inquiéter et James va devoir borner mon téléphone à nouveau.

– Allô ?

– Elle ne pensait pas ce qu'elle a dit et tu le sais.

Je reste silencieuse. Il est déjà au courant de tout.

– Et ce n'est pas ce que je pense moi non plus.

– Je n'ai jamais pardonné quoique ce soit.

– Je sais, où es-tu ?

– Dans le bus, je vais chez ton père rejoindre Charlotte. On doit aller choisir sa tenue pour le mariage.

– Ok.

– Dis à Molly que je la rappellerai plus tard. Là je suis encore sous le choc.

– D'accord.

– Jackson ?

— Oui.

J'hésite à lui dire, je ne veux pas lui donner faux espoir mais en même temps je veux qu'il sache.

— Je t'aime.

J'entends un soupir comme s'il avait arrêté de respirer depuis que nous nous sommes séparés.

— Moi je te "sur" aime.

Je souris timidement.

— Si je fais ça, c'est pour nous.

— Je sais.

— Ne m'en veux pas.

— Jamais.

— Je vais raccrocher, j'arrive chez ton père.

— D'accord, à bientôt.

— Oui à bientôt.

Je plonge mon portable dans mon sac et je demande mon arrêt.

Quand j'arrive devant chez Phil, je vois la voiture de Charlotte. J'accède à la porte d'entrée et je tape. Charlotte tout sourire m'ouvre.

— Oh ma chérie, tu es déjà là ?

— Oui.

— Entre ! Nous allons prendre un thé avant d'y aller.

Nous nous installons autour de la table de la cuisine et ça me rappelle la première fois où j'ai pris le petit déjeuner avec Phil.

— Phil n'est pas là ?

— Non, il est avec les garçons, il doit aller choisir son costume.

— Ah, j'aurais aimé être une mouche pour voir ça.

— Oh oui !

— Vous avez une idée pour votre robe ?

— Oui regarde.

Elle me passe un magazine avec des marques sur certaines pages.

— J'aime beaucoup cet ensemble, tu comprendras que je ne mette pas une longue robe blanche, nous avons tous les deux été mariés une première fois.

— Il est magnifique Charlotte. La couleur blanc cassé est très belle.

— Oui j'aime assez mais il y a aussi celui-là.

Elle me montre une autre page avec un ensemble magnifique encore.

– Bon ben je pense que les essayages vont être déterminant parce que c'est très beau.

– Oui j'ai commencé un petit régime pour être en forme le jour J.

– Vous n'avez pas besoin de ça Charlotte.

Elle rougit.

– Et toi, tu vas bien ? me demande-t-elle sur un ton maternel.

– Oui ça va.

– Tu penses que les choses vont s'arranger avec Jackson ?

– Je pense que c'est en bonne voie. Charlotte ?

– Oui ?

– Vous pensez que j'ai tort de vouloir faire un break ?

Elle pose sa tasse de thé et met sa main sur la mienne.

– Ça me fait de la peine pour vous deux, vraiment mais je pense qu'il fallait cet électrochoc à Jackson pour qu'il puisse être capable d'exorciser ses démons. En ce moment, il passe beaucoup de temps avec son père et il lui pose beaucoup de questions sur sa mère. Il essaie de chercher des solutions et surtout il ne veut pas te perdre.

J'imagine le père et le fils ensemble.

– En fait, je ne sais pas quand et comment lui dire de revenir. Est-ce qu'il est prêt ? Ça aussi je ne le sais pas.

– Fais les choses à ton rythme. Commence par le revoir un soir pour un repas entre amis, ou en tête-à-tête si tu te sens. Recommencez à avoir une vie sociale ensemble. Et puis tu laisses faire les choses. Je pense que Jackson prendra les choses en main parce qu'il est désireux de te montrer qu'il veut changer.

– Merci Charlotte.

– De rien ma belle, on y va ?

CHAPITRE 38 – JACKSON

Elle m'a dit qu'elle m'aimait. Je reste un instant avec mon téléphone dans la main à regarder dans le vide. Puis la main de Justin se pose sur mon épaule.

– C'est bon mec ? On peut y aller ?

– Oui c'est parti, faut pas arriver en retard sinon mon vieux va piquer une crise !

***

Quand j'arrive devant la boutique pour homme que Charlotte a choisi pour mon père, il est déjà là, regardant sa montre. On a dix minutes de retard. La faute de Justin qui a voulu prendre un soi-disant raccourci. Il se tourne et fait une tête qui en dit long.

– Oh les jeunes faut apprendre la ponctualité un peu !

– Désolé Papa.

– Bon on rentre parce que plus vite c'est fait, plus vite c'est terminé !

Cole et Justin me regardent près à se mettre à rire mais mon regard noir les arrête direct.

Il y a des milliers de costumes et je me demande bien comment mon père va faire pour en choisir un. Lui qui n'a pas l'habitude de faire les magasins.

– Tu sais ce que tu veux ?

Il me regarde d'un drôle d'air comme si je venais de dire une grosse connerie.

– Bonjour, je peux vous aider ?

Une jeune femme très souriante, s'adresse à mon père. Celui-ci la regarde en rougissant. Mon père rougit ? Non mais j'hallucine.

— Oui, dis-je en mettant les mains sur les épaules de mon père, ce monsieur devant vous va se marier et nous avons besoin du plus beau costume de votre magasin.

Je lui fais un grand sourire et c'est elle qui rougit maintenant. Elle regarde mon père.

— Nous allons définir déjà la taille et la couleur de vos vêtements, suivez-moi, dit-elle en se dirigeant vers le comptoir.

Je le laisse la suivre et je regarde pour moi. Je suis le témoin et il va falloir malheureusement que je porte ces espèces de costume de pingouin avec une cravate ou un nœud papillon. Justin et Cole cherchent aussi.

C'est là que j'aurais besoin de Myla, elle saurait quoi choisir pour moi. Au lieu de ça, je galère comme un malade.

— Prends un bleu marine satiné, me dit Cole.

— Quoi ?

— Un bleu marine satiné, ça t'irait bien.

Putain on dirait un couple de gay. Je lève les yeux au ciel.

— Ouais il a raison, t'es blond, le bleu marine ça va bien aux blonds rajoute Justin.

Encore pire...

Je vois mon père qui regarde un catalogue avec la vendeuse et il a l'air bien concentré. J'attrape un premier cintre avec un costume bleu marine. C'est vrai qu'il est pas mal et j'en prends un autre gris. Je fonce en cabine. Je m'habille rapidement. J'enfile le pantalon et la veste sans rien en dessous. Je me regarde dans la glace. Ça me plaît assez. Je me prends en photo. J'essaye le gris et je fais la même chose. Je m'assois dans la cabine et j'envoie un SMS à Myla.

« Bleu marine ou gris ? »

Je reste quelques secondes dans l'attente. En espérant qu'elle veuille bien me donner son avis.

« Bleu marine sans hésitation »

Je souris. Ce Cole est trop fort mais il a toujours aimé la mode.

« Par contre rassure-moi, tu comptes mettre une chemise ? Et un nœud papillon bien sûr ? »

Mon sourire ne me quitte pas.

« Je trouvais que j'étais sexy sans rien dessous, juste le nœud papillon peut-être, c'est un mariage quand même... »

Je l'imagine en train de rire et j'adorerais l'entendre à nouveau.

« J'aurais espéré que le côté sexy soit juste pour moi... Chemise blanche et nœud papillon dans les tons bleus »

Je secoue la tête. La jalousie ça marche toujours.

« Tout est à toi et mon cœur en premier »

– Jackson ?

La voix de mon père me fait sursauter. Je sors de la cabine encore habillé du costume gris. La vendeuse me reluque de haut en bas.

– J'ai fait ma sélection, je vais faire les essayages, tu viens ?

– Ouais je me change et je viens.

Mon choix est fait, je prends le bleu marine. Je le prends avec moi et me dirige vers les cabines où les vendeuses sont aux petits soins avec mon père.

– Venez je vous débarrasse, me dit une jolie jeune femme.

Je lui tends le costume et m'installe dans un fauteuil face aux cabines. Justin me rejoint avec un costume bordeaux. Je grimace, comment fait-il pour mettre des couleurs pareilles.

– Tu comprends rien à la mode mec ! Je vais être splendide dans ce costume.

– Si tu le dis...

Cole nous rejoint sans rien.

– T'as rien trouvé ? je lui demande curieux.

– Non mais j'ai encore le temps de chercher.

Mon père choisit ce moment pour sortir et nous présenter le premier costume. J'avoue qu'il est pas mal. Pour son âge, il donne bien le change.

– Phil un vrai top model, dit Justin en souriant.

Mon père lève les yeux au ciel avec un petit rictus sur les lèvres. Le costume lui va super bien, il est un peu irisé et la coupe est belle.

– Il te plaît ? me demande-t-il en fronçant les sourcils.

– Ouais, je l'aime bien celui-là.

– Il est nickel, rajoute Cole qui a un regard averti sur les costumes. Il en porte souvent.

— Oui je l'aime assez celui-là.

— Essayez, l'autre, il vous ira à merveille aussi affirme la vendeuse.

Elle le drague ou je rêve ? Mon père sourit en plus, dans un magasin qui plus est. On aura tout vu… L'autre costume est plus commun, il est noir et il a plutôt l'air d'un pingouin dedans. J'aime pas du tout.

— Alors ?

— Bof.

— Ouais non Phil pas celui-là, le gris vous met bien mieux en valeur.

Qu'est-ce qu'il me fait lui, on croirait qu'il travaille dans un journal de mode. Cole se met à rire en voyant ma tête.

— Justin tais-toi s'il te plaît.

Il me regarde sans comprendre.

— Je préfère le gris Pa, il te va mieux.

— Ouais moi aussi.

— Je vais vous chercher une chemise et une cravate pour que vous ayez une vue d'ensemble.

Elle le frôle en passant derrière lui. Je regarde Cole qui a vu le petit manège.

— Dis-moi, elle te chauffe pas un peu la vendeuse ?

— Qu... Quoi ? Mais tais-toi ! me dit-il en rougissant.

Justin éclate de rire.

— En tout cas, c'est un beau petit lot.

— Le petit lot ça va être tes couilles quand Molly va te les arracher ! dit Cole en riant.

— Oh ça va, si on peut plus regarder maintenant !

— N'oublie pas que toi, tu es en danger de mort permanent avec Pitbull !

Il se rassoit et marmonne dans son coin.

Finalement, Justin, mon père et moi avons trouvé tout ce qu'il nous fallait. Nous reviendrons chercher tout ça la semaine prochaine quand les retouches auront été faites.

— On va se boire une bière ? demande mon père.

— Oh putain oui, dis-je blasé par le temps passé dans ce magasin.

— Non moi je vous laisse, j'invite ma chérie au resto ce soir.

Je hausse les sourcils. Sa chérie ?

— T'es devenu un vrai canard mon pote !

Justin sourit et j'aime mieux le voir comme ça.

– Attends-moi, je pars avec toi. Flora m'attend à la maison, je vais rentrer aussi.

– Ok, salut, à plus alors.

– Rentrez bien les garçons et merci d'être venus.

Ils nous font signe et s'éloignent.

– Bon et bien une bonne bière avec mon fils !

Il m'attrape par le cou et nous nous asseyons dans une brasserie de la galerie marchande.

– J'envoie un message à Charlotte pour qu'elle ne s'inquiète pas...

Il met ses lunettes et pianote tant bien que mal son message. Moi j'aurais envie de lui envoyer un message mais j'ai peur d'être trop envahissant. Je ne sais plus comment me comporter.

– Myla est à la maison avec Charlotte, tu le savais ?

– Oui, je l'ai eue au téléphone aujourd'hui.

– Ah... C'est bien.

– Ouais.

Un silence s'installe et mon père reprend la parole.

– Et si on leur disait de nous rejoindre, ils font à manger ici.

– Euh... Je ne sais pas. Peut-être que Myla ne voudra pas.

– Je demande et on voit ok ?

Je le regarde plein d'espoir. J'aimerais tellement qu'elle accepte. Le serveur arrive et prend notre commande.

– Elles arrivent, me dit-il enchanté.

Putain mon cœur se met à battre plus vite et j'ai l'impression que je vais la rencontrer pour la première fois. J'essuie mes mains sur mon jean.

– Tu es inquiet ?

– Un peu...

– On en a déjà discuté Jax, il faut juste qu'elle voie que tu as réfléchi à la situation et il ne fait aucun doute que Charlotte a dû en discuter avec elle aussi.

– J'ai juste peur qu'elle me dise que c'est terminé.

– Moi je ne me fais aucun souci.

Il me sourit. Le serveur nous apporte nos bières. Nous trinquons tous les deux.

— Et au sujet de ta mère, tu as des nouvelles ? mon père me regarde sérieusement.

— Non. Je pense aller lui parler et lui expliquer que je ne veux pas d'elle dans ma vie.

— Ok.

Puis mon regard est attiré vers l'entrée de la galerie marchande où je vois Charlotte et Myla, se tenir le bras en riant. Elle est putain de belle quand elle sourit. Charlotte nous fait signe quand elle nous voit à travers la vitre. Myla continue de sourire malgré ma présence et ça me rassure.

Quand elles entrent dans la brasserie, mon père se lève par courtoisie et je fais de même. Charlotte l'embrasse et il lui enlève sa veste qu'il dépose auprès de lui. Myla l'embrasse aussi et s'avance vers moi.

— Salut.

Je lui souris et la déleste de sa veste aussi.

— Merci.

Je me penche pour lui laisser un baiser sur la joue. Elle se laisse faire et se déplace pour s'asseoir près de moi.

— Alors ? Vous avez trouvé vos costumes ? demande Charlotte.

— Oui, Papa est superbe dedans, dis-je en le regardant.

— Tant mieux ! Et toi tu feras un beau témoin Jax !

Je la remercie.

— Et vous ? dis-je en m'adressant à Myla.

— Charlotte est magnifique dans la tenue qu'elle a choisie et moi, j'ai aussi trouvé.

CHAPITRE 39 – MYLA

Le repas se passe à merveille. Jackson a l'air de bonne humeur et ses explications sur les essayages des costumes sont assez amusantes. Phil rit beaucoup et a toujours des petits gestes tendres pour Charlotte.

J'aimerais que ça soit nous. J'aimerais que tout redevienne comme avant. Avant qu'elle ne vienne pour tout briser. Je me sens coupable de tout ce qui nous arrive. Si je ne l'avais pas laissée s'immiscer comme me l'avait dit Jackson rien de tout ça ne serait arrivé.

– Ça va ?

Je lève les yeux vers Jackson. Il me sourit tendrement.

– Oui tout va bien, dis-je timidement.

Mais il ne fait rien d'autre et se contente de ma réponse. Je mange le dernier morceau de mon fondant au chocolat. Il a un goût plus amer que d'habitude peut être dû à la boule que j'ai dans la gorge depuis quelques minutes. J'ai envie de pleurer et je me retiens au maximum de le montrer. Je bois une gorgée d'eau pour m'aider à avaler et m'essuie la bouche avec ma serviette.

– Bon les enfants, je ne suis plus tout jeune et tout ça m'a fatigué. On rentre ? dit-il à Charlotte.

Elle lui sourit et commence à se lever. Phil nous laisse un instant pour aller régler la note.

– Non attendez on partage ! dis-je à son encontre.

– Laisse, me dit Jackson en touchant mon avant-bras.

Une traînée de frisson envahit mon corps. Je relève les yeux vers lui. Lui aussi a dû ressentir la même chose car il fronce les sourcils.

– Mais...

— Les femmes ne paient pas chez les Meyer, tu le sais non ?

Il fait référence à la première fois où nous avons mangé ensemble. Je lui offre un petit sourire.

***

Sur le parking, le père de Jackson lui donne ses clefs de voiture et je sais très bien que c'est lui qui va me ramener à la maison.

J'entends juste Phil qui lui dit de prendre son temps.

— Au revoir ma chérie, j'ai adoré passer la journée avec toi, me dit Charlotte en me prenant dans ses bras.

— Moi aussi Charlotte.

Je l'embrasse tendrement comme une fille à sa mère. Je rapproche les pans de mon gilet contre moi, il fait un peu frais ce soir. Phil m'embrasse aussi et ils partent dans les sens inverse de nous pour rejoindre le véhicule de Charlotte.

— Je te ramène ? me dit-il tout sourire.

— Oui, y'a plus de bus à cette heure-ci.

Je l'entends marmonner un truc sur les bus et il se tourne vers la voiture. Je ne sais pas comment va se passer ce tête-à-tête et je reste toujours sur mes gardes avec Jackson. Il souffle souvent le chaud et le froid.

— Tu voulais rentrer ? Sinon on peut aller quelque part si tu veux.

— Non je vais plutôt rentrer à la maison.

— Oh... Ok.

Je le sens déçu mais il essaie de ne pas le montrer. Je ne veux pas qu'il ait de faux espoir, je veux qu'il prenne conscience que notre histoire peut se terminer du jour au lendemain parce que nous n'aurions pas été capables de résoudre nos problèmes.

Il tapote sur le volant, un peu nerveux. Moi je regarde droit devant avec juste l'appréhension de devoir croiser son regard.

— Tu as repris contact avec Tim ?

Je tourne ma tête vivement. Il doit voir à mon visage que j'ai pris cette question pour une agression car il rajoute :

— Pour l'appartement. Tu veux toujours déménager ?

Je soupire, je croyais qu'il allait me sortir le couplet du mec jaloux. Bien que derrière sa question, deux possibilités sont crédibles.

– Non, plus pour l'instant.

– Ok.

Ses doigts ne pianotent plus le haut du volant mais ses phalanges sont tellement blanches que je me demande s'il n'a pas planté ses ongles dans le caoutchouc. Il faut que je désamorce cette tension qui a envahi l'habitacle.

– Et ton atelier ? Comment ça se passe ?

Il se détend un peu.

– Ça va, pour un début, je n'ai pas à me plaindre.

– Tant mieux, je n'avais pas de doute de toute façon.

Il me regarde du coin de l'œil et me remercie.

Je vois notre résidence au bout de la rue et je sais que le plus difficile va être maintenant. Je ne sais pas quoi dire, quoi faire et lui non plus apparemment. Il ralentit et se gare face à l'entrée. Il coupe le moteur. Nous sommes tous les deux en train de regarder attentivement la baie d'arbustes face à nous. Jackson pose sa tête en arrière et il la tourne vers moi. Il me regarde attentivement pendant que moi j'essaie de ne pas flancher.

– Myla regarde-moi.

Je ferme les yeux et je commence à trembler.

– Je veux juste qu'on parle bébé, rien de plus.

Son ton me rassure et je me tourne vers lui. Je me positionne comme lui. Il passe sa main sur ma joue et m'offre un timide sourire.

– Tu me manques tu sais…

– Je sais, dis-je dans un murmure.

– Tu crois qu'on va trouver la solution à notre problème ?

– A toi de me dire.

– J'y travaille tu sais.

– J'ai cru comprendre.

Nos voix sont basses et je sens ses doigts qui câlinent mon visage. Je ferme les yeux.

– Je t'aime Myla et je ne sais plus comment te le dire ou te le montrer, je voudrais qu'on recommence tout à zéro, je voudrais que ma mère ne soit pas revenue ici et réussir à gérer ce problème.

— Jackson...

— Je ne veux pas te perdre. J'ai la peur au ventre que tu rencontres quelqu'un et que tu me quittes.

Ses paroles me touchent. Mes yeux commencent à me piquer. Il faut que je sorte avant que je n'arrive plus à le garder à distance. Je fais un mouvement vers la porte mais il me retient.

— Tu ne supportes même plus ma présence ?

— Non pourquoi dis-tu ça !?

— Tu veux sortir de la voiture, je te vois en panique.

— C'est trop dur pour moi, pardon Jackson.... Je ne veux pas que tu croies que...

— Je ne crois rien tu m'entends, tout ce qui importe pour moi, c'est de savoir que je compte toujours pour toi et que si je trouve les solutions, tu me permettras de revenir.

Sa main sur mon avant-bras se resserre un tout petit peu. Mes yeux le fixent.

— Trouve la solution Jackson, je t'attends. Je t'attendrai toujours.

Ma voix se brise et je décide de sortir de la voiture. Je tire mon sac et referme la portière. Je pars en courant vers la porte de mon bâtiment.

Je monte rapidement les quatre étages et je m'enferme dans notre appartement. Notre appartement qui n'est devenu que le mien depuis quelque temps. Je me laisse glisser le long de la porte d'entrée et je fonds en larmes.

***

Le lendemain matin, je me lève difficilement. C'est dimanche et il a l'air de faire beau dehors. Je regarde l'écran de mon téléphone. Il est 10h30. Je m'étire et je reprends mon mobile. J'ai un message et c'est Jackson. Je deviens inquiète d'un coup.

« Toi et moi, il ne peut pas y avoir de fin. Je t'aime mon amour et je ferai tout pour me faire pardonner. Je veux que tu reviennes dans ma vie et je veux effacer l'inquiétude qu'il y a dans tes yeux quand tu me regardes. Reviens-moi bébé. Je suis malheureux sans toi. »

Je soupire.

J'allume ma bouilloire et me fait chauffer de l'eau. Je ne sais pas quoi répondre. Je pose mon mug et j'y mets un sachet de mon thé préféré. Je reste les yeux dans le vide. Je souris quand je me rappelle la soirée d'hier soir. J'étais tellement bien.

Mon téléphone sonne et je regarde l'écran. Le numéro m'est inconnu. Je refuse l'appel. Mais l'interlocuteur insiste. Irritée, je réponds vertement.

– Allô !

Un silence puis une voix que je connais, m'interpelle.

– Mlle Williams ?

– Oui.

– C'est Leeann, la fille de Ruby.

– Oui je sais très bien qui vous êtes Leeann mais je ne veux plus de contact...

Elle me coupe.

– Attendez... Je sais qu'il s'est passé quelque chose avec ma mère et je voulais vous voir.

Je fronce les sourcils. Elle ne sait pas pourquoi je me suis disputée avec sa mère ?

– Si vous vous foutez de moi Leeann, je vous préviens que...

– Non... Écoutez, je sais...

Ah ça m'étonnait aussi qu'elle ne soit pas au courant.

– J'ai compris quand j'ai vu que ma mère passait tout son temps avec vous.

Je la laisse parler.

– Je sais que ma mère a eu un enfant avant moi. Elle ne me l'a jamais dit mais j'ai été témoin de disputes entre mon père et elle à ce sujet. Je n'avais pas bien compris qu'elle veuille aller dans une petite agence comme la vôtre pour faire ce voyage en Nouvelle-Zélande. J'aimerais qu'on passe du temps ensemble, pour qu'on apprenne à se connaître. Je sais que je n'ai pas été très sympa lors de nos rencontres mais j'aimerais bien qu'on essaye.

Attends, elle croit que.... Non... Elle croit que je suis sa demi-sœur ?

– Leeann...

Elle me fait peine et même si je suis en colère après sa mère, je ne peux pas la laisser comme ça.

237

– On peut se voir ce soir si vous voulez ?

Elle reste silencieuse.

– Vrai… Vraiment ?

– Oui mais Leeann, il faut que je vous dise quelque chose.

– Non, je préfère qu'on le fasse de vive voix.

– Chez Mo's à 19h30 ?

– Merci Myla.

Sa voix est douce et j'espère qu'elle ne me tend pas un piège pour que sa mère puisse me parler.

Mais le plus difficile maintenant, c'est de révéler à Jackson qu'il a une demi-sœur et je ne sais pas comment il va le prendre.

CHAPITRE 40 – MYLA

Quand j'entre chez Mo's, il n'y a pas beaucoup de monde à cette heure-ci. Je fais un petit signe à la serveuse qui me reconnaît. J'avance et j'aperçois Leeann qui pianote sur son portable. Elle ne m'a pas encore vue. Franchement, j'espère que ça va bien se passer mais ce que je redoute le plus, c'est d'annoncer à Jackson qu'il a une demi-sœur. J'ai peur que ça foute tout en l'air sa remise en question.

Elle lève les yeux quand elle entend le bruit de la chaise face à elle.

– Oh bonjour, me dit-elle en se levant.

– Bonjour Leeann.

Elle se rassoit. Je sens qu'elle est gênée et puis elle a cette façon de me regarder qui me met mal à l'aise. Elle essaie sûrement de trouver des points communs avec elle, une ressemblance.

– J'avais peur que vous ne veniez pas, me dit-elle timidement.

– Ça vous dirait qu'on se tutoie ?

Elle lève aussitôt les yeux vers moi avec un grand sourire.

– Oui bien sûr !

– Ok tu veux boire quelque chose ?

– Oui un coca s'il te plaît.

Je passe commande et mon téléphone sonne au même moment. C'est Jackson. Je réponds rapidement.

– Excuse-moi, dis-je à Leeann.

Elle me fait un signe que ce n'est rien.

– Allô ?

– Bébé ?

– Oui Jackson.

– Je suis passé à l'appart et tu n'y étais pas. Tu n'as pas de problèmes ?

– Non aucun problème.

– Les filles sont avec toi ?

– Non Jackson, je suis toute seule. Je suis allée me promener.

– Un dimanche soir ?

– Jackson... dis-je agacée.

– Je m'inquiète c'est tout.

– Écoute...

Je me lève en faisant signe à Leeann que je reviens avant de reprendre.

– Arrête de te faire des films ok ? Je vais bientôt rentrer et je t'appelle à ce moment-là.

– D'accord, dit-il en soupirant, je t'aime.

– Moi aussi Jackson.

– Dis le moi...

– Je t'aime.

Rassuré, il raccroche et je retourne à la table avec Leeann.

– C'est ton petit ami ?

– Oui.

– Il est très mignon.

Je souris. Je savais qu'il lui avait plu la fois où elle est venue dans mon agence.

– Merci.

Mais je ne sais pas sur quoi enchaîner. Cette entrevue est étrange.

– Myla ?

– Oui.

– J'aimerais apprendre à te connaître, je...

– Leeann, il faut que je te dise quelque chose.

– Oui ?

Son regard est triste. Elle doit croire que je ne veux pas d'elle comme demi-sœur ou un truc comme ça et ça m'arrache le cœur de devoir lui dire qu'elle fait fausse route et que peut-être que Jackson ne voudra jamais avoir le moindre contact avec elle.

– Je ne suis pas celle que tu crois.

Elle fronce les sourcils.

– J'ai l'impression que tu penses que ta mère est venue dans mon agence parce qu'elle pensait avoir retrouvé sa fille. Je me trompe ?

Elle remue la tête pour me dire oui.

– Je ne suis pas ta demi-sœur

Ses yeux s'embuent.

– Pardon... Je pensais vraiment que tu l'étais, c'est gênant...

– Non, dis-je en posant sa main sur la sienne.

– Alors pourquoi ?

– Pourquoi quoi ?

– Pourquoi choisir ton agence alors qu'avec sa banque elle a une conciergerie qui s'occupe de tous ses voyages ?

Je soupire. Il faut que je lui dise sans révéler les secrets de sa mère. Ce n'est pas à moi de le faire et cette histoire va beaucoup trop loin.

Voyant que je ne réponds pas, elle commence un monologue.

– J'ai toujours su que ma mère avait un autre enfant mais je ne sais pas si c'est un garçon ou une fille car elle n'en parle jamais. J'ai assisté à des échanges houleux avec mon père, je me cachais derrière la porte et je les écoutais. Ma mère voulait reprendre contact avec cet enfant mais mon père lui interdisait parce qu'il pensait que ça pourrait perturber notre équilibre familial. Je ne connais rien à l'histoire mais quand je l'ai vue avec toi et la façon dont elle réagissait, je me suis dit que c'était toi. Pourquoi serait-elle venue s'installer ici à San Diego ? Pourquoi ton agence ?

– Oui je comprends mais ce n'est pas à moi de te raconter cette histoire, il faut que tu demandes à ta mère. Tu es en âge de comprendre maintenant et d'avoir des explications surtout.

– Tu sais quelque chose ? Elle t'en a parlé ?

– Non... Elle, elle ne m'a rien dit.

Elle fronce à nouveau les sourcils. Ma phrase l'interpelle.

– Une autre personne sait ? Dis-moi !

– Écoute Leeann, tu me mets dans une situation délicate. Ce n'est pas à moi de te dire ces choses-là, d'autant plus que la personne concernée ne connaît pas ton existence.

– Tu connais l'enfant de ma mère ?

Je ferme les yeux un court instant. Je vais me retrouver encore au milieu d'une histoire qui ne me concerne pas directement.

– Oui.

– C'est qui ?

– Je ne sais pas si je dois te le dire.

– Mais j'ai le droit de savoir !

– Oui tu as raison, tu as le droit de savoir mais c'est une histoire qui regarde ta mère et toi ! Pas moi !

– S'il te plaît, me dit-elle suppliante.

Je secoue la tête. Mais elle me fait tellement de peine.

– Ne t'attend pas à avoir un retour de la part de cette personne, elle ne voudra certainement pas avoir de lien avec toi. Je suis désolée de te dire ça comme ça mais je préfère que tu l'intègres dès maintenant.

Son air désolé me chagrine. Je suis en train de lui briser le cœur. Je pose mes mains sur ma bouche comme si ça pouvait m'empêcher de dire ce que je m'apprête à dire.

– C'est un demi-frère que tu as et ce demi-frère c'est... C'est mon petit ami, Jackson.

Elle écarquille les yeux et reste muette devant moi. Je bois une gorgée de mon thé glacé pour me remettre de mes émotions. Des larmes roulent sur ses joues et j'essaie de lui prendre la main mais elle se recule.

– Leeann.

– Non !

Elle s'est mise à crier. Elle s'en aperçoit et me regarde désolée.

– Désolée.

Elle prend son sac et sort du restaurant.

– Leeann ! j'essaie de la retenir mais elle s'enfuit.

Je la regarde s'éloigner avec son véhicule.

"Faut que je te voie, rejoins-moi à la maison"

J'envoie ce SMS à Jackson. Il faut absolument qu'il soit au courant de cette histoire. Je sais qu'il va s'inquiéter mais je suis sûre de le retrouver à l'appartement.

***

Et j'avais raison. Cinq minutes après être rentrée, j'entends le bruit de sa moto en bas de la rue. J'ouvre la porte et le bruit de ses pas dans le couloir vient jusqu'à moi.

– Putain Myla, ça va ? Qu'est ce qui se passe ?

Il est essoufflé. Il me fait sourire.

– Tout va bien.

Il me regarde anxieux.

– Ton SMS.

– Je sais mais j'ai quelque chose d'important à te dire et ça ne peut pas attendre.

– Myla...

Je le vois se décomposer.

– Jackson, assieds-toi s'il te plaît.

– Attends... Je sais que j'ai été minable et j'essaie de faire au mieux pour nous deux...

– Jackson...

Je lui fais signe de s'asseoir. Il s'exécute.

– Ça ne nous concerne pas, du moins notre couple... Enfin pas directement.

Je suis confuse dans mes propos. Je le vois quand il fronce les sourcils.

– Si tu dois me quitter dis le !

Je lève les yeux au ciel.

– Mais non... Ce que j'ai à te dire est difficile, parce que ça ne concerne que toi.

– Je ne comprends pas.

– Jackson... Tu as une demi-sœur.

Un lourd silence s'installe et il reste transi sur le canapé. C'est vrai que j'ai été un peu sèche dans la révélation mais Jackson n'aurait jamais lâché l'affaire. Il faut que je le choque pour qu'enfin je puisse avoir son attention.

Je le vois faire différentes mimiques et je suis rassurée qu'il n'ait pas déjà éclaté dans une colère monstre.

– Jackson, tu m'as entendue ?

– Bordel ! Oui et qu'est-ce que tu veux que ça me foute !

Ok donc là, il a réalisé. Il se lève et fait les cent pas dans la pièce.

— Comment tu le sais ? me dit-il sans me regarder.

— Dès que j'ai su qui était ta mère, j'ai su que Leeann était ta demi-sœur. Tu l'as même vue quand tu es venu à l'agence.

Il semble réfléchir à la situation.

— Ce soir, elle m'a donné rendez-vous pour me parler, c'est avec elle que j'étais quand tu m'as appelée.

Il essaie de rester calme et je vois tous les efforts qu'il fait à l'instant T.

— Qu'est-ce qu'elle voulait ? dit-il de façon tranchante.

Je vais m'en accommoder parce que je sais que pour lui, le moment est difficile.

— Elle croyait que c'était moi, sa demi-sœur.

— Quoi ?

— Oui sa mère ne lui a rien dit mais elle savait qu'elle avait un enfant caché. Elle a cru que c'était moi.

— Tant mieux, au moins je n'aurais rien à faire avec elle !

Quoi ? Il est vraiment sérieux ?

— Jackson ? dis-je étonnée.

— Quoi ?!

— Je lui ai dit que c'était toi…

Ses yeux me transpercent.

— Pourquoi t'as fait ça ? Pour te venger parce que je t'ai fait du mal ?

— Mais tu t'entends ?

— Je ne veux pas avoir une quelconque relation avec cette fille !

— Elle n'y est pour rien ! Comme toi !

— Eh ben j'en ai rien à foutre ! J'étais tout seul jusqu'à maintenant, j'ai pas envie de connaître l'histoire ! Mon passé me joue assez de tour dans ma vie actuellement !

Il fait référence à notre dispute et je sais qu'il ne gère rien. Ses émotions doivent être en vrac et je suis étonnée qu'il arrive à garder son sang-froid. Je m'approche de lui et passe ma main sur sa joue. Il me regarde perdu.

— Je ne vais pas gérer ça... dit-il en s'asseyant sur le canapé.

— Jackson regarde-moi...

Il lève les yeux vers moi et son air enfantin me fait de la peine.

– Vous n'êtes pas coupables, ni toi ni Leeann, de cette histoire, mais elle a besoin de te connaître et peut-être que toi aussi.

– Non... Je... Non.

– Ça te permettrait de trouver peut-être des réponses à tes questions.

Il reste silencieux, les yeux dans le vide. Je dépose mes lèvres sur son front.

– Tu n'es pas obligé de dire oui de suite, tu peux y réfléchir mais quoi que tu choisisses, je te soutiendrais Jackson.

Il soupire.

– J'ai besoin de toi Myla, je peux rester ici ce soir ?

– Oui.

Il passe ses bras autour de mon cou et me serre fort contre lui.

CHAPITRE 41 – JACKSON

Je n'arrive pas à fermer l'œil. Les chiffres rouges de mon réveil m'indiquent qu'il est trois heures du matin. Myla dort toujours à poing fermé à côté de moi. Elle n'a rien dit quand je me suis allongé près d'elle. Je sais que je ne dois pas me faire de film parce que beaucoup de choses ne sont pas réglées et encore moins depuis qu'elle m'a annoncé que j'avais une demi-sœur hier soir.

J'ai une demi-sœur.

Putain ça me fait drôle de me dire ça. J'ai toujours envié mes potes parce qu'ils avaient des frères ou sœurs mais j'ai vite compris que mon père ne referait jamais sa vie. Alors j'ai laissé tomber l'idée.

Il paraît que je l'ai vue la dernière fois mais je n'ai pas fait assez attention pour me rappeler de son visage et c'est ce qui m'empêche de dormir. Est-ce que cette nouvelle va encore nous séparer avec Myla ? J'ai plutôt eu l'impression qu'elle me poussait à la rencontrer et que ça ne lui posait pas de problème. Mais moi qu'est-ce que je veux vraiment ? Est-ce que j'ai besoin d'elle dans ma vie ? Qu'est-ce qu'on aurait à se dire ?

Je me lève tout doucement pour ne pas réveiller Myla. Je ferme la porte derrière moi et me dirige vers le salon. J'allume l'ordinateur portable posé sur la table basse. Je tape dans la barre d'adresse le nom de ma génitrice. Ruby Johnson-Blackwell.

De multiples photos apparaissent et ça me fait un choc. Je ressemble à ma mère. Je ressemble à mon père, c'est sûr mais elle putain. Elle fait froide. Je ne l'imaginais pas comme ça mais finalement elle a le physique de l'emploi. Celle qui abandonne son enfant.

Je clique sur d'autres photos et je peux voir une petite fille blonde avec elle. Mon cœur bat plus vite. Merde, je veux pas ressentir ça. Je ne la connais pas et puis elle est plus comme ça. Elle doit avoir l'âge de Myla, peut-être moins. Puis je tombe sur une photo où elle est habillée avec une robe magnifique. Leeann Johnson-Blackwell.

Elle me ressemble, elle aussi. Elle a le même grain de beauté sous l'œil. C'est une belle fille. Je vois sa date de naissance, elle a 20 ans. J'ai une sœur de 20 ans. On a la même mère.

La même mère qui m'a abandonné moi et qui s'est occupée d'elle. Je pourrais ressentir de la jalousie mais même pas. Je ne ressens que de la colère et de l'incompréhension et cette fille, je n'ai pas envie de la voir. Elle va me raconter quoi, ce qu'elle a fait quand elle était petite entourée de son père et sa mère ? Alors que moi la seule chose que je demandais secrètement au père noël jusqu'à l'âge de 7 ans c'était le retour de ma maman.

La lumière s'éclaire. Myla apparaît à moitié endormie. Ses cheveux en bataille, elle tâtonne jusqu'au canapé où elle s'assoit près de moi.

— Ça ne va pas ?

— Non pas trop.

Elle regarde l'écran.

— Tu sais qu'elle a le même grain de beauté que toi sous son œil ?

— J'ai vu sur les photos.

— Elle est un peu perdue, elle aussi tu sais.

— Ouais peut-être.

— Ne te prends pas la tête pour rien Jackson, votre rencontre se fera naturellement.

Je fronce les sourcils. Je ne veux pas la rencontrer.

— Non je me sens incapable de la rencontrer, je ne veux pas entendre ses souvenirs... Rien.

Elle reste silencieuse. Elle sait comment désamorcer les bombes.

— Ok, on en reparlera plus tard, en attendant viens te recoucher, s'il te plaît.

Je la regarde. Elle arrive à me faire sourire même dans les moments les plus sombres. La voilà qui se mord la lèvre et putain j'aimerais pouvoir lui dire combien elle me manque. Mais je ne veux pas tout foutre en l'air alors je me la ferme et je me lève.

Elle fait comme moi et ses yeux ne se détachent pas de moi. Je l'attrape par la taille et la porte jusque dans la chambre. Elle me crie de la faire redescendre mais moi ça me plaît quand elle fait ça. Puis nous entrons et je la laisse glisser lentement le long de mon corps. Sa peau contre la mienne me fait tellement de bien. Des frissons recouvrent ses bras et quand elle pose les pieds au sol, je ne peux m'empêcher de l'embrasser.

Mon baiser se veut passionné. Elle reste toujours collée à moi, les yeux mi-clos. Elle semble apprécier. Mes mains entourent son visage et les siennes s'immiscent sous mon t-shirt. Je ne veux pas qu'elle croie que je me sers d'elle comme d'un pansement. J'ai super envie d'elle parce qu'elle m'a manqué parce que je veux tout simplement lui montrer qu'elle compte énormément pour moi. Je peux être tellement un connard quand je m'y mets que je suis toujours surpris qu'elle soit encore là.

Sa langue rencontre la mienne. Je lève ses bras et passe son top par-dessus sa tête. Sa poitrine saisie par le désir se colle contre mes pectoraux et mon corps réagit aussitôt. Elle ouvre enfin les yeux et je peux y voir du plaisir mais aussi du doute.

– Je t'aime Myla, je t'aime d'une force que tu ne soupçonnes même pas.

Je la plaque contre le mur et je descends le long de son corps. Je m'attarde sur ses seins que je suce et titille jusqu'à ce que j'entende un petit gémissement sortir de sa bouche. Je reprends alors ma descente en suivant la ligne de sa poitrine à son ventre. Je lèche sa peau et son corps ondule lentement. Je me débarrasse de son shorty et j'enfouis ma bouche entre ses cuisses. Elle sursaute et gémit plus fort qu'auparavant.

Ses doigts se fourrent dans mes cheveux qu'elle tire dès que mes caresses se font plus profondes. Ma langue la goûte et se délecte de son nectar. Mes mains se resserrent autour de ses cuisses et je la sens se raidir. Elle crie mon prénom et se cambre en tremblant. Je viens de la faire jouir et j'aimerais garder cette image si sensuelle d'elle. Elle est magnifique. Ses joues rosies et les petites perles de sueur sur son front montrent qu'elle est fébrile.

Je la soulève brusquement. Ses jambes entourent instinctivement mes hanches. Je me déplace rapidement vers le lit où je la laisse retomber sur le matelas. Je me débarrasse de mon boxer et m'allonge sur elle. J'attrape ses mains que je ramène au-dessus de sa tête. Je la regarde comme pour lui demander l'autorisation de continuer. J'espère juste qu'elle ne me lâche pas maintenant.

Elle me sourit et elle me donne le feu vert pour lui faire l'amour.

Je veux que ce soit mon corps qui lui dise combien elle compte pour moi. Alors je vais user ma peau contre la sienne jusqu'à ce qu'elle comprenne que je l'aime comme un fou. Ma chair pénètre sa chair. Ses yeux se révulsent et un long soupir passe entre ses lèvres. Putain que c'est bon d'être en elle. Je reste un instant figé, savourant le moment présent.

Ses jambes se croisent un peu plus autour de moi et mon bassin commence des mouvements lents.

– Myla…

Elle ouvre les yeux et me sourit. Ses yeux se remplissent de larmes et je m'inquiète.

– Ça va ?

Elle me fait signe que oui.

– Je vais bien Jackson, continue.

Je m'enfonce un peu plus en elle avec un coup de rein sec. Elle gémit à nouveau. Je me détache pour revenir à nouveau en elle. Mes mains serrent toujours les siennes au-dessus de sa tête.

Je me retire complètement et la tourne brusquement. Ses doigts froissent les draps et je caresse ses fesses offertes devant moi. Je m'approche en tenant ses hanches et je la pénètre à nouveau. La peau de ses fesses claque contre la mienne. Je pose mes mains sur ses épaules et je continue d'aller et venir entre ses reins.

Un dernier gémissement.

Un dernier coup de boutoir.

Elle s'affaisse sur le lit, tremblante de son orgasme. Je m'allonge près d'elle et l'entoure de mes bras. Nous restons silencieux et je ne risque pas de briser ce lourd silence, de peur qu'elle me dise qu'on vient de faire une connerie. Je ne suis plus sûr de rien ces temps-ci et je sais que mon couple ne tient qu'à un fil même si là, à l'instant T, j'ai l'impression qu'elle l'a voulu autant que moi.

Elle se tourne vers moi et me caresse la joue. Je lui souris mais le doute persiste et les battements de mon cœur ne ralentissent pas.

– Jackson...

– Non... Myla... Pas maintenant.

Elle fronce les sourcils. Un air d'incompréhension s'affiche sur son visage. Je décide alors de justifier mes paroles.

– Ne me demande pas de partir et de remettre cette distance entre nous. Je suis perdu, tu m'envoies des signaux différents et je ne comprends plus ce que tu veux.

Ses doigts se serrent sous mon menton pour m'obliger à tourner le visage vers elle. Elle relâche son emprise une fois que mes yeux sont rivés aux siens.

– Je ne veux pas que tu partes.

Je ferme les yeux un instant comme si cette image et ces paroles allaient disparaître d'une seconde à l'autre.

– Je sais que tu as besoin de moi et je t'ai dit que je serais toujours là.

– C'est trop difficile, je veux que rien ne change entre nous. Et je veux que tu respectes mon choix.

– D'accord Jackson, je le respecterai si c'est ce que tu veux.

Elle se blottit contre moi et je savoure ce moment comme si c'était le dernier. En espérant que ce ne soit pas le cas.

CHAPITRE 42 – JACKSON

J'aurais voulu rester avec elle dans notre lit mais je dois vraiment aller à l'atelier. Je suis débordé de travail.

J'enfile mon jean et je la regarde. Elle est trop belle quand elle dort profondément. Je me sens mieux aujourd'hui, je n'ai plus cette pression dans la poitrine qui me comprimait. J'avais cette peur qui me rongeait de l'intérieur. Elle a réussi à me rassurer mais je reste sur mes gardes car depuis que je suis avec Myla, nous n'avons pas été épargnés.

Je mets mon t-shirt et je ferme la porte doucement pour me diriger vers le salon. Je ramasse les vêtements que nous avons semés çà et là dans le feu de l'action hier soir.

Il faut que ma vie reprenne son cours normal et je vais aller à l'atelier et m'occuper de mes motos comme je le fais tous les jours. Il ne s'est rien passé. Myla a perdu une cliente et elle va sortir de nos vies. Mon père va se marier avec Charlotte que j'adore. J'ai plein de projets avec Myla si mon affaire marche bien et mes amis vont bien. On va accueillir un petit bébé dans le groupe et je ne peux que me réjouir que nos vies aient pris un tel tournant.

Je veux tourner la page. Je ne veux plus me sentir oppressé par ce souvenir envahissant qu'est ma génitrice.

***

Pour la première fois de ma vie, mon trajet en moto s'est fait sans que je pense à cette vie que j'aurais pu avoir si ma mère ne nous avait pas quittés. Je sais qu'elle est plus proche que jamais mais je me sens capable de lui dire que je ne veux pas de lien avec elle. Quant à ma demi-sœur, elle a toujours vécu sans moi et ça continuera ainsi. Elle ne devrait pas avoir de mal à m'oublier.

J'ouvre le rideau de fer de mon atelier et j'avance vers les vestiaires. Je me change et enfile ma combinaison bleue que j'attache au niveau de la taille, je réajuste mon débardeur blanc et je regarde sur mon bureau si Justin ne m'a pas laissé de message.

Je me sers un café à la machine qui se trouve dans le couloir et j'avance vers la première moto que je dois customiser. Le mec m'a demandé de lui faire un truc spécial avec une tête d'aigle.

J'allume la radio et je commence à poncer la partie avant que je vais repeindre. Je n'entends pas la sonnerie de la porte d'entrée mais quand je me retourne pour prendre une feuille de papier verre et continuer mon travail, j'aperçois une silhouette derrière moi.

Je sursaute en poussant un léger cri.

— Waouh ! dis-je en reculant.

— Pardon ! dit la personne en mettant son bras en avant. Je ne voulais pas te faire peur.

Putain, c'est elle. Je la reconnais. Elle est comme sur les photos. Je regarde vers l'entrée comme si je voulais m'échapper. Je ne suis pas prêt à avoir une discussion avec elle.

— Je suis Leeann Black...

— Je sais qui tu es, dis-je sans détour.

Son regard s'assombrit et elle comprend de suite qu'elle n'est pas la bienvenue.

— Myla t'a parlé de moi ?

Je fais un signe de la tête pour approuver.

— Je suis heureuse de te rencontrer.

— Myla a oublié de te dire que je ne voulais pas avoir de lien avec ta mère ou toi.

Elle fronce les sourcils mais elle renchérit.

— Non elle a dit que tu accepterais de me voir. Elle en était certaine.

Je la regarde droit dans les yeux. Elle est têtue comme moi et elle ne lâchera pas aussi facilement l'affaire.

Je m'approche de la moto et continue mon travail.

– Myla croit au bien, trop même et des fois, elle parle à ma place, dis-je en marmonnant.

– Je la trouve formidable.

Je lève les yeux vers elle. Bien sûr qu'elle est formidable.

– Je n'ai pas dit le contraire.

– Et je me demande ce qu'elle te trouve.

Je hausse un sourcil. Elle me cherche la petite ?

– Si c'est pour m'insulter que tu es venue, je te laisse retrouver la sortie.

– Pourquoi tu ne veux pas m'écouter ?

Je lève les yeux au ciel. Ok je pense vraiment qu'on a de l'ADN en commun.

– Et de quoi veux-tu qu'on parle ? De notre mère ? Du moins de la tienne parce que la mienne a disparu quand j'avais deux ans... J'ai rien à te dire, je suis désolé mais j'ai pas de souvenirs à partager.

Elle reste un instant muette et je me dis que j'ai enfin réussi à lui faire fermer sa bouche.

– On est pas obligés de parler d'elle.

– Je ne veux pas d'une sœur non plus.

Elle se décompose. Je sais que je suis un gros connard de lui dire les choses comme ça mais au moins elle ne cherchera plus à me revoir après.

– Elle avait oublié de me dire que t'étais un vrai connard !

Elle fait demi-tour et passe la porte. Je soupire. Voilà une bonne chose de faite.

La porte s'ouvre à nouveau et je me tourne en pensant que c'est encore elle mais non c'est Justin qui entre.

– Putain mec, la bombasse qui vient de sortir de ton atelier, elle voulait quoi ?

– Tu veux que j'appelle Molly pour lui expliquer ?

– Ça va, on peut quand même regarder. Me dis pas que t'as pas maté son cul quand elle est partie !

Je secoue la tête de dégoût.

– Non je n'ai pas maté son cul.

– Ben, t'aurais dû, dit-il avec son air malin.

– Ça va bien toi aujourd'hui ?

– Ouais mec, je suis en pleine forme.

Ça me fait sourire parce que j'aime voir ce Justin là.

– Molly va bien ?

– Oui putain tu sais quoi, les femmes enceintes ont une libido de fou !

– Hop, je t'arrête de suite, j'ai pas envie de savoir ce que tu fais avec Pitbull.

Il rit.

– Alors c'était qui cette meuf ?

Lui non plus ne lâche jamais l'affaire.

– Une fille, dis-je en restant très vague.

– Ouais ben ça j'avais remarqué ! Elle t'a amené une moto ?

Je soupire et me relève.

– Non... C'est ma demi-sœur.

Il s'esclaffe pensant sûrement que je me fous de sa gueule.

– Putain que t'es con !

– C'est vraiment ma demi-sœur.

Il me regarde du coin de l'œil.

– Sérieux ?

– Ouais.

– Et alors ? Pourquoi elle avait l'air en colère en sortant ?

Décidément, il a vu tout ça en la croisant ?

– Parce que je lui ai dit que je ne voulais pas avoir de contact avec elle ni avec ma... mère, dis-je en faisant les guillemets avec mes doigts.

– Mais... Elle n'y est pour rien.

Je lève les yeux vers lui et il sait qu'à chaque fois qu'on aborde ce sujet, je peux être rapidement irritable.

– Enfin, elle a subi comme toi.

– Comme moi ? Non je crois pas ! Elle, elle a eu sa mère et son père, moi je n'ai pas eu cette chance !

– Et c'est pour ça que tu lui fais payer ?

– Justin... dis-je en serrant les dents.

– Jax, cette fille, c'est peut-être les réponses que tu cherchais, tu peux construire une relation avec elle.

Je remue la tête. Je ne suis pas d'accord. Je ne vois pas quel genre de relation je pourrais entretenir avec elle.

– Non... Elle ne fait pas partie de mon histoire. On ne se connaît pas et puis je construis quelque chose avec Myla qui m'aide beaucoup maintenant et je ne veux pas d'autre chose.

– Jackson, tu construis ta famille avec Myla mais ton histoire, c'est la fille que j'ai vu sortir de là.

– Mais on a rien en commun ! Tu veux que je lui dise quoi ?

Un silence s'installe. Justin me regarde toujours avec incompréhension.

– Que tu le veuilles ou non, c'est ta sœur, le sang de ta mère coule dans ses veines. Réfléchis Jax, ça te ferait du bien d'avoir quelqu'un comme elle.

Je reprends mon travail.

– Discussion close, dis-je en me concentrant sur la moto.

Justin reste un instant immobile, cherchant sûrement des arguments pour me faire changer d'avis mais il se ravise et se dirige vers la concession.

– Je vais me chercher un café, tu en veux un ?

– Ouais merci.

Mon téléphone sonne au même moment et je râle de ne pas pouvoir travailler comme je le veux.

– Allô !

Mon ton est sec.

– Jackson ?

Sa voix douce est inquiète, j'essaie de la rassurer au mieux.

– Bébé ? Ça va ?

– Tu as l'air énervé.

– Non c'est rien, c'est le boulot, t'inquiète pas. Tu te réveilles à peine ?

– Oui ça a du bon d'être à son compte.

Je souris.

– Tu as bien dormi ?

– Comme un bébé et toi ?

– Ça peut aller.

– Tu es sûr ? Parce que de te voir chercher sur internet cette nuit, je...

257

— Ne t'inquiète pas d'accord, je voulais juste remettre un visage sur elle c'est tout.

— D'accord.

— Et je veux plus parler de tout ça en fait. Je veux me concentrer sur nous.

— Mais...

— Myla, je ne veux plus vivre dans le passé, ce qui me rongeait jusqu'à ce que je te rencontre. Je veux voir plus loin et c'est toi qui me portes. S'il te plaît, respecte mon choix d'accord.

— Ok, je respecterai ton choix.

— Merci. Ce soir je t'emmène faire un ciné, ça te dit ?

— Je choisis le film ?

— Même pas en rêve !

— Mais pourquoi ?

— Tu sais très bien pourquoi ! Je t'aime bébé.

Je sens qu'elle sourit.

— Et moi je te "sur" aime.

— Hey ! C'est ma phrase ça !

— A ce soir mon cœur.

Elle raccroche et je reste un instant à regarder dans le vide. Je voulais qu'elle comprenne mon point de vue et apparemment elle sait que c'est important pour moi. J'aime notre vie malgré les aléas qu'elle peut nous apporter, j'arrive à me projeter et à avoir envie de faire quelque chose avec Myla.

— Tiens, ton café.

Je relève la tête brusquement. Je ne l'avais pas entendu rentrer.

— Ça va ? me dit-il en fronçant les sourcils.

— Tu sais quoi Justin ?

— Non mais tu vas me le dire, dit-il en me faisant un grand sourire.

— Je l'ai trouvée la femme de ma vie.

— Non sans blagues ? C'est maintenant que tu t'en aperçois ?

— Non mais putain je l'aime tellement.

Il me tape sur l'épaule gentiment en gardant un grand sourire. Et moi aussi, je reste béat devant la moto sur laquelle je devrais travailler.

J'aime Myla, je l'aime vraiment.

CHAPITRE 43 – JACKSON

Il est 11h45 quand j'entends la voix de Justin qui parle avec une cliente. Putain ne me dites pas que je vais devoir rester pendant ma pause parce qu'il ne sait pas dire non aux clients. Je m'essuie les mains et commence à ranger mon établi. Cet après-midi, j'ai deux motos à terminer, je vais pas trop m'éterniser au resto.

La porte s'ouvre avec fracas et quand je tourne la tête, j'aperçois Justin qui me regarde avec un air désolé.

– Je suis désolé, Jax. Elle veut rien savoir. Je ne savais pas... Je reste dans mon bureau si t'as besoin.

Je fronce les sourcils. De quoi il parle ? Mais quand il fait demi-tour, j'aperçois la silhouette de ma génitrice. Je la reconnais direct. Pas par mes souvenirs mais par les photos que j'ai pu voir cette nuit sur mon ordinateur.

Bordel, je lui ressemble, trop même. Je suis dans un état que je n'arrive pas à qualifier. Me retrouver vingt-trois ans plus tard devant ma mère. Je ne suis pas prêt et ça ne va pas bien se passer.

– Jackson.

Je déteste entendre mon prénom dans sa bouche. Je déteste comme elle me regarde. Je déteste l'air triste qu'elle prend face à moi. Je déteste tout chez elle.

– Barre-toi, je n'ai rien à te dire.

Je l'ai choquée, je le vois à sa façon de relever le menton. Mais ce qu'elle ne sait pas c'est que je peux augmenter mon degré de désobligeance.

– Tu ne peux pas me parler comme ça ! Je suis ta mère.

Je laisse aller ma tête en arrière et je ricane.

— Ma mère ? Tu dois faire erreur, la mienne s'est cassée il y a bien longtemps sans se retourner et sans regrets.

— Je peux tout expliquer.

Je me tourne vers elle brusquement et la regarde méchamment.

— Qui te dit que j'ai envie d'entendre tes excuses bidons ?

— Tu as le droit de savoir pourquoi je suis partie.

— Ah oui ? Moi je voulais savoir ça quand j'avais 3 ans puis 4 puis 5, dis-je en comptant sur mes doigts. Maintenant j'en ai plus rien à foutre. Tu n'existes pas pour moi. Alors va-t'en !

— Tu gâches ta vie en restant ici, tu le sais ?

Non mais je rêve, elle me juge. Elle juge ma vie, mes choix alors qu'elle n'a jamais été là pour m'aider, m'aiguiller.

— Tu as un physique, du talent j'en suis sûre et tu croupis ici, dans ce garage, dit-elle dégoûtée.

Je reste pétrifié parce que je pourrais l'attraper par les cheveux et la faire sortir de mon atelier en deux secondes. Mais Myla m'a appris à éviter ce genre de choses. Alors je prends sur moi et je ne la lâche pas du regard.

Elle est tout le contraire de ce que je m'imaginais petit. Je la voyais comme une princesse souriante mais ensuite je l'ai imaginée comme une femme laide et malveillante. Et ce que je vois là se rapproche de l'image que je m'en suis fait depuis l'adolescence, quand j'avais besoin d'elle.

— C'est ma vie et je l'aime cette vie et tu sais quoi, tu n'en feras jamais partie.

— Laisse-moi au moins t'expliquer.

— Mais tu veux m'expliquer quoi ? Tu crois que parce que tu te ramènes ici, que tu t'immisces dans la vie de ma copine que ça y est, je vais pardonner le fait que tu m'aies abandonné, que tu aies abandonné Papa ?

Elle reste interdite. Alors quoi je t'ai cloué le bec, Ma-man !

— Myla est une fille très gentille et mignonne mais elle ne te correspond pas.

Mais c'est quoi sa stratégie au juste ? Elle essaie d'établir le contact et en même temps, elle dénigre Myla. Si elle croit qu'elle va réussir à m'approcher avec ses putains d'arguments, elle se fourre le doigt dans l'œil !

– Tais-toi ! Me parle pas d'elle, tu ne la connais pas et tu me connais encore moins.

– Jackson !

Je vais péter un câble, je le sens. Mes mains tremblent et mon cœur bat à cent à l'heure. Je vois Cole qui rejoint Justin. Celui-ci a l'air de lui expliquer la situation.

– J'ai tout fait pour te retrouver et je voulais te donner ma version des choses. Ton père a dû te dire les pires choses me concernant...

Et là c'est la goutte d'eau qui fait déborder le vase. Elle pouvait me parler de tout sauf de mon père. Mon père qui a passé des années à espérer qu'elle revienne. Je m'avance vers elle, menaçant. Je ne la frapperais pas mais je veux qu'elle dégage de ma vue et de ma vie. Je pose mon index au-dessus de sa poitrine et j'appuie nerveusement sur le tissu de son manteau.

– Ne parle pas de mon père... Jamais... Tu as détruit sa vie et la mienne et il a tout fait pour que j'aie une vie normale quand les enfants à l'école se moquaient de moi parce que je n'avais pas de mère. Tu n'es rien pour moi et je te déteste à un point que tu n'imagines même pas. Tu es morte pour nous et on ne veut pas de toi dans nos vies. Je te conseille de dégager d'ici et de retourner dans ta vie de grosse richarde qui ne pense qu'à elle.

Cole entre et se racle la gorge. Je m'arrête. Ma mère a les yeux larmoyants mais ça ne me touche pas.

– Jax, je vais prendre le relais, dit-il avec précaution. Tu n'as qu'à aller voir Justin qui a besoin de toi.

Je tourne la tête vers le couloir où je vois mon ami qui me fait un sourire discret.

– J'espère que tu as compris maintenant, oublie- moi, oublie mon père et surtout oublie Myla.

Je jette la serviette sur mon établi avec nervosité. Cole utilise tout ce qu'il a de psychologie pour parler à ma génitrice. Je sens que je vais craquer, c'est trop pour moi. J'ai mal. J'ai mal à en crever.

– Ça va mon pote ?

Je remue juste la tête et les mots ne sortent pas. J'ouvre mon casier et sors mes affaires. Je me change.

— Qu'est-ce que tu fais ?

— Faut que je prenne l'air d'accord ?

— Ok mais tu me dis où tu vas, tu te casses pas comme la dernière fois.

— Je vais au Coronado d'accord, j'ai besoin de réfléchir et j'ai surtout besoin d'être seul. M'en veux pas... J'en ai besoin.

— Ok mec mais tu rentres parce que Myla va être inquiète et tu le sais.

— Dis-lui que je vais bien et qu'elle peut m'appeler.

— Dac.

Je regarde vers le garage et Cole la raccompagne dans la rue. Elle entre dans sa voiture avec chauffeur. Ça me dégoûte. Elle a dû avoir une belle vie, sans problèmes et nous, on a trimé comme des malades.

— Jackson, tu vas bien ?

Je lève les yeux vers lui.

— Ça va. Je vais prendre l'air, je commencerai plus tôt demain.

— T'inquiète je comprends.

Je fais un signe de la tête et je me dirige vers ma moto.

***

Assis sur le sable à regarder l'horizon, je n'arrive pas à décolérer. Ça fait une heure que je suis là et Myla n'a toujours pas téléphoné. Les mecs doivent attendre qu'elle rentre du boulot.

Est-ce qu'un jour je vais arriver à ne plus penser à tout ça ? Est-ce que je suis en train de faire mon deuil ? Car franchement ce n'est pas du tout la personne que j'imaginais. J'ai toujours pensé qu'elle aurait une excuse valable, qu'elle m'expliquerait qu'elle a été enlevée et qu'elle n'a pas pu nous rejoindre ou alors qu'elle n'a pas eu le choix et je lui aurais pardonné peut-être.

Mais elle, tout ce qu'elle a fait c'est me juger, juger mon père et juger Myla. Ok je ne lui ai pas laissé en placer une mais tout me rebute chez elle, sa façon d'être, de parler des gens que j'aime… Et encore je suis resté calme je trouve.

Mon téléphone sonne. C'est Myla. Je réponds car elle doit être dans tous ses états.

– Jackson ? Dis-moi que ça va !

– Ça va Myla, je t'assure, ne sois pas inquiète.

– Je le suis.

– Je sais…

– Tu vas rentrer ?

– Oui mais un peu plus tard. Il faut que je me calme avant. Je ne veux pas que tu me voies dans cet état.

– Tu veux en parler ?

– Y'a pas grand-chose à dire tu sais. Je la déteste encore plus qu'avant.

– Mais pourquoi elle est venue te voir à ton boulot ?

– Elle voulait me donner des explications.

– Oh... Et tu...

– Non je n'ai pas voulu. Myla cette femme est horrible. C'est la méchanceté même.

– Jackson.

– J'ai toujours rêvé de la retrouver et c'est pour ça que j'avais cette colère en moi car j'avais espoir un jour de la revoir.

– Je sais bébé.

– Ça me fait mal tu sais.

Ma voix se brise et je sens que Myla ressent ma tristesse.

– Je sais... Dis-moi ce que je peux faire pour que tu te sentes mieux.

– Tu fais déjà beaucoup mon cœur, dis-je en murmurant.

Je m'allonge toujours l'appareil à l'oreille.

– J'aimerais faire tellement plus pour que tu arrêtes de penser à elle.

– Tu me changes Myla.

– En bien j'espère, dit-elle avec sa petite voix.

– Bien sûr... Tu me fais du bien et pourtant je me demande encore pourquoi tu restes avec moi.

– Pourquoi tu dis ça ? Je suis bien avec toi, tu me rends heureuse.

– J'espère...

– Ne remets pas tout en question...

– Pourtant ces derniers temps, on arrive pas à communiquer.

– Jackson, on a besoin l'un de l'autre, tu le sais n'est-ce pas ?

— Oui je le sais.

— Tout ce qui s'est passé ces derniers temps, ce ne sont que des petits problèmes avec des solutions, rien de grave.

— Ça veut dire que je peux revenir ?

— Oui je t'attends à la maison.

Sa voix est un murmure et je devine qu'elle commence à s'endormir.

— Je vais rentrer alors.

— D'accord.

— Je t'aime Myla Williams.

— Je te "sur" aime Jackson Meyer.

Elle raccroche la première. Elle a le pouvoir de me détendre et me faire oublier mes colères et mes doutes. Sans elle je ne suis rien et sans elle je suis perdu. Pendant un instant, je n'ai plus pensé à ma mère et à cette rencontre désastreuse.

Le simple fait qu'elle me dise de revenir à la maison m'a redonné envie de reprendre la route et la rejoindre au plus vite. Cette fille mérite que je sois à la hauteur et rien ni personne ne viendra troubler mon bonheur.

Je dis bien, rien ni personne.

CHAPITRE 44 – MYLA

Il n'est pas encore réveillé et je le laisse dormir. Hier soir, quand il est rentré, nous n'avons pas pu discuter. J'étais déjà couchée et je me suis juste blottie dans ses bras. Sa respiration lente et apaisée m'a bercée et j'ai dormi comme un bébé.

Je m'active à préparer un bon petit déjeuner. J'ai envie de m'occuper de lui. Je sais qu'il ne montre pas ses sentiments mais qu'il a été touché par cette rencontre et je sais que ça été très difficile pour lui. Je verse le jus d'orange quand j'entends la porte de la chambre s'ouvrir. Je regarde si je n'ai rien oublié et si tout est en place.

Il entre dans la pièce en plissant les yeux.

– Salut, dis-je en souriant.

– Salut bébé, dit-il avec une voix rauque.

Il se dirige vers moi et m'enlace tendrement.

– Je me demandais où était mon t-shirt, dit-il en tirant sur le mien.

– J'avais envie d'avoir un peu de toi sur moi.

Il me sourit et dépose un baiser sur mon front.

– Un peu de moi sur toi ? Tu sais que ça peut s'arranger ça ?

Il me regarde d'un air mutin.

– Arrête tes bêtises !

– J'ai faim, me dit-il dans l'oreille.

Je me détache un peu de lui.

– le petit déj est servi.

Il sourit.

Je m'installe face à lui. Il tartine son pain avec le beurre mais reste silencieux. J'aimerais lui poser mille questions mais je sais que je ne ferais qu'empirer son mal-être. Alors je ne dis rien et je me contente de le regarder.

– Tu me mates ou je me trompe ?

Son ton est moqueur mais je rougis à l'idée qu'il m'ait prise en flagrant délit.

– Et tu rougis en plus !

– Arrête ! dis-je en mettant mon visage dans mes mains.

Il se met à rire. J'ouvre mes doigts pour pouvoir le regarder. Il croque dans sa tartine et me fixe sans faillir.

– Ok allez vas-y pose-moi tes questions !

– Quoi ?

Je feins de ne pas comprendre mais j'ai tellement envie de parler d'hier pour être sûre qu'il ne gardera pas de séquelles de sa dispute avec sa mère. Il secoue la tête et me regarde en biais.

– Je sais très bien que tu veux qu'on parle d'hier.

– Oui c'est vrai mais seulement si tu le veux.

Je m'installe en tailleur sur ma chaise.

– Vas-y, me dit-il en me faisant un signe de la main.

– Comment tu vas ?

Il sait ce que je veux dire, ce n'est pas un comment ça va du matin quand on se lève et qu'on veut savoir si on a bien dormi. Non. C'est un comment ça va pour savoir si le choc de voir sa mère est bien passé ou pas.

– Je vais bien Myla.

– Qu'est-ce qu'elle t'a dit ?

– De la merde...

A ma tête, il voit que j'attends autre chose que cette phrase. Il soupire.

– Elle voulait me parler, juste pour me dire que ma vie était pourrie, que tu n'étais pas faite pour moi.

Je tique à sa dernière phrase. Je fronce les sourcils.

– De la merde je t'ai dit.

Je reste silencieuse.

– Myla ?

Il pose sa main sur la mienne. Je cligne des yeux pour revenir à la discussion.

– Je t'aime bébé, ok ? On en a déjà parlé, elle t'a utilisée comme elle doit utiliser la moitié des gens autour d'elle.

L'air triste, je continue à lui poser des questions.

– Tu t'es disputé avec elle ?

– Oui, quand elle s'est mise à parler de mon père, je me suis mis en colère.

– Comment tu te sens ? Enfin tu me dis que ça va mais ça a dû te faire un choc et je ne veux pas que...

Il me coupe.

– Bébé, je te mentirais si je te disais que ça ne m'a rien fait. Mais quand j'ai vu la personne qu'elle était, c'est comme si elle n'avait jamais existé. Je sais pas trop comment le définir mais je crois qu'elle a tué l'idée de la mère idéale que j'imaginais dans ma tête.

– Elle a dû être horrible pour que tu en arrives à ce point.

– Elle l'est et j'espère qu'elle ne viendra plus m'emmerder.

– Tu vas le dire à ton père ?

– Je crois que je dois non ?

Je remue la tête pour approuver et je me mords la lèvre en réfléchissant. Il n'a pas l'air de me cacher quelque chose. Il a même l'air plutôt serein.

– Hey, dit-il en murmurant, ne t'inquiète pas d'accord ? Tout va bien.

Tout va bien... Et nous ? La discussion a été éludée par l'apparition de sa mère mais nous n'avons rien réglé du tout.

– Même nous ? dis-je avec une voix sanglotante.

Il a un temps d'arrêt. Il me regarde profondément.

– Même nous.

Il se rapproche de moi et me dépose un baiser sur les lèvres.

– Attends, me dit-il en se levant.

Je le regarde partir vers la chambre et revenir avec un petit paquet.

– Tiens c'est pour toi.

Je le regarde avec incompréhension.

– Ouvre, me dit-il souriant.

J'attrape le cadeau et je déchire sans ménagement le papier qui l'entoure. J'ouvre lentement et j'aperçois deux bracelets.

– Le premier, dit-il en prenant le bracelet entre ses doigts, c'est le tien que j'ai fait réparer. J'ai juste fait rajouter les pierres qui manquaient.

Il prend délicatement mon bras pour le faire passer autour de mon poignet.

– Et le deuxième, c'est du quartz rose. Ça représente l'amour universel.

– Il est magnifique ! Je l'adore !

Il le passe autour de mon poignet près de l'autre.

– Merci, dis-je en m'accrochant à son cou. Je m'installe sur ses genoux et l'embrasse.

– C'est pour me faire pardonner de te l'avoir cassé.

Il m'embrasse tendrement. La sonnerie de la porte d'entrée sonne et nous tournons la tête tous les deux.

– Tu attends quelqu'un ?

– Non, dis-je en me levant.

– Ok je vais voir.

– Je retourne dans la chambre me changer.

Il me fait signe et se dirige vers la porte.

– Hey James !

Ah c'est James, il est bien matinal. Ça ne lui est jamais arrivé de venir si tôt. J'enfile un jean et je mets mon soutien-gorge. Je repasse le t-shirt de Jackson et m'attache les cheveux en bataille avant de retourner vers le salon.

Quand j'arrive, tous les deux me regardent d'un air grave. Je ne dis pas un mot mais mes yeux rivés à ceux de Jackson posent la question à la place de ma bouche. Jackson a un regard furtif vers James qui lui fait signe de la tête.

– Assieds-toi bébé.

Mon cœur se met à battre plus vite. Quelque chose d'anormal vient de se passer et Jackson ne sait pas comment me l'apprendre. Il a l'air très nerveux. Il serre tellement le poing que je peux voir ses phalanges blanchies et prête à exploser.

– Jackson ?

Il passe une main dans ses cheveux signe de nervosité extrême chez lui.

– Qu'est ce qui se passe ?

James s'approche de moi et s'assoit face à moi.

– Myla.

Je regarde toujours Jackson qui a l'air complètement déboussolé. La panique s'empare de moi.

– Myla regarde-moi, me dit James.

Je dévie vers lui.

– Tu vas m'écouter bien attentivement, on n'a pas beaucoup de temps d'accord ?

– Oui, dis-je d'une petite voix.

– Dans une heure grand maximum, la police va venir ici et va t'arrêter pour t'interroger.

– Quoi ?

Jackson me regarde et je vois qu'il voudrait essayer de me rassurer mais qu'il ne peut pas le faire.

– Écoute-moi. Je sais que tu es innocente et je vais tout faire pour le prouver mais il faut que tu sois coopérative avec les agents qui vont venir.

– Je... Je ne comprends pas.

James se relève et garde le silence un instant.

– Ma mère t'accuse de lui avoir volé un bijou.

La voix de Jackson est froide et teintée de colère.

– Mais...

– Je sais... Je sais très bien que ce n'est pas vrai.

– Pourquoi elle fait ça ?

– Je ne sais pas Myla, dit James.

– Je vais aller en prison ?

– Non, ils vont t'emmener au poste pour un interrogatoire et ensuite il y a aura peut-être une caution à payer pour que tu rentres chez toi.

Inquiète, j'observe Jackson qui se terre dans un silence insupportable.

– Je... Je vais appeler un avocat.

– Oui je crois que c'est le mieux.

– Est-ce que Jackson pourra être avec moi ?

Il voit tout mon désarroi dans ma demande. Jackson s'approche et me prend dans ses bras. Il me serre fort.

— Pardon... Je suis désolé.

Je ne comprends pas trop ses excuses.

— Pourquoi tu t'excuses ?

— C'est de ma faute... Si je l'avais écoutée, elle n'aurait pas fait ça.

Je ne dis rien et je réfléchis à ce qu'il vient de dire.

— Et je lui aurais volé quoi ?

— Une bague, le jour où tu es allée chez elle.

Je me lève brusquement et repousse sans le vouloir l'étreinte de Jackson. Des larmes apparaissent dans mes yeux.

— Je... J'ai rien fait !

James s'adresse à Jackson en se dirigeant vers la porte d'entrée.

— Je vais devoir y aller avant qu'ils arrivent, ne t'inquiète pas, je m'en occupe ok ?

Jackson lui fait signe. La porte se ferme derrière lui et il se retourne vers moi.

— Myla...

Ma respiration se coupe, je sens que je suis en train de paniquer et Jackson le comprend.

— Bébé, regarde-moi ! Respire, calme-toi.

Un sifflement sort de ma bouche, c'est comme si je faisais de l'asthme mais c'est ma gorge qui par le stress se resserre et m'empêche de respirer normalement.

— Regarde-moi.

Il me serre les épaules et ne quitte pas mes yeux.

— Respire calmement, voilà.

J'essaie de le suivre.

— C'est bien, écoute, la police ne va pas tarder à arriver et il faut faire semblant de ne pas être au courant.

Je hoche la tête pour lui dire que je comprends. Il me quitte un instant et me ramène un verre d'eau. J'en bois une gorgée.

— Myla, tout va bien se passer ok ? Tu n'as rien à te reprocher.

— Et s'ils ne m'écoutent pas ?

— Non, James sera là. Et ce soir on sera de retour à la maison, ok ?

— Oui.

Ma voix est fluette.

– Va te préparer.

Je me lève alors pour me diriger vers la chambre.

Quelques minutes plus tard, j'entends la sonnette de la porte. Ils sont là.

CHAPITRE 45 – JACKSON

Quand nous arrivons au commissariat, un agent me demande de rester dans le hall.

– Non, j'accompagne ma petite amie.

– L'accompagnement s'arrête là, me dit l'agent sans aucune once d'empathie.

– Mais putain ! Je vous dis que je ne la laisserai pas !

Voyant ma colère monter, Myla s'approche de moi et pose sa main sur mon bras.

– C'est bon Jackson, mon avocat est là, dit-elle en me faisant un signe de la tête.

Je me tourne vers la porte d'entrée quand je le vois arriver.

– Mr Meyer, me dit-il en me serrant la main.

Je le salue. Il fait de même avec Myla.

– Je voudrais m'entretenir avec ma cliente et dans un bureau s'il vous plaît.

Son autorité naturelle impressionne le jeune agent qui lui répond qu'il va demander à son supérieur.

– Maître, ce sont des conneries tout ça ! Myla n'a jamais volé cette bague.

– Calmez-vous Jackson, tout va bien, de toute façon pour l'instant ils n'ont aucune preuve ou quoique ce soit.

Il dit ça avec sérénité. L'agent revient et nous fait signe de le suivre. Il ne m'empêche plus de les accompagner.

Putain, je suis à bout. Si je la rencontre ici, elle va se souvenir de moi. Je ne supporte pas que l'on touche aux gens que j'aime et là elle a touché à Myla. Je ne supporte pas de la voir dans cet état. Ça me rappelle de mauvais souvenirs et j'ai l'impression que tout ce que l'on a construit tous les deux est en train de s'écrouler. Elle avait pris confiance en elle et là, quand je la regarde, on dirait la Myla de notre première rencontre. Repliée sur elle-même.

Je n'ai pas les mots pour essayer de la rassurer. Elle me parlait de victime collatérale mais elle avait raison et c'est encore elle qui pâtit des merdes qui ressortent de ma vie. J'en ai ras le bol. Quand est-ce que tout ça va se terminer ?

James entre et fait comme si on ne s'était pas vu.

— Mlle Williams.

Elle lève les yeux vers lui. Il dépose un dossier sur le bureau et s'installe en face d'elle. Je reste adossé au mur. Je me triture les lèvres pour éviter de taper dans le mur.

— Mme Johnson-Blackwell a porté plainte hier soir pour un vol qui a été perpétré à son domicile. Elle cite votre nom comme personne étant venue la visiter dans la semaine. Le vol porte sur une bague de grande valeur.

— Mais je n'ai rien fait !

L'avocat pose sa main sur la sienne pour la faire taire. Je fixe sa main car il met du temps à l'enlever. Je croise son regard et il comprend mon avertissement. Il lâche Myla rapidement. James se racle la gorge.

— Nous allons devoir faire une perquisition chez vous et votre agence, pour cela nous attendons le papier du juge nous donnant le droit de faire cela.

— Quel jour a eu lieu le vol ?

— Nous ne savons pas exactement, nous vérifions toutes les personnes qui sont venues voir Mme Johnson-Blackwell.

— Y a-t-il une preuve que ma cliente ait pu perpétrer ce vol ? Une vidéo, un témoin ?

— Non pas de vidéo mais un témoin.

Je me redresse. Un témoin ?

— Sa fille était présente dans la maison.

— Elle a vu quelque chose ?

Je coupe la parole à l'avocat mais je commence à perdre patience. James me fait les gros yeux mais j'attends une réponse.

– Pour l'instant rien n'indique qu'elle ait vu Mlle Williams voler la bague.

– Ok on fout quoi ici alors ?

– Mr Meyer ! l'avocat m'interpelle.

– Mr Meyer, asseyez-vous me dit James.

– Pourquoi ? Elle n'est pas coupable que je sache !

– Jackson...

La voix douce de Myla fait dévier mon regard vers elle.

– Laisse-les faire leur travail, s'il te plaît.

Je retourne contre mon mur sans oublier de lancer un regard noir à James qui lève les yeux au ciel.

– Comment ça va se passer à partir de maintenant ?

Myla pose la question à James.

– Vous allez pouvoir rentrer chez vous, aucune caution n'est demandée, j'ai vu ça avec le juge.

Putain, heureusement qu'il est là. Depuis le début, il est toujours présent.

– Seulement, des agents vont venir chez vous et sur votre lieu de travail pour perquisitionner.

– D'accord.

L'avocat se lève et Myla en fait de même.

– Vous venez avec moi, nous avons des papiers à remplir.

– Oui.

Elle se tourne vers moi pour me demander de venir avec elle.

– Je te rejoins.

Elle regarde vers James, inquiète. Il lui fait un signe de tête pour la rassurer.

– Je t'attends en bas.

– J'arrive.

Elle hésite à me laisser là dans le bureau mais James lui sourit et elle quitte le bureau en suivant son avocat.

– Putain je peux pas me le voir ce mec ! dis-je en le regardant partir dans le couloir à travers les vitres.

– Pourquoi ? Parce qu'il est trop proche de Myla ?

Il sourit. Il commence trop à me connaître.

– Peut-être.

— Jackson essaie de garder ton calme s'il te plaît. Myla n'a pas besoin de te sentir nerveux.

— Bordel James ! Comment veux-tu que je réagisse ? Ma connasse de génitrice accuse Myla d'une chose qu'elle n'a pas fait ! Est-ce que tu vois Myla en voleuse de bague ?

— Non bien sûr que non mais il ne faut pas céder à la panique. Elle fait ça pour te déstabiliser, pour déstabiliser Myla.

Je passe mes mains sur mon visage.

— Je comprends pas ce qu'il m'arrive, pourquoi elle revient maintenant, qu'est-ce qu'elle veut ?

— Je n'ai pas de réponse Jackson.

— Eh bien moi je veux des réponses et je vais aller les chercher !

— Jackson... dit-il las de mes sautes d'humeur, si tu fais ça, tu vas mettre Myla dans une position délicate.

— Et si je ne fais rien, elle sera aussi dans une position délicate !

— Non ! Puisqu'elle n'a pas volé cette bague, il n'y aura aucun élément qui prouvera que c'est elle la voleuse et ta mère sera déboutée.

Je remue la tête en me mordant la lèvre. Je ne comprends pas ce qu'il se passe. Tout semblait aller pour le mieux, on était bien.... Tout allait bien. Ce qui m'énerve le plus, c'est de voir dans quel état est Myla. J'ai toujours voulu la protéger pour qu'elle ne connaisse plus ce qu'elle avait vécu auparavant et depuis qu'elle est avec moi j'ai l'impression que c'est pire pour elle.

Je n'ai pas lâché l'affaire concernant la petite visite que je souhaite faire à ma génitrice mais je vais attendre un peu de voir comment les choses évoluent.

— Jackson, ça va aller ?

— Ouais, j'ai pas le choix de toute façon.

— Malheureusement je crois en effet que non.

— Merci James pour tout ce que tu fais, et désolé de te crier dessus.

— Je commence à te connaître petit.

Il fait un sourire en coin en employant ce terme car il sait que ça m'agace toujours autant.

— Tu m'avertis au moindre élément.

— Ne t'inquiète pas, je te téléphone et occupe-toi de Myla.

J'approuve d'un signe de tête.

***

Je descends les escaliers et j'aperçois Myla et son avocat en grande discussion. Il a sa main dans la sienne. Bordel, il faut pas qu'il me chauffe celui-là parce que je pourrais défoncer sa petite gueule.

— On y va ?

Myla sursaute et quand elle voit mon regard rivé sur sa main, elle la retire aussitôt. Elle salue son avocat et attrape la main que je lui tends.

Nous traversons le parking pour arriver jusqu'à la voiture. Je marche rapidement et je ne m'aperçois pas que je tire Myla par le bras.

— Jackson, arrête tu me fais mal !

Je me tourne et la vois se masser le poignet et l'avant-bras. Je suis tellement dans un état de colère monstre que je n'ai pas vu ce que je faisais.

— Excuse-moi, dis-je en marmonnant.

— Je suis désolée... Je…

La voilà qui recommence comme avant. Elle s'excuse pour quelque chose qu'elle n'a pas fait et dont elle n'est pas responsable.

— Myla...

— J'aurais dû t'écouter, j'aurais dû sentir que quelque chose n'était pas normal et tu avais raison quand tu m'as dit qu'elle ne s'intéressait pas à moi.

Je la prends dans mes bras et je la serre contre moi. Toute cette merde que je lui ai dit, j'aurais dû fermer ma gueule.

— Tu ne pouvais pas savoir ok ? Mais y'a une chose que je veux que tu fasses.

Elle lève ses yeux larmoyants vers moi.

— Ne lui donne pas raison d'accord ? Elle ne peut rien contre nous. Quoi qu'il arrive, Myla c'est toi et moi, ok ?

Elle approuve d'un hochement de tête.

— Et je te promets que tout ça va vite se terminer.

— Tu ne vas rien faire ? Promets-moi !

J'hésite un instant à lui faire cette promesse que je ne suis pas sûr de tenir, vraiment pas sûr. Et quand elle voit que je ne réponds pas rapidement, elle réitère sa question.

— Je te promets, dis-je en l'embrassant sur le front.

J'aurais pu croiser les doigts dans le dos quand j'ai dit ces paroles mais je vais essayer de m'y tenir. De toutes façons qui dit aller voir ma génitrice ne veut pas forcément dire me mettre dans la merde. Je vais lui expliquer une bonne fois pour toutes que je ne veux pas d'elle dans ma vie. Et cette fois-ci elle comprendra...

CHAPITRE 46 – JACKSON

Je l'ai laissée à l'appartement. Les filles sont venues la soutenir et j'ai prétexté une course à faire pour me barrer de cette ambiance oppressante et éviter le regard triste de Myla. Je sais je peux paraître lâche mais je déteste la voir comme ça. En plus de ça, j'ai passé une nuit atroce, la danseuse du bar à strip-tease est encore venue hanter mes nuits mais cette fois-ci Myla me regardait et pleurait. Elle hurlait contre moi et elle souffrait. Je me suis réveillé en sursaut en nage. Myla dormait profondément près de moi.

Alors c'est là qu'elle habite.... Cette maison est immense. Et dire que mon père a trimé pour garder sa petite habitation en travaillant encore et encore alors qu'elle, elle vit dans le luxe.

Depuis quand d'ailleurs ? Au moins vingt ans puisque ma demi-sœur a cet âge. Ça me dégoûte encore plus. Je devrais rentrer et tout saccager, ça me ferait du bien mais je foutrais tout en l'air et Myla ne me le pardonnerait pas. J'ai fait une promesse...

Alors j'attends sagement dans ma voiture et je regarde l'immensité de cette maison. A-t-elle, ne serait-ce qu'une seule fois pensé à moi quand elle se levait le matin et qu'une bonniche lui apportait son petit déjeuner au lit ? A-t-elle juste une fois pensé à mon père qui se levait à 5h du matin pour aller travailler et payer les factures alors qu'elle devait se faire faire une manucure ?

Non cette femme n'a jamais pensé à nous. Elle nous a abandonnés. Elle est partie sans se retourner et sans jamais se soucier de notre devenir. Je crispe mes doigts sur le volant. Bordel, il me vient la haine.

Jamais je ne pourrais lui pardonner.

Soudain le portail s'ouvre et je vois ma demi-sœur qui avance dans l'allée avec sa petite voiture. Elle s'arrête et j'aperçois ma génitrice tirée à quatre épingles avec un sac à mains plus grand qu'elle dans un coin du jardin. Ses lunettes de soleil lui prennent tout le visage.

Je prends une grande respiration et je sors de la voiture. Leeann, dès qu'elle me voit, sort de son véhicule. Elle fronce les sourcils ne comprenant pas ma venue. Ma mère ne m'a pas encore vu, trop occupée à parler à son… Jardinier ? Putain elle a un jardinier.

— Jackson ? Qu'est-ce que...

— Pousse-toi !

Je ne prends pas de pincettes avec elle et d'ailleurs pourquoi j'en prendrais ?

— Mais...

Ma mère tourne alors son visage vers moi. Elle relève ses lunettes, surprise. Je vois de l'inquiétude dans ses yeux quand elle me voit avancer vers elle. Le jardinier essaie de s'interposer.

— T'as besoin de te protéger de moi ? dis-je en essayant de le contourner.

— Monsieur, veuillez sortir de la propriété, sinon je vais être dans l'obligation d'appeler la police.

— Appelle-la, la police, j'en ai rien à foutre !

— C'est bon William… Laissez.

Le jardinier est hésitant mais il se déplace sur le côté.

— C'est une manière de parler aux gens ?

Non mais c'est une plaisanterie, elle va me faire une leçon de morale en plus.

— A vrai dire, les bonnes manières je ne connais pas... J'ai manqué d'une mère pour me les apprendre.

Elle tique à cette remarque.

— Mais je ne suis pas là pour te faire la conversation. Je suis là pour Myla. C'est quoi ton problème ?

— Je n'aime pas le ton que tu prends avec moi mon garçon !

Mon garçon... Elle a osé dire mon garçon et ça me touche plus que je ne l'aurais imaginé. Je sens les nerfs qui me montent. Elle le fait exprès.

— Myla ne t'a pas volé cette bague et tu le sais !

280

– Maman ? C'est quoi cette histoire ?

– Leeann reste en dehors de ça.

Ma demi-sœur n'est pas au courant ?

– Pourquoi tu ne lui dis pas ce que tu es en train de faire ? Ta mère accuse Myla de lui avoir volé une bague quand elle est venue chez vous l'autre jour !

Leeann la regarde, interrogatrice.

– C'est vrai ? dit-elle en s'adressant à sa mère.

– Bien sûr que c'est vrai !

– Non ! Elle n'a rien fait ! Pourquoi tu fais ça ?

– Ce n'est pas ma faute si ta petite amie du moment est une voleuse.

Putain faites qu'elle ferme sa bouche parce que là clairement elle dépasse les bornes.

– Myla n'est pas ma petite amie du moment, c'est ma compagne et si tu as décidé de t'en prendre à elle, tu t'en prends à moi, tu as compris ? Enlève ta plainte sinon....

Mon téléphone sonne, je le sors avec hargne de la poche de mon jean. C'est James mais je ne peux pas lui répondre. Ma mère arbore un sourire en regardant le sien. Elle a reçu un message en même temps que moi.

Victorieuse, elle tend l'écran de mon téléphone vers moi.

– Tiens regarde ! Et viens me dire que j'avais tort.

Le nom de son avocat est noté sur le message et ce que je lis par la suite me coupe les jambes.

"La bague a été retrouvée dans son agence. Dites-moi les suites à donner à cette affaire"

Je me décompose, mais pas un seul instant je ne pense que Myla a volé cette bague. C'est un complot de ma génitrice pour la faire souffrir j'en suis persuadé. Elle me toise et remet ses lunettes.

– Reviens quand tu seras calmé Jackson, j'ai des choses à te dire et des propositions à te faire.

Elle passe devant moi et s'installe côté passager dans la voiture de Leeann. Ma demi-sœur continue de me regarder silencieusement.

Je suis dépassé par les évènements et je ne sais plus quoi faire face à ça.

– Jackson...

Elle tente de poser sa main sur mon avant-bras mais je refuse ce contact avec nervosité. Je lui lance un regard si noir qu'elle arrête son mouvement.

— N'approchez plus de Myla, ne m'approchez plus ! C'est un conseil et crois-moi que si je croise encore vos chemins à toutes les deux, ça se passera mal, très mal.

Elle prend mes menaces au sérieux et je vois ses yeux s'embuer. Je décide alors de partir au plus vite rejoindre Myla. Si elle connaît déjà la nouvelle, je sais dans quel état je vais la retrouver.

J'entre dans mon véhicule et appelle James en même temps. Il m'explique qu'une perquisition a eu lieu ce matin tôt dans l'agence de Myla et qu'ils ont retrouvé la bague. La pièce à conviction est partie au labo pour essayer de trouver des empreintes de Myla.

Je lui explique que je suis persuadé de son innocence et il me soutient dans mes propos. Lui non plus ne la croit pas capable de faire une chose pareille. Nous nous quittons et il me promet de me tenir au courant de la situation.

Quand j'arrive en bas de notre immeuble, je ne sais toujours pas comment je vais lui dire. James m'a dit qu'elle risquait d'être arrêtée à notre domicile et je ne veux pas que ça se fasse comme ça. Nous avons convenu que dès qu'il serait au courant de quelque chose, nous nous déplacerions nous-mêmes au poste de police.

Je monte les escaliers difficilement. C'est comme si j'avais vingt kilos accrochés à chaque cheville. Il ne faut pas que je perde mon sang-froid.

J'insère ma clef dans la serrure et quand j'entre dans l'appartement, j'entends les rires des filles. Merde, ça va être encore plus difficile.

— Ah salut Jax, déjà de retour ? me dit Molly en souriant.

Je baisse la tête et la relève avec un air sérieux. Molly et Flora comprennent de suite que quelque chose ne va pas mais Myla n'a pas levé les yeux vers moi, trop occupée à regarder un magazine et à compter sûrement les points d'un test à la con.

— Myla.

Le son de ma voix est linéaire et très sérieux. Elle me regarde alors toujours un petit sourire aux lèvres. Sourire qui s'efface aussitôt qu'elle voit mon visage.

Elle se lève.

– Faut que je te parle.

Flora fait signe à Molly. Elles se lèvent.

– Non restez ! dit Myla apeurée.

Je soupire. Elle ne détache pas ses yeux des miens.

– Qu'est ce qui se passe ?

Sa voix se brise et j'ai l'impression qu'elle sait. Je reste silencieux et j'essaie de structurer une phrase dans ma tête pour lui faire une annonce adaptée.

– Ils ont retrouvé la bague.

– Ah ben voilà ! Une bonne chose de faite ! Plus de soupçons sur Myla !

Mais Myla ne décroche pas son regard du mien et comprend que ce n'est pas aussi simple.

– Dis le Jackson, me dit-elle d'une petite voix.

Je baisse le regard et je commence à flipper grave parce que je sens qu'elle va éclater dès que je vais lui annoncer ça.

– Quoi ? Qu'est ce qui se passe dit Molly dans l'incompréhension.

Flora s'approche de moi et pose sa main sur mon bras.

– Jax ?

Mon cœur bat à dix-mille. Je baisse une nouvelle fois le regard.

– Ils l'ont retrouvée dans ton agence, cachée dans l'un de tes tiroirs.

J'entends un hoquet de surprise. Les yeux de Myla deviennent larmoyants. Elle me fixe. Puis elle jette le magazine et part en courant dans sa chambre.

– Myla...

Elle ne me répond pas et claque la porte.

– Quoi ? Mais non....

– Molly...

Flora lui fait signe de se taire. Elle m'emmène vers le canapé où nous nous asseyons. Je regarde vers la chambre.

– Laisse-lui cinq minutes et ensuite tu iras la voir d'accord ?

Je fais un signe de tête.

– Je sais qu'elle n'a rien fait, dis-je en murmurant.

Molly pose alors sa main sur mon genou et le serre pour me montrer son soutien.

— Qu'est-ce que je peux faire pour éviter ça ?

— Rien, dit sagement Flora, il faut que tu laisses la police faire son travail.

— Elle est déterminée à me pourrir la vie.

— Laisse-la pour l'instant et occupe-toi de Myla. Elle a besoin de ton soutien.

— Je sais.

Nous restons tous les trois assis sur le canapé à regarder dans le vide.

— Elle risque quoi ? demande Molly en touchant son petit ventre arrondi.

— Je ne sais pas.

Je mens parce que je sais très bien qu'à partir du moment où ils viendront la chercher, elle sera écrouée. Mais je ne veux pas lui créer du stress. Elle attend un enfant, elle n'a pas besoin de ça.

— Je vais la voir, dis-je en me levant.

— Prends bien soin d'elle Mr Biblio.

J'esquisse un petit sourire. Elle aussi me sourit.

— T'inquiète Pitbull.

Flora sourit à son tour et elles me regardent toutes les deux me diriger vers la chambre. L'angoisse m'envahit. Je ne la laisserai jamais aller en prison.

CHAPITRE 47 – JACKSON

Quand j'entre dans la chambre, je la vois debout devant la fenêtre. Elle est dos à moi mais je devine dans quel état elle doit être.

Je n'ose pas l'appeler de peur qu'elle se mette à pleurer. Je déteste la voir pleurer et je déteste savoir que c'est quelqu'un qui lui fait du mal et que je ne peux rien faire. Ça me rappelle de mauvais souvenirs, de très mauvais souvenirs.

J'essaie de m'approcher d'elle pour la prendre dans mes bras mais j'ai l'impression d'avoir un corps tout frêle devant moi. Je peux voir ses épaules tressauter et j'ai une putain d'envie de tout casser. Je racle un peu ma gorge et elle tourne légèrement la tête vers moi. J'ose l'interpeller.

– Myla.

Mais j'ai à peine le temps de dire son prénom qu'elle se rue vers moi et s'enfouit dans mes bras en pleurant. Je la réconforte comme je peux en la serrant contre moi, en l'embrassant tendrement sur le haut du crâne.

– Tout va bien aller, ne t'inquiète pas.

– Je... Je vais aller en prison.

– Non, tu n'iras pas.

– Ils ont trouvé la bague et je ne sais pas comment c'est possible, tu me crois Jackson n'est-ce pas ? Je suis incapable de faire ça.

Je me déplace vers le lit où nous nous asseyons. Je passe mes doigts sur ses joues pour essuyer ses larmes. J'essaie de lui sourire.

– Bien sûr que je te crois.

Je semble voir du soulagement dans ses yeux quand je lui dis ça.

– Tu sais quoi bébé, on a déjà surmonté bien des problèmes tous les deux et c'est pas ma mère qui va nous séparer, tu m'entends ?

– Je... Je ne comprends pas l'intérêt qu'elle a à nous faire ça.

– Elle est complètement folle c'est tout.

– Tu l'as vue ?

J'hésite à lui expliquer mon entretien mais je préfère mentir pour qu'elle n'ait pas à supporter les paroles échangées avec ma génitrice.

– Non.

Elle me regarde un instant.

– J'ai peur.

Je reprends son visage en coupe.

– Hey, non. Je reste avec toi et quand on est tous les deux rien ne peut nous arriver. D'accord ?

Elle fait un petit signe de tête.

– Tu sais quoi ?

Elle me regarde avec un air interrogateur.

– Ils sont pas encore là ? Et on est pas censé savoir qu'ils vont arriver ?

Elle fronce les sourcils ne comprenant pas où je veux en venir.

– Un tour en moto jusqu'au Coronado, tu veux ?

Un sourire franc illumine son visage. Elle remue la tête pour approuver.

– Prends une veste, on y va !

Elle attrape un vêtement dans sa penderie. J'attrape sa main et nous nous dépêchons de partir.

***

– La tête de Molly quand elle nous a vu partir !

– Oui c'était assez marrant.

Nous voilà tous les deux assis sur la plage. Ça me rappelle, la fois où on a fait l'amour ici. Myla avait été très entreprenante et j'avais adoré ça.

Il fallait que je l'amène ici. Au moins, elle a arrêté de pleurer.

– Jackson ?

– Oui.

– Tu crois que nous deux... Enfin est-ce qu'on va résister à tout ça ?

Elle veut dire quoi par résister à tout ça ?

– Je crois en nous bébé. On est passé par des moments très difficiles et on y est arrivé non ?

– Oui, dit-elle en baissant la tête.

– Il faut vraiment qu'on soit ensemble.

– Je suis désolée.

– Désolée de quoi ?

– D'être toujours celle qui apporte la mauvaise augure dans notre vie.

– Ne dis pas de bêtise.

Je m'allonge et elle aussi. Elle se blottit dans mes bras.

– Toutes ces choses qui nous arrivent, nous rendent plus fort. Je t'aime et personne ne pourra changer ça.

Je sens sa main se crisper sur mon t-shirt.

– Essaie de profiter de ce moment. On est bien là non ?

– Oui.

Son oui est un murmure et j'ai la frousse. J'ai la frousse de ce qui va se passer. J'ai la frousse de ne pas savoir me contrôler. Parce que je vais perdre mon sang froid, je le sais déjà.

Putain, si elle pouvait m'écouter et prendre en compte mes paroles d'hier mais ce n'est pas le genre de personne qui lâche l'affaire. Et je reconnais bien là un trait de mon caractère. Et je déteste penser que je pourrais avoir un quelconque lien, une quelconque ressemblance avec cette femme. Je la déteste au plus profond de mon âme. Celle que j'aurais dû aimer, que j'aurais dû admirer est la pire des personnes. Sa façon d'être, son air hautain... Je me demande comment mon père a pu tomber amoureux d'elle.

– Tu penses à elle ?

Sa voix me fait sortir de mes pensées.

– Non.

Ma mauvaise foi m'empêche d'avouer qu'elle monopolise mes pensées depuis qu'elle est revenue dans ma vie. Myla reste silencieuse. Elle me connaît et elle n'a pas besoin que je dise la vérité pour savoir que oui, je pense à ma génitrice.

– Leeann, pourrait...

— Non, je t'ai déjà dit que je ne voulais pas avoir de lien avec elle.

— Mais elle a vingt ans, elle est jeune.

— Myla... Arrête.

Ma sommation est calme mais elle sait qu'il ne faut pas qu'elle continue sur ce chemin. Mon téléphone sonne. Elle sursaute et se relève, apeurée.

— C'est James, je dis avec gravité.

Je me lève et prends l'appel.

— Allô ?

— Où êtes-vous ?

— Au Coronado.

— Il faut que vous rentriez avant qu'ils ne perdent patience.

— Ils sont là depuis longtemps ?

— Une petite vingtaine de minutes.

— Dis-leur qu'on sera là dans une petite heure.

— Ok... Comment va-t-elle ?

— Ça va être compliqué.

— Revenez au plus vite.

— James...

— Je m'occuperai d'elle Jackson.

Je raccroche sur ces mots. Pas qu'ils me réconfortent mais je me dis qu'elle va avoir besoin de quelqu'un et moi je ne pourrais pas être à ses côtés car ils m'interdiront sûrement d'être avec elle.

Elle est prostrée sur le sable à regarder la mer.

— Myla, il faut qu'on y aille.

Elle lève les yeux vers moi et se relève tel un robot. Elle ne dit pas un mot et me rejoins. J'attrape sa petite main et je croise mes doigts aux siens. Nous restons silencieux.

Je monte en premier sur ma moto et elle s'installe derrière moi. Ses bras s'enroulent autour de ma taille. J'ai l'impression que je vis les dernières minutes de ma relation avec Myla. Mon cœur se serre rien qu'à cette idée.

Je crois que je n'ai jamais roulé aussi doucement de ma vie. Et plus on approche de notre appartement, plus j'ai le cœur qui bat vite. Je sens les doigts de Myla qui se resserrent sur mon t-shirt et ses ongles qui se plantent dans ma peau à travers le tissu. Je pose ma main sur la sienne et j'essaie de la calmer en passant mon pouce sur sa peau.

J'aperçois le parking de notre résidence et la voiture de flics qui attend près de la porte. Je ralentis et me gare près d'eux. Je vois deux agents se diriger vers nous. Je descends rapidement pour faire bloc devant Myla. Je ne veux pas qu'ils la bousculent, je ne veux pas que ça se passe comme ça.

Un des agents avance vers moi et je reste devant lui sans bouger.

– Mr Meyer ?

Je fais un signe de tête.

– Veuillez nous laisser faire notre travail, me dit-il dans l'espoir que je le laisse passer.

– Si votre travail est d'arrêter une innocente...

– S'il vous plaît jeune homme, j'aimerais que ça se passe dans le calme d'accord ?

Il n'a pas l'air méchant et surtout il n'a pas l'air de vouloir faire le cowboy.

– Allez-y doucement s'il vous plaît.

Il hoche la tête. Je me déplace sur la droite.

– Mlle Williams, vous avez le droit de garder le silence. Si vous renoncez à ce droit, tout ce que vous direz pourra être et sera utilisé contre vous devant une cour de justice. Vous avez le droit à un avocat et d'avoir un avocat présent lors de l'interrogatoire. Si vous n'en avez pas les moyens, un avocat vous sera fourni gratuitement. Durant chaque interrogatoire, vous pourrez décider à n'importe quel moment d'exercer ces droits, de ne répondre à aucune question ou de ne faire aucune déposition.

Je ne pensais pas qu'un jour j'entendrais les droits Miranda en live. Et là, ils sont énoncés pour Myla. Il sort les menottes et passe les bras de Myla derrière son dos.

– Est-ce que c'est vraiment nécessaire ?

– C'est la procédure Monsieur.

– Elle ne va pas s'échapper !

– Monsieur, veuillez rester à distance s'il vous plaît.

– Jackson, ce n'est rien.

Je vois une larme, encore une, couler sur sa joue et ça me brise le cœur.

— Myla, je te rejoins d'accord, tu as besoin de quelque chose ?

Elle décline ma proposition.

— Appelle mes parents s'il te plaît et explique leur la situation, je ne veux pas qu'ils l'apprennent par quelqu'un d'autre.

Putain pas ça. Mais je n'ai pas le choix, il faut que le fasse.

— Ok, je m'en occupe.

Elle suit les deux agents vers le véhicule. Je pose mes mains sur mon visage. Je suis démuni ne sachant pas quoi faire pour l'aider. La voiture démarre et je fonce sur ma moto pour les suivre.

Je suis allé tellement vite que je suis arrivé avant eux. Quand la porte battante du commissariat s'ouvre je la vois entrer entre deux agents toujours les menottes aux mains. James sort de son bureau à ce moment-là.

— Bordel James, les menottes, c'est obligé ?

— Calme-toi Jackson, c'est la procédure me dit-il en catimini.

— Est-ce que je peux la voir cinq minutes ?

— Je vais voir ce que je peux faire.

— Elle va rester là ou elle va pouvoir sortir ?

— Le juge a été informé, il attend l'interrogatoire.

— C'est toi qui le fais ?

— Non, ce sont les mecs qui sont sur l'enquête.

— Merde...

— Ça va aller Jax, tu me fais confiance oui ou non ?

— Sors-la de là.

— Je vais faire de mon mieux.

Je m'assois dans la salle d'attente. Elle est juste derrière cette porte que j'ai envie de défoncer. Elle n'a rien à faire ici et je ne veux pas que cette histoire la détruise un peu plus. On avait tellement avancé tous les deux, on était dans une bonne dynamique et notre couple était parfait.

Pourtant ma conscience me rappelle sans cesse, ce que j'ai fait le soir où on s'est disputé au sujet de ma mère. Cette fille... Au bar. J'arrive pas à m'enlever les images et ça me rend malade. Je ne suis pas allé bien loin avec elle mais bien assez pour que Myla, si elle l'apprend un jour me dégage de sa vie pour toujours.

Je voudrais réussir à effacer tout ça et que Myla sorte de cet enfer.

CHAPITRE 48 – MYLA

La porte se referme sur Jackson en pleine discussion avec James. On me demande de m'asseoir sur une chaise face à une petite table. Je pose mes mains menottées sur le bois. J'essaie de me masser les poignets qui me font un peu mal.

Un agent entre.

– Enlevez-lui ces menottes.

Je tourne la tête et son visage ne m'est pas inconnu. Il me semble l'avoir vu avec James. Un des policiers s'exécute et me défait de mes chaînes.

– Merci, dis-je en murmurant.

– Ça va, vous avez besoin de quelque chose ?

– Un verre d'eau s'il vous plaît.

Il fait signe à l'homme près de la sortie qui part me chercher ce que j'ai demandé.

– Bien... Il laisse tomber un dossier devant lui.

Je déglutis, j'ai l'impression d'être une petite fille que l'on va gronder. Mais je ne suis pas une petite fille. Je suis une adulte qu'on accuse de vol et il ne va pas être tendre avec moi.

– Mlle Williams, vous savez pourquoi vous êtes là ?

– Oui.

– Vos droits vous ont été énoncés ?

– Oui.

– Très bien, votre avocat ne devrait pas tarder.

La porte s'ouvre à nouveau. On pose un verre d'eau sur la table. Je remercie timidement.

– Chef, James Manfredi voudrait vous voir.

— Maintenant ?

— Oui il est dans le couloir.

— Ok, j'arrive.

Je me retrouve seule dans cette petite salle et j'avoue que la peur me paralyse. De nouveau, la porte s'ouvre et je m'attends à voir l'agent ou mon avocat.

— Bébé.

Je tourne la tête vivement et je me lève. Je me love dans ses bras.

— Ça va ?

Je le serre plus fort contre moi.

— Je n'ai pas beaucoup de temps, ils m'ont accordé cette faveur pour quelques minutes.

— J'ai peur Jackson.

Il dépose un baiser sur le haut de mon crâne.

— Tu dis la vérité, c'est tout et tu verras que ça va bien se passer.

— Je veux pas dormir en prison.

— Ça ne va pas arriver, même s'ils ont retrouvé la bague dans ton agence, ils n'ont rien contre toi, pas d'empreintes, pas de vidéos du vol. Ton avocat va s'occuper de te faire sortir.

— D'accord.

— De toute façon, je suis de l'autre côté de la porte, je reste ici.

Nous sommes interrompus par l'entrée de l'agent de police et de mon avocat.

— Je te laisse.

— Ok, je t'aime Jackson.

— Et moi je te "sur" aime.

Je lui fais un timide sourire. Il m'embrasse tendrement et s'éloigne de moi sans arrêter de me regarder.

— Mlle Williams ?

L'agent me rappelle à lui.

— Nous allons commencer, je vais vous expliquer comment ça va se passer.

Et il commence un long monologue où il me détaille l'interrogatoire qui va se dérouler. Mon avocat hoche la tête pour chaque point qu'il énumère.

— C'est bon pour vous ?

En fait, je n'ai rien écouté. Tout le long, j'ai pensé à tout ce qui s'est passé depuis que la mère de Jackson est entrée dans ma vie. Et à chaque fois que je pense à ça, je me demande pourquoi elle fait ça. Quel intérêt ? Son fils ne reviendra jamais vers elle si elle s'en prend à moi de cette manière.

– Myla ?

– Oui c'est bon, dis-je rapidement.

– Très bien, alors revenons au jour où vous êtes allée chez Mme Johnson-Blackwell. Pourquoi êtes-vous allée à son domicile ?

– Elle m'a demandé de venir prendre le thé pour me parler du voyage que j'organisais pour elle.

– A son domicile ? Ça arrive souvent aux clients de vous demander de venir chez eux ?

– Oui, elle m'a invitée chez elle. Je ne peux pas vous dire si c'est classique comme demande, j'ai ouvert mon agence il y a très peu de temps.

Il note sur sa feuille, les réponses que je lui donne.

– Est-ce qu'à ce moment-là vous saviez que c'était la mère de votre petit ami ?

Mon avocat se penche vers moi pour me glisser un "vous n'avez pas à répondre à cette question" dans l'oreille.

– Non, je ne le savais pas. Mais je ne vois pas ce que ça aurait changé, je n'ai pas volé cette bague.

L'agent sourit.

– Nous allons y revenir. Est-il vrai qu'elle vous a donné budget illimité pour son voyage ?

– Oui.

– C'est une aubaine, j'imagine que des clients comme ça, il n'y en a pas des masses.

– Non c'est certain.

– Vous avez compris à ce moment-là qu'elle était riche.

– Ma cliente ne répondra pas à cette question.

– Non maître, je veux répondre.

L'agent est concentré sur moi.

– Oui bien sûr que j'ai compris qu'elle était riche mais je vous le répète, je n'ai rien volé à cette cliente.

— Pourquoi vous accuse-t-elle alors ?

— Je ne sais pas... Elle m'a dit qu'elle me trouvait "fade" pour son fils et qu'il fallait que je rompe avec lui ce que j'ai refusé de faire.

— Vous pensez que votre cliente se venge de vous.

— Oui je ne vois que ça !

— Pourtant on a trouvé la bague dans votre agence.

Un silence s'installe. Il a raison, je ne sais pas comment je vais pouvoir expliquer ça.

— Je vous rappelle que pour l'instant, il n'a été trouvé aucune empreinte.

— Oui maître mais la pièce à conviction oui.

— Je n'ai jamais rien volé de ma vie, dis-je innocemment.

— Certaines fois, dans certaines situations, nous pouvons tous avoir un moment de faiblesse.

Je lève les yeux vers lui. Il me croit coupable, je le sens. Et je commence à baisser les bras car je ne vois pas comment je vais pouvoir me défendre.

— Jamais je n'aurais fait ça à Jackson, dis-je doucement.

— Parlons de Jackson.

— Je ne vois pas ce que Mr Meyer vient faire au beau milieu de cet interrogatoire.

— Je voulais juste savoir comment il avait pris la nouvelle concernant sa mère.

— Ne répondez pas !

Je suis gênée devant l'agent mais je n'ouvre pas la bouche.

— Ok, pouvez-vous me décrire le bijou ?

— Non ! Je n'ai jamais vu cette bague !

— Elle coûte la modique somme de vingt-quatre mille six-cent-trente-trois dollars, ça aurait pu payer le crédit que vous avez contracté pour l'aménagement et la trésorerie de votre agence.

— Je n'ai rien fait...

— C'est peut-être Jackson qui vous a demandé de faire ça, il a des dettes lui aussi non ?

— Mais qu'est-ce vous racontez ! Myla ne répondait surtout pas à ça !

— C'était juste une question maître, j'essaie de comprendre comment une bague d'une telle valeur est arrivée dans l'agence de Mlle Williams sans qu'elle le sache.

— Non vous êtes en train de dire que ma cliente et son compagnon auraient un mobile pour avoir volé cette bague.

Ils ne me croiront jamais et maintenant ils pourraient penser que Jackson m'a aidée.

— Je n'ai rien fait de tout ça et Jackson non plus.

— Myla ne répondez pas !

— Non ! dis-je en me levant brusquement. Si je ne réponds pas aux questions, ils vont me croire coupable ! Et je ne suis pas coupable !

Le policier me regarde avec attention. J'essaie de reprendre mon souffle mais je crois qu'il est déjà trop tard. Ma respiration s'accélère et je suis bonne pour une crise d'angoisse.

Le policier sort rapidement de la pièce et je l'entends hurler qu'il faut une ambulance. Je m'assois à même le sol et je me sens partir lentement.

***

Quand je me réveille, j'aperçois les murs blancs d'une chambre d'hôpital. Oh non pas ça, je ne veux pas être ici. C'était juste une crise.

La porte de la chambre s'ouvre sur un Jackson en colère. Même si ma vision est encore un peu floue, j'arrive à détecter qu'il n'est pas content du tout. Il s'approche de moi et attrape ma main.

— Comment tu te sens ?

— Ça peut aller, ça fait longtemps que je suis là ?

— Tu es arrivée, il y a une petite heure.

— Qu'est ce qui se passe Jackson ?

— Rien.

Il ment.

— Jackson ?

— Je me suis énervé après le flic là. Ce connard qui t'a mise dans cet état ! Ton avocat m'a expliqué.

— Ne fais pas ça, tu sais très bien que tu n'arranges pas mes affaires.

— Je sais mais...

— Tu iras t'excuser.

— Quoi ?

— Tu iras t'excuser auprès du policier, celui qui m'a interrogée.

— Myla...

— Il faut arrêter de tout vouloir gérer de cette manière Jackson.

Il me regarde avec inquiétude.

— Ils croient vraiment que j'ai pris cette bague et je vais être condamnée pour ça alors ne rajoute pas de l'huile sur le feu parce que si j'ai une toute petite chance de pouvoir m'en sortir j'aimerais la garder.

Ma voix se brise et il prend ma main en l'embrassant. Je pense qu'il vient de se rendre compte que nous pouvions être séparés et la panique le submerge.

CHAPITRE 49 – JACKSON

Dans le couloir, j'appelle sa mère. Il faut qu'elle soit au courant et je ne suis pas sûr des mots que je vais employer pour que ce soit moins rude à entendre.

– Allô ? C'est Jackson.

– Jackson, comment vas-tu ?

Sa voix est chaleureuse et j'essaie de l'être moi aussi pour retarder le moment où je devrai lui dire la vérité.

– Ça va.

– Il y a un souci ?

Donc, je ne suis pas bon acteur. J'ai essayé de paraître naturel mais ça n'a pas fonctionné.

– Il faut que vous veniez, Myla va avoir besoin de vous.

– Qu'est ce qui se passe tu m'inquiètes ?

Et me voilà, à raconter toute l'histoire à Evelyn. Quand je mets le point final à mon récit, elle reste silencieuse.

– Evelyn ?

Son silence persiste et je me sens obligé de m'excuser pour quelque chose dont je ne maîtrise rien du tout.

– Evelyn, je suis désolé, jamais je n'aurais pensé qu'elle reviendrait.

– Jackson... Je ne t'en veux pas, loin de moi l'idée de te rendre coupable d'une telle situation. Comment va mon bébé ?

– Elle va mieux mais cette histoire de bague volée n'est pas finie tant qu'on n'aura pas trouvé des preuves qu'elle n'a rien fait.

– Avec John, on prépare nos affaires et on prend la route dès ce soir.

— Ok, ne vous embêtez pas à chercher un hôtel, on a de la place à la maison.

— Très bien et... Prends bien soin d'elle d'accord ?

— D'accord.

Je raccroche et je soupire. Je veux que cette histoire s'arrête, je veux que tout redevienne comme avant.

J'entre dans la chambre, pensant qu'elle dort encore mais à peine ai-je refermé la porte que je l'entends m'appeler. Nous échangeons deux mots sur mon altercation avec ce connard de flic qui a suggéré que nous étions tous les deux coupables dans cette affaire de vol.

— Je viens d'avoir tes parents.

Elle fronce les sourcils.

— Ils arriveront ce soir.

— Mais je n'ai rien préparé, il faut ranger l'appartement, il faut que je prépare la chambre d'amis !

— Myla, calme-toi, je vais gérer tout ça d'accord, ne t'inquiète pas.

— Tu leur as dit que j'allais bien quand même ?

— Oui ne t'en fais pas.

Je passe mes mains sur mon visage. Je suis crevé. Tout ce stress me rend fou.

— Tu devrais aller te reposer.

— Non ça va aller.

— Jackson...

— Je te dis que c'est bon.

Elle se referme sur elle-même. Putain je vais pas tenir, tout me prend la tête.

— Pardon...

Elle ne dit rien et le médecin entre à ce moment-là.

— Bon, je vois que vous avez repris des couleurs, c'est bien. Comment vous sentez-vous ?

— Bien docteur, je me sens beaucoup mieux.

Il sourit.

— Allez tout est bon dans les examens, vous allez pouvoir sortir.

Oh putain au moins une bonne nouvelle dans la journée. Je me lève et rassemble ses affaires. Elle descend du lit et le médecin nous quitte en lui donnant une ordonnance pour des médicaments à prendre en cas de crise.

***

Ce matin, j'ai laissé Myla avec ses parents parce qu'il faut que j'aille à l'atelier. Ces derniers temps je suis là en dents de scie et même si Justin et Cole ont essayé de gérer, la custo c'est mon dada et pas le leur.

Mais dès que j'arrive du côté du parking, je remarque de suite la blonde adossée à son véhicule. Putain, mais pourquoi elle est là ? Je descends de ma bécane et je fais semblant de ne pas la voir.

– Jackson !

Je lève les yeux au ciel et je m'arrête sans me retourner.

– J'ai besoin de te parler.

Et moi non... Comment je vais réussir à lui faire comprendre ? Je me tourne, le regard noir.

– Je ne veux pas avoir de discussion avec toi, pourquoi tu ne veux pas le comprendre ?

– Mais...

– Y'a pas de mais ! Tu crois que j'ai pas assez de soucis en ce moment pour que tu viennes en rajouter ? T'es en mal d'un grand frère ? Et bien je suis désolé de ne pas pouvoir accéder à ton dernier caprice de pauvre petite fille de riche !

J'ai crié, puis hurlé. Elle reste transie et quand je pense lui avoir cloué le bec, elle se décide à répondre.

– T'as déjà appris à parler sans crier ?

– Mais putain, t'es qui toi pour me parler comme ça ?

– Je suis ta demi-sœur, que tu le veuilles ou non, on a le même sang qui coule dans nos veines !

Je me mets à rire nerveusement. On pourrait me prendre pour un psychopathe mais sa dernière phrase est absolument incroyable. Le même sang... Bien que scientifiquement parlant, elle n'ait pas tort, dans l'absolu, je déteste cette idée.

Je la regarde plus précisément et j'avoue qu'elle est assez intimidante mais face à moi, elle ne peut rien. Elle est grande et élancée et son regard me fait penser... Au mien. Elle a l'air d'avoir un caractère bien trempé car si elle me connaissait mieux, je pense qu'elle arrêterait de me tenir tête.

– Tu n'es rien pour moi quand est-ce que tu vas le comprendre ?

Je l'ai touchée, je le vois à la tristesse qui envahit son regard. Mais elle résiste.

– Espèce de pauvre con !

Quoi ? Elle la ramène en plus !

– Tu peux répéter ? dis-je en m'avançant vers elle. Elle a un geste de recul mais ne faillit pas.

– J'ai dit que tu étais un pauvre con doublé d'un connard sans nom !

Elle tape avec son index sur mon torse. Non mais elle a une paire de couilles de greffée c'est pas possible.

– Écoute moi bien, t'as de la chance d'être une nana sinon je t'aurais déjà envoyé mon poing dans la gueule ! Casse-toi ! Je te le dirai pas encore une fois !

Je la laisse en plan et je m'avance vers l'atelier, les nerfs à vif.

– Et si je te disais que je peux t'aider pour disculper Myla ?

J'ai un temps d'arrêt. Elle est sérieuse, elle continue d'essayer de m'embrouiller. Cette fois, je décide de lui faire vraiment peur. Je me tourne rapidement et marche en sa direction, l'air déterminé. Je la vois déglutir avec difficulté et je sais qu'elle est effrayée mais elle ne vacille pas. Sacré caractère cette nana.

– Qu'est-ce que tu as dit ?

– Je... Euh...

Je l'impressionne et j'en joue. Je veux qu'elle comprenne que je ne plaisante pas et que dès qu'on parle de Myla je peux être très irritable. Mais elle ne baisse pas les bras ni les yeux.

– J'ai dit que...

– Réfléchis bien à ce que tu vas dire, si tu parles de Myla, réfléchis bien.

Elle se racle la gorge.

– J'ai dit que je pouvais peut-être t'aider à disculper Myla.

Elle a l'air sincère mais je me méfie. Elle peut être à la botte de ma génitrice. Je ne la connais pas et je ne fais pas facilement confiance.

– Ah oui ? Et je peux savoir comment ?

— On peut en parler ailleurs ?

— Non ! dis-je en grimaçant.

— Il y a un café là, on peut y aller pour parler tranquillement ou même ça tu n'en es pas capable ?

Je passe ma main sur mon visage. Si elle n'arrête pas de me clasher, ça va mal finir cette histoire.

— Bon ça va, je te donne cinq minutes.

Elle sourit.

— Et enlève-moi ce sourire de ton visage !

Elle fronce les sourcils et prend un air pincé. Je passe devant elle et nous entrons dans le café. Je m'installe à une table. Elle s'assoit face à moi.

— Comment va Myla ? Je sais qu'ils l'ont interrogée.

Je soupire.

— Ça va, elle a été hospitalisée hier mais elle est rentrée à la maison.

— Oh, j'espère que...

— Oui ça va maintenant, dis-je nerveux.

La serveuse arrive et nous demande nos boissons.

— Un café avec du lait s'il vous plaît.

— Un café avec du lait.

Nous répondons en même temps et pour la même boisson. Elle sourit. Bordel, cette fille va me rendre fou.

— Je t'écoute.

— Écoute Jackson, je n'y suis pour rien ok, je ne sais pas pourquoi tu m'en veux autant, mais je n'ai pas choisi de venir au monde ! Ce qu'a fait ma mère... Je ne le comprends pas mais je ne veux pas que tu fasses l'amalgame. Je suis Leeann Blackwell et je suis ta demi-sœur que tu le veuilles ou non.

— On est ici pour parler généalogie ?

Oui quand je veux être un connard, je peux l'être mais à un point que vous n'imaginez pas.

— Putain mais t'es réellement un connard !

Elle se lève et passe à côté de moi. Surpris, j'attrape son bras et la ramène à sa place.

— Continue !

Elle croise ses bras autour de sa poitrine et se laisse tomber sur son siège.

– J'essayais de t'aider mais apparemment tu ne veux pas.

– Putain Leeann...

– Ok c'est bon pas besoin de faire ta gueule d'ours mal léché.

Quoi ? Mais elle se prend pour qui ? Jamais personne ne m'a parlé comme elle le fait. Je crois que je suis en train de perdre patience.

– Je pense que je peux aider Myla.

Je soupire.

– Ok on peut savoir comment ?

– Je vais piéger Maman.

Je reste interdit. Le mot utilisé me fait hérisser les poils.

– Enfin... Je vais piéger Ruby.

– Et comment tu comptes t'y prendre ?

– Je ne sais pas encore mais j'y arriverai.

– Et pourquoi tu ferais ça ?

– Pour Myla... Pour toi.

Je fronce les sourcils. Qu'est-ce qu'elle veut ?

– Pour moi ? Tu ne me dois rien !

Elle lève les yeux au ciel.

– Ça ne te fait vraiment rien de savoir que t'as une demi-sœur ?

– Non.

Elle reste transie sur sa chaise face à moi. Je suis un salaud, je le vois dans ses yeux. Elle se lève, me regarde une dernière fois.

– Je te tiens au courant, dit-elle froidement.

Elle s'éloigne. Mais ma conscience me joue des tours et je n'ai pas envie de la laisser s'en aller comme ça. Elle m'a proposé son aide et moi j'ai fait mon connard. Je laisse un billet sur la table et file la rejoindre sur le parking. Je cours jusqu'à elle et attrape son bras délicatement.

– Quoi ? me dit-elle avec véhémence.

– Merci.

Elle reste interdite.

– Excuse-moi ?

Je vois dans ses yeux et à son petit rictus qu'elle se moque de moi. Je lève les yeux au ciel en soupirant.

– Je t'ai remerciée tu peux pas te contenter de ça ?

– Mais je m'en contente.

Elle sourit à pleines dents maintenant et je la laisse plantée sur le parking.

CHAPITRE 50 – JACKSON

"Ne m'attends pas pour tout de suite, j'ai rendez-vous chez ma psy"

J'envoie ce message à Myla pour qu'elle ne s'inquiète pas. Je monte les marches jusqu'au cabinet du Dr Hewitt. Il fallait que je vienne la voir. L'échange avec ma sœur m'a touché plus que je ne le pensais. Quand j'arrive devant le secrétariat. La porte du médecin s'ouvre et un patient sort.

– Jackson, vous pouvez entrer.

Je la suis encore un peu essoufflé par la montée des marches.

– Installez-vous, me dit-elle toujours avec cette voix douce et rassurante.

Je m'allonge sur le divan, le Docteur Hewitt toujours dans mon dos.

– Alors que me vaut cette surprise de vous voir Jackson ?

Elle fait référence à la dernière fois où nous nous sommes vus et où je lui avais fait comprendre que je ne viendrai plus. Je reste un long moment silencieux puis je me décide à lui parler. Il me faut toujours un certain temps avant de me confier. J'essaie de structurer mes pensées pour ne pas dire de conneries.

– J'ai passé du temps avec ma sœur aujourd'hui.

– Votre sœur ?

– Oui enfin ma demi-sœur, mais c'est un peu long vous ne trouvez pas ?

Elle ne dit rien mais je l'imagine sourire.

– Et pourquoi avoir passé du temps avec votre sœur ? Quel est son prénom d'ailleurs ?

– Leeann. Elle s'appelle Leeann.

Je soupire car je n'aime toujours pas raconter ma vie.

— Ok et que voulait Leeann ?

— Beaucoup de choses se sont passées depuis que je vous ai vue la dernière fois.

— Oh, vous pouvez m'en dire plus ?

— Ma mère a décidé de me faire chier.

Je n'ai pas de filtres et je n'ai pas envie d'en utiliser. De toute façon, elle me connaît maintenant et elle sait qu'il est rare que je dise une phrase sans un mot grossier.

— Comment ?

— Je vous avais dit que ma mère avait repris contact avec moi par le biais de Myla. Et bien maintenant elle a décidé de s'en prendre à elle.

— Elle s'en prend à elle ?

— Oui, elle l'accuse de lui avoir volé une bague.

Elle ne dit rien et attend patiemment que je continue l'histoire.

— C'est là que Leeann intervient. Elle est venue à mon boulot pour me proposer son aide.

— C'est gentil de sa part.

— Ouais... Je suis de nature suspicieuse et je ne fais pas facilement confiance mais je ne sais pas pourquoi... je la trouve... sympa.

— Et vous savez pourquoi vous ressentez ça ?

— Non je pensais que vous pourriez m'aider...

Elle doit sentir la pointe d'ironie dans ma dernière phrase mais elle ne relève pas.

— Elle est cash comme moi.

— Elle vous ressemble ?

— Non... Enfin je crois pas. Elle a un sale caractère elle.

—Ah bon ?

Ça veut dire quoi ? Que moi aussi j'ai un sale caractère ? J'ai du caractère, c'est différent.

— Myla la connaît ?

— Oui, elles se sont vues plusieurs fois.

— Vous pensez qu'elles pourraient bien s'entendre ?

— Je ne sais pas et puis je ne suis pas sûr de vouloir faire entrer Leeann dans ma vie.

— Vous avez peur ?

— Peur ? Peur de quoi ?

– Je ne sais pas… Peut-être qu'elle vous parle de son enfance ce qui reviendrait à parler de votre mère.

C'est moi qui ne dis rien cette fois-ci. Elle a raison. Je ne veux plus entendre parler de ma mère. Elle me fait du mal à s'en prendre à Myla et tout ce que je me suis imaginé toute ma vie, elle l'a enterré en deux secondes. Cette femme est détestable et je ne veux pas d'elle dans ma vie.

– Peut-être… En fait, je n'ai jamais pensé avoir une sœur ou un frère un jour et j'avoue que ça me fait tout drôle de devenir un grand frère.

– Vous pensez qu'elle pourrait vous donner cette place ?

– J'ai l'impression qu'elle est en demande.

– Je pense qu'il faut laisser du temps pour tisser des liens.

J'acquiesce d'un mouvement de tête.

– Docteur ?

– Oui.

– Vous vous souvenez quand vous m'aviez demandé si Myla pouvait venir à l'un de nos rendez-vous ?

– Oui et l'invitation est toujours d'actualité.

– Oui, je pense qu'elle a besoin de voir quelqu'un.

Je crois vraiment que Myla devrait venir voir le Dr Hewitt parce qu'avec tout ce qu'elle a vécu, je crois qu'elle pourrait essayer d'en parler. Nous n'en avons jamais discuté auparavant mais je vais lui faire la proposition en rentrant.

– Très bien, appelez-moi quand elle aura décidé de venir.

– Merci.

– Et pour revenir à votre sœur, pensez que vous avez une chance de tisser des liens très forts avec elle. Que toutes les émotions et les sentiments dont on vous a privés enfant, vous pouvez les retrouver dans cette relation et ça pourrait vous aider à faire le deuil de la mère idéale. Car je pense que si elle se rapproche de vous, c'est qu'elle aussi est à la recherche de quelque chose.

Sa dernière phrase m'interpelle. Elle n'a pas l'air d'avoir trop souffert mais peut être que je me trompe et que sa relation avec ma mère est difficile. Je lui fais un sourire timide.

– J'ai autre chose à vous demander… Avant de partir.

– Je vous écoute.

Son ton bienveillant me met en confiance encore une fois.

— J'ai fait une connerie un soir où je me suis disputé avec Myla enfin je…

— Quel genre de bêtise, me demande-t-elle en fronçant les sourcils.

— Ce soir-là je n'ai pas supporté notre dispute et tout ce qui s'était passé dans la journée et je suis allé dans un bar où j'avais mes habitudes avec mes potes quand j'étais célibataire.

Elle hoche la tête. Je ne ressens pas de jugement alors je continue.

— Le genre de bar pas recommandé quand on est en couple vous voyez ou alors c'est que vous êtes allés enterrer la vie de garçon de votre meilleur ami.

— Oui, un bar à strip-tease.

— Oui c'est ça.

— Vous avez trompé Myla, Jackson ?

— Non, je… Enfin, il y a eu un baiser et une danse un peu lascive. Je l'ai caressée aussi enfin… Juste sur la poitrine.

Je suis au summum de la gêne mais si je ne le lui dis pas à elle, je ne saurai pas quoi faire.

— Ok et vous ne savez pas comment le dire à Myla ?

— Je ne sais pas si je dois lui dire, Myla est sensible et elle pourrait… Ne pas pardonner et ça…

— Et si vous êtes honnête, peut-être qu'elle comprendra ce moment d'égarement, peut-être qu'elle-même en a eu un.

Quoi ? Non… J'avais pas pensé à ça, avec Tim ?

— Jackson, je n'ai pas dit qu'elle l'avait fait, d'accord ? Mais je crois en l'honnêteté et la franchise et vous n'en manquez pas ! Alors il me semble plus courageux de dire les choses plutôt que de les cacher. Vous serez débarrassé de ce poids.

— Vous avez raison.

Je me lève et essuie mes mains sur mon jean. Cette fin de conversation m'a mis dans un état fébrile. Je me dirige vers la porte et elle m'interpelle à nouveau.

— Appelez-moi Jackson et faites venir Myla.

— Je vais essayer.

***

En rentrant à la maison, je pense à tout ça. Je pense vraiment que ça ferait du bien à Myla de venir à une séance. Il faut qu'elle se libère de tous ses démons et même si elle a fait d'énormes progrès, je suis sûr que certaines choses la bloquent encore. Mais par-dessus tout, je pense à comment je vais pouvoir lui dire ce qu'il s'est passé avec cette strip-teaseuse.

Quand j'entre dans l'appartement, elle est avec ses parents dans la cuisine et quand je passe la porte du salon, je dépose mes affaires sur la chaise et je lui souris pour la rassurer. Ses sourcils froncés me font comprendre qu'elle est anxieuse. Putain, elle sait ? Non comment elle pourrait, je n'ai rien dit à mes potes, à personne… Peut-être que je devrais tout lui déballer là maintenant. Je deviens fou ou quoi ? C'est mort, en fait, je ne lui dirais jamais, de toute façon, c'était rien.

Je reste transi devant la porte de la cuisine mais je me reprends pour ne pas qu'elle soupçonne quoique ce soit. Sa mère s'avance et m'embrasse tendrement.

– Bonjour Jackson comment vas-tu ?

– Ça va Evelyn, merci.

Elle sourit en frottant mon dos délicatement. John me fait une accolade.

– Vous avez fait bonne route ?

– Oui ça peut aller.

Je me déplace vers Myla et passe mes mains autour de son visage.

– Ça va toi ?

– Oui et toi ?

– J'ai eu beaucoup de boulot, je suis crevé.

– Ton rendez-vous chez le psy était prévu ?

– Non pas vraiment mais j'en avais besoin. Il faudra qu'on en parle d'ailleurs.

Elle me regarde d'un air interrogateur.

– Quand on sera tous les deux, ok ?

– D'accord.

Je ne suis pas quelqu'un qui sait faire la conversation et quand je vois que je suis à court de questions ou de mots aimables, je les laisse discuter entre eux et file prendre une douche.

Puis quand je reviens dans la pièce, les parents de Myla ne sont plus là.

– Où sont tes parents ?

– Ils sont sortis, ils voulaient nous laisser un peu seuls.

– T'es contente qu'ils soient là ?

– Oui ça me fait du bien, merci.

– Tu te sens mieux ?

– Oui beaucoup mieux, ne t'inquiète pas.

Ne t'inquiète pas ? Si elle savait à quel point je suis inquiet. Elle a l'air fatigué et je suis sûr qu'elle lutte pour rester debout. Je m'allonge sur le canapé et je lui propose de venir contre moi. Elle ne se fait pas prier et se love dans mes bras.

– Tu as eu des nouvelles de James ?

– Non rien pour l'instant mais ne te fais pas de soucis.

– Je ne me ferai plus de soucis quand je saurai qu'ils arrêtent de me considérer comme une voleuse.

Je caresse ses cheveux lentement et quelques fois je dépose des baisers dans ses cheveux qui sentent toujours la noix de coco.

– Jackson ?

Sa voix est un murmure.

– Oui bébé.

– Raconte-moi notre voyage à San Francisco, comment tu l'imagines ?

– Si un jour on arrive à y aller ?

Elle pouffe et je la resserre un peu plus. Ma bouche collée à son oreille, je commence à lui expliquer comment je vois notre escapade qui, d'une promesse deviendra bientôt une réalité.

– D'abord je te ferai l'amour dans l'avion, puis à l'hôtel, puis dans l'ascenseur et on remontera dans la chambre et je te referai encore l'amour.

Elle rit.

– Je veux voir du paysage aussi !

– Du paysage ? Tu en verras mon amour, le septième ciel n'est pas donné à tout le monde !

– Prétentieux !

– Quoi ? dis-je l'air vexé, tu ne me crois pas capable de te combler autant de fois ?

Elle pouffe encore et je m'amuse de la voir comme ça. Ça me fait du bien d'avoir un peu de légèreté car depuis quelque temps on ne peut pas dire que nous soyons épargnés.

– Je t'aime Myla.

Ma phrase l'interpelle. Ce n'est pas le je t'aime que j'ai dit sincèrement, c'est la façon dont je l'ai dit. Elle se retourne et se retrouve face à moi. Elle dépose un baiser sur ma bouche. C'est tendre et bon à la fois.

– Moi aussi je t'aime Jackson, non... Je te "sur" aime.

– On va passer ce mauvais moment ensemble hein ? dis-je en passant la paume de ma main sur son visage.

– Bien sûr que oui.

– Et tout va bien se finir, je te promets.

– D'accord.

Sa voix de petite fille me fait craquer. J'ai tellement envie de tout faire pour elle, de l'aider à oublier tout ce qu'elle a vécu avant, de partager des moments intenses et de profiter de ce que la vie nous donne.

– Et si on allait se coucher ?

– Je suis bien ici.

Je souris et continue de caresser sa joue avec mes doigts.

– Tu me diras ce que tu voulais me dire à propos de ta psy ?

– Demain, pas ce soir. Promis.

– Ok.

Ses yeux se ferment lentement et elle se laisse aller dans les bras de Morphée. Je continue de la regarder jusqu'à ce que sa respiration devienne régulière. Je me sens coupable de lui cacher des choses.

La porte d'entrée s'ouvre et ses parents entrent. Je me lève tout doucement en leur faisant signe que Myla dort. Je la prends dans mes bras et l'emmène dans notre chambre comme une princesse. La psy a raison, il faut que je lui avoue tout.

CHAPITRE 51 – MYLA

Les rayons du soleil viennent s'écraser sur mon visage. J'ai oublié de les fermer hier soir ? Et puis tout me revient. Je me suis endormie sur le canapé avec Jackson. Je m'étire et je me tourne. Jackson est beau quand il dort. Ses traits sont fins et détendus. Sa bouche à demi ouverte me donne envie de l'embrasser. J'attrape mon portable et j'immortalise son portrait. Me sentant bouger, il ouvre un œil et pose son bras sur son visage.

– Qu'est-ce que tu fous ?

– Je te regarde.

– Il est quelle heure ?

– 7h15.

Il soupire. Il se tourne et attrape ma taille pour me rapprocher de lui. Je hoquette de surprise.

– Donne-moi ça ! me dit-il en prenant mon portable.

Il fait défiler les photos et fronce les sourcils.

– Depuis quand tu me photographies pendant mon sommeil ?

– Depuis le début, dis-je en riant.

– Je vais tout effacer !

– Oh non !

J'essaie de lui reprendre mon appareil mais il me tient à distance. Je me débats comme je peux mais finalement il a le dernier mot. Il m'enlace et s'allonge sur moi. Il dépose mon portable sur le lit. Il prend mes bras qu'il monte au-dessus de ma tête et dépose des baisers sur ma peau. Son corps se frotte au mien et je sens déjà son envie grandissante entre mes cuisses.

– N'oublie pas mes parents, ils sont à côté.

Il se laisse tomber sur moi, m'écrasant de tout son poids.

— Merde...

Je me mets à rire.

— C'est pas marrant.

J'essaie de me mettre sur le côté. Il se déplace et me regarde.

— Le canapé de ton agence fera bien l'affaire, si on se dépêche on pourrait y être d'ici un quart d'heure, dit-il le plus sérieusement possible.

— Arrête de dire des bêtises !

— Mais j'ai envie de toi....

— Ça peut pas attendre ? dis-je mutine.

Il relève la couette et regarde son corps. Il tourne le visage vers moi en haussant un sourcil et en faisant non de la tête. Je ris aux éclats.

— J'adore quand tu ris.

Il est redevenu sérieux et quand il me regarde comme ça, je me sens importante.

— Tu me racontes pour hier ?

Je sais il doit se dire que je suis têtue et que je ne lâche pas l'affaire si facilement mais le fait qu'il retourne chez sa psy m'a inquiétée. Il soupire encore une fois. Je sais que c'est difficile pour lui de me raconter tout ça mais je préfère que l'on crève l'abcès de suite.

— J'ai ressenti le besoin d'aller la voir, il fallait que je vide mon sac.

— Et il y avait beaucoup de choses dans ton sac ? je demande en souriant.

— Hier oui.

Je ne comprends pas pourquoi spécialement hier.

— Leeann est venue me voir.

Il se détache et ça crée comme un vide en moi. J'essaie de me rapprocher en m'asseyant près de lui.

— Leeann ?

— Oui, elle voulait me parler.

— De quoi ?

— De toi et l'histoire avec ma mère.

— Et qu'est-ce qu'elle a dit ?

— Qu'elle voulait t'aider.

Je reste silencieuse. Il ne faut pas que Leeann se mette en porte à faux avec sa mère pour essayer de m'aider. Je ne veux pas qu'elle soit dans une mauvaise posture.

– Ne réfléchis pas trop, cette fille est têtue comme une mule et en plus elle a un sale caractère !

Je souris à nouveau.

– Quoi ?

– Non rien.

– Si, je vois bien que tu souris, tu te fous de moi ?

– Non enfin pourquoi tu dis ça ?

– Cette fille ne me ressemble pas ok ? Ce n'est pas parce qu'on a une mère en commun qu'on est pareils !

– Non c'est sûr, dis-je de façon évasive.

Il me regarde en biais et je me retiens de rire. Ils sont pareils dans leur façon d'appréhender les choses. Je l'avais décelé chez Leeann. Elle est à fleur de peau et toujours sur la défensive comme Jackson. Je suis sûre qu'elle n'a pas eu la jeunesse dorée que Jackson croit qu'elle a eue.

– A quoi tu penses ?

Je reviens à moi et le regarde.

– A rien, et elle veut faire comment pour m'aider ?

– Elle veut piéger sa mère.

Je fronce les sourcils. La piéger ? Je ne veux pas qu'elle se mette en danger pour moi.

– Piéger comment ?

– Je ne sais pas, elle ne m'a rien dit. On n'est pas resté longtemps à discuter.

– Tu as été sympa avec elle ?

Il reste un instant silencieux. J'imagine le pire.

– Jackson ?

– Oui tu me connais, on a parlé, elle est partie et je suis allé la remercier, dit-il en soupirant.

– Tu l'as remerciée ?

Il lève les yeux au ciel. Il se hisse hors du lit en balançant la couette de l'autre côté du lit. J'en profite pour m'allonger près des coussins en le regardant se trimbaler nu dans la chambre. Je le mate sans détour.

— Surtout te gêne pas...

Je me mords la lèvre.

— Arrête... me dit-il en mettant son short.

— Bon vas-y continue, elle t'a dit quoi de plus ?

— Rien, elle me tient au courant.

— Et c'est pour ça que tu es allé voir ta psy ?

— Entre autres...

Je le trouve assez évasif dans ses explications et ça ne me dit rien qui vaille.

— Est-ce que tu serais d'accord pour venir à une séance avec moi ?

Je ne comprends pas vraiment sa question. Pourquoi veut-il que je vienne ? Ça pourrait l'aider ?

— Pour toi je le ferais Jackson, si tu as besoin que je vienne pour te soutenir, ce n'est pas un problème.

Je vois son regard se froncer légèrement. Il se lève et prend son t-shirt qu'il passe par-dessus sa tête. Dommage... J'aimais bien le regarder.

— Si tu viens ce n'est pas pour moi, mais pour toi.

Je prends sa dernière parole comme un coup de poing dans le ventre. Pourquoi voudrait-il que j'aille voir une psy. Mes problèmes sont loin derrière moi maintenant et même si je fais encore des cauchemars, ça ne m'empêche pas de vivre ma vie sereinement.

— Je ne comprends pas.

Il ne sait pas comment m'en parler. Je le vois quand il est gêné.

— Si tu comprends très bien mais tu es dans le déni d'une situation qui te dépasse.

— Tu joues au psy maintenant ?

Il lève les yeux vers moi. Mon attaque le surprend.

— Ne le prends pas comme ça Myla, c'est juste que je pense que ça te ferait du bien de la voir.

— Ah oui ? Et pourquoi donc ? Ce n'est pas moi qui ai des problèmes avec ma mère que je sache !

Il reste transi et moi j'ouvre les yeux en grand. Je n'ai pas pu dire ça.

— Je... Pardon...

Il secoue la tête de lassitude.

– Tu as raison, tu étais juste maquée avec un psychopathe qui a failli te tuer mais tu t'en sors très bien. Tu as de la chance. Je devrais prendre exemple sur toi !

Il pose sa main sur la poignée mais je le retiens.

– Jackson non... Je ne veux pas recommencer nos disputes, je suis désolée.

Il ne bouge pas pendant un petit moment mais il lâche la poignée et se retourne.

– Ce que tu as vécu était traumatisant Myla et tu n'en parles quasiment jamais. Maintenant il y a cette histoire de vol et je ne suis pas sûr d'être d'un grand soutien vu que cette histoire me concerne aussi. J'essaie de faire au mieux mais je sais que je ne suis pas à la hauteur. C'était juste une idée comme ça bébé, juste pour que tu puisses te libérer.

J'avais toujours occulté ce côté de mon traumatisme. Je ne suis jamais allée voir personne car quand j'ai rencontré Jackson, je croyais que c'était suffisant, que la vie qu'il me proposait m'aidait à oublier. Combien de fois, j'ai fait des cauchemars ou j'ai eu des flashbacks de ma vie d'avant ? Il a peut-être raison…

Jackson me regarde attendant sûrement une réaction de ma part.

– Je... Je ne suis pas encore sûre de vouloir consulter quelqu'un parce que je n'ai pas envie de revivre tout ça. Toutes ces choses que tu m'as fait oublier. Je ne veux pas qu'elles reviennent.

– Ok.

Ok ? Il dit juste ok ? J'avoue qu'il est assez déconcertant dans ses réponses.

– C'est tout ?

– Oui... Enfin… Je…

Il est bizarre tout à coup. J'ai peur de ce qu'il va dire. Je ne le sens pas du tout serein.

– J'ai encore une chose à te dire…

Il se rassoit près de moi et me prend la main. Mon cœur bat plus vite. Et mes mains commencent à trembler. Il a ce regard coupable, celui d'un enfant qui a fait une bêtise et qui ne sait pas comment se faire pardonner.

— Quand on s'est disputé la dernière fois et que je suis parti, j'ai fait une connerie que je regrette tu peux pas savoir.

Oh mon dieu, non, dites-moi qu'il ne va pas m'annoncer qu'il m'a trompée. Il reste silencieux et je vois qu'il essaie de structurer ses phrases pour m'annoncer le pire.

— Tu m'as trompée Jackson ?

Je prends les devants et quand je vois ses yeux se lever sur moi, je sais que j'ai visé juste. Je croise mes bras sur ma poitrine et m'éloigne de lui pour me diriger vers la fenêtre. Je lui tourne le dos et j'essaie de refouler les larmes qui menacent de couler.

— Myla... Je ne t'ai pas trompée. J'étais choqué et très énervé alors je suis allé dans un bar où on avait l'habitude d'aller avec Cole et Justin. Un bar à strip-tease.

Quand il m'annonce ça, j'ai un comme un sentiment de soulagement, je n'ai entendu que la phrase où il me dit qu'il ne m'a pas trompée mais la suite ne me dit rien qui vaille. Alors je reste sur mes gardes.

— J'étais embrumé par l'alcool que j'avais ingurgité et je regardais cette fille danser. Quand elle a vu que j'étais seul, elle s'est approchée de moi.

Je m'accroche à la poignée de la porte-fenêtre devant moi. Je ne sais pas comment je vais réagir. Un goût de bile remonte dans ma gorge.

— Elle a dansé devant moi, j'ai posé ma main sur sa peau...

Je hoquette de colère. Je pose ma main sur ma bouche.

— Et elle m'a embrassé.

Son dernier mot prononcé, un silence s'installe et je ne peux réprimer un sanglot.

— Mais c'est tout ! Il ne s'est rien passé d'autre. Je m'en veux putain, tu peux pas savoir.

— C'est tout ?

Comment on va régler ce problème ? Comment je dois faire face à ça ? Quand j'étais avec Chad, il me trompait ouvertement et me mentait ensuite. Là, Jackson a choisi de me dire la vérité parce que c'est ce que nous nous sommes toujours dit, être honnête l'un envers l'autre. Se dire les choses.

Ça me fait mal mais je suis prête à passer l'éponge sur cette histoire parce que je veux que mon couple fonctionne et parce qu'il n'y a eu qu'un baiser et rien d'autre. Je veux y croire parce que je l'aime tellement que j'en mourrais si je savais qu'il m'avait trompée.

– Myla dit quelque chose.

Je me tourne vers lui les yeux pleins de larmes. Il me regarde, désolé et je vois qu'il lui a fallu prendre sur lui pour me dire tout ça.

– Sors s'il te plaît, laisse-moi seule.

– Myla…

– Sors Jackson !

Je ne veux pas qu'il minimise ce qu'il s'est passé et je veux qu'il réfléchisse à tout ça.

Il me fait un geste de la tête. Il se dirige vers la porte qu'il referme derrière lui. Je me retourne vers la porte-fenêtre et j'entends mon père qui lui dit bonjour dans le couloir.

Est-ce que j'aurais le courage de revivre tout ce qui m'a fait souffrir durant des mois ? Est-ce que le fait que j'en parle ne va pas remuer des choses qui pourraient mettre en péril notre amour ? C'est pour ça que j'ai peur d'aller voir un psy. J'ai peur pour notre relation. Et les dernières révélations ne me mettent pas en confiance quant à notre avenir.

***

Plus tard dans la matinée, je l'entends m'appeler derrière la porte.

– Myla, t'es prête ? Tes parents voudraient aller faire un tour.

Jackson sait très bien faire bonne figure devant ma famille. Il entre dans la chambre et me voit les yeux larmoyants. Il n'ose pas venir me consoler et je vois son air désolé.

Je fonce alors sur lui pour me lover dans ses bras. Il soupire, de soulagement, me serre fort contre lui et me caresse les cheveux. Je ne sais pas si j'ai raison de lui faire confiance et de lui pardonner cet écart mais elle est là ma thérapie… Quand je suis dans ses bras.

CHAPITRE 52 – LEEANN

Je ne sais pas ce que je ressens pour elle. Elle a toujours été présente dans ma vie mais sans l'être non plus. Je ne sais pas comment l'expliquer. Elle était là sans être là.

J'ai été inondée de cadeaux durant toute mon enfance mais les absences de mon père et le peu d'amour que ma mère me portait n'ont pas réussi à combler ce manque. Ce manque que j'ai toujours ressenti et ce secret qui était omniprésent dans nos vies.

Alors bien sûr, je ne l'ai pas compris de suite mais quand j'ai été en âge de comprendre, les disputes de mes parents m'étaient plus claires, plus limpides. Quelqu'un manquait dans notre famille. Je n'étais pas seule. Mais quand je posais trop de questions, ma mère s'énervait et me demandait de me taire.

Je la regarde faire les cent pas au téléphone dans le salon. Elle gesticule et s'énerve. Je ne la déteste pas non, je suis passée au-delà de ça.

J'ai fouillé la pièce où se trouvent les albums photos et j'ai trouvé la clef du placard "secret" et quand je l'ai ouvert, j'ai compris. Ma mère a abandonné son enfant. Et j'ai compris aussi pourquoi Jackson était si en colère.

Cet album comportait des photos de Jackson petit. Il n'y en avait pas des masses mais au fil des pages, il y avait des photos de lui adolescent et puis adulte. Je pense qu'elles ont été prises à son insu et il y en avait même de Myla. Je trouve qu'ils forment un beau couple même si j'avoue que la première fois que j'ai vu Jackson, j'ai craqué. Je le trouvais magnifique. Mais il a été tellement désagréable que ça m'a refroidie. Heureusement que je ne lui ai pas fait d'avance. Ça aurait été glauque.

J'ai trouvé des lettres qu'elle n'avait jamais envoyées. Des lettres où elle lui disait qu'elle lui construisait son avenir et qu'elle reviendrait le chercher en temps voulu pour lui faire profiter de sa notoriété. Mais l'amour dans tout ça ?

Je ne me souviens pas qu'une seule fois, elle soit venue me dire bonsoir dans ma chambre même quand j'étais malade. Une nounou s'occupait de ça, pas elle. Je ne me souviens pas qu'elle m'ait raconté une seule histoire, ou tout simplement qu'elle jouait avec moi. Non je n'ai pas ce souvenir avec elle, ni avec mon père d'ailleurs. Lui, il était absent et j'ai bien compris après avoir assisté en cachette à leurs disputes, qu'il ne m'a jamais vraiment désirée et qu'il avait juste succombé aux caprices de ma mère. Mais pourquoi a-t-elle voulu des enfants ? Si c'était pour abandonner le premier et ne pas aimer le deuxième.

Jackson a l'air d'avoir beaucoup souffert de cette absence mais il ne sait pas que moi aussi. Nous avons tous les deux le même sale caractère et l'entretien que nous avons eu hier était épique. J'aurais pu me mettre à rire mais il était tellement irritant. Je crois que nous avons plus de points communs qu'il ne le croit. J'aime beaucoup Myla aussi. Elle est adorable et elle a surtout tout fait pour que Jackson m'accepte dans sa vie. Je ne sais pas si ça arrivera un jour mais je ne désespère pas qu'on en reparle si cette tête de mule veut bien me laisser en placer une.

– Leeann ?

Je sursaute. J'étais derrière la baie vitrée et je pensais qu'elle ne m'apercevrait pas.

– Qu'est-ce tu fais ici ?

– J'attendais que tu finisses ta conversation téléphonique. Qui c'était d'ailleurs ?

– C'était le bureau.

La phrase bateau des gens qui mentent.

– J'ai trouvé l'album photo, tu sais celui que tu cachais.

Elle devient livide.

– Tu ne me dis rien ?

Elle essaie de reprendre contenance.

– Ça ne te regarde pas !

Alors là pincez-moi ! J'ai un frère caché et cela ne me regarde pas ?

– Tu plaisantes j'espère ?

– Leeann, je n'ai pas de temps à perdre avec le passé ! J'ai d'autres choses dont je dois m'occuper, bien plus importantes.

Alors là je suis sidérée.

– Ces autres choses dont tu parles, c'est de faire passer Myla pour une voleuse ?

– Tais-toi !

– Non ! Pourquoi fais-tu ça ? Tu veux rendre Jackson encore plus malheureux ? Tu l'as abandonné et maintenant tu t'en prends à la personne qui compte le plus pour lui !

– Cette fille n'est pas digne de mon fils !

– Ah... Parce que c'est ton fils maintenant ?

– Tu ne sais rien, alors ne te mêle pas de ça !

– J'en sais assez pour penser que tu es horrible ! Myla ne t'a pas volé cette bague !

– Non elle ne l'a pas volée, t'es contente ! Mais c'est le seul moyen que j'ai pour qu'elle s'éloigne de Jackson !

– Mais pourquoi ?

– Je veux récupérer mon fils ! Je veux lui donner tout ce que j'ai !

Merci pour moi.

– Parce que tu crois vraiment que Jackson est prêt à tout pardonner ? Et tu penses vraiment qu'en t'en prenant à sa petite amie, tu vas le faire revenir vers toi ? Tu ne devrais pas plutôt essayer de faire amende honorable, lui expliquer les raisons de ton abandon ?

– Avec le temps... Il comprendra et il me laissera lui expliquer les choses. Et si j'arrive à le convaincre de cette histoire de vol, il me remerciera de lui avoir ouvert les yeux et reviendra vers moi !

– Maman ! Réveille-toi un peu ! Tu l'as abandonné pour ta carrière ! Il te déteste à un point que tu n'imagines même pas et tu crois vraiment qu'il va te pardonner.

– Oui.

Je reste bouche bée. Je la déteste de faire ça et je ne la laisserai pas détruire le couple de mon frère même s'il ne me considère pas de sa famille.

– Tu es immonde !

Je quitte la pièce en la laissant seule dans le salon. Elle n'essaie même pas de me retenir. J'enfouis ma main dans ma veste, je prends mon portable et j'éteins mon enregistrement. J'ai la preuve pour Myla dans mon téléphone.

***

Allongée dans mon lit, je réfléchis à comment je pourrais faire pour passer l'enregistrement et éviter à Myla d'être reconnue coupable du vol qu'elle n'a pas commis.

Je m'imagine mille scenarii et à chaque fois je vois les choses les plus folles.

Est-ce que je veux vraiment ça ? Si je ne dis rien, est-ce que je serai une mauvaise personne. Elle ne me voit pas dans ses projets et j'ai bien compris qu'elle n'avait d'yeux que pour lui. Je pensais au moins qu'elle pourrait me léguer son savoir pour que je la remplace mais elle n'a jamais pensé une seule seconde que je pourrais faire l'affaire. Je suis écœurée. Peut-être que je devrais aller dans son sens ? Je pourrais récupérer ce qui m'appartient de droit.

Je passe mes mains sur mon visage. Je ne sais plus quoi penser. Non je ne suis pas comme elle ! Je ne veux pas que tout ça arrive !

Ma mère est impitoyable et j'ai vu dans ses yeux comme de la folie. Est-ce qu'elle a perdu la mesure des choses ? Est-ce qu'elle est vraiment consciente de ce qu'elle fait ? Est-elle atteinte d'une maladie qui altère ses facultés ?

Il faut à tout prix que j'arrive à arranger les choses, je ne veux pas qu'elle fasse n'importe quoi. Il faut vraiment que je l'empêche de nuire aux autres. Je ne veux pas la couvrir pour les horreurs qu'elle a en tête.

Elle ne me laisse pas le choix. Si elle a envie de perdre un fils moi j'y vois l'opportunité d'y gagner un frère avec qui je pourrais créer des liens mais aussi l'envie de prendre ma vie en main et m'affranchir de cette famille dysfonctionnelle. Même si la tâche semble ardue vu le caractère pourri de Jackson. Mais je suis sûre que je pourrai compter sur l'appui de Myla.

Est-ce qu'ils ne vont pas croire que je suis opportuniste et qu'en échange de cette preuve je leur quémande de l'attention ?

Mon père est absent depuis que je suis née. Je ne sais même pas s'il connaît mon âge. D'ailleurs, il a oublié mon dernier anniversaire, mes vingt ans. Ça ne devait pas être assez important. Et puis ma mère, ça fait longtemps que nous n'avons plus de discussions. Elle passe sa vie dans son agence et elle a décidé apparemment de faire de Jackson son héritier. A quoi ça m'a servi de choisir de faire des études de management pour me faire reléguer au second plan. Je n'en veux pas à Jackson, parce qu'il ne s'imagine même pas ce qu'elle envisage pour lui et parce que je sais qu'il n'acceptera jamais ce poste. Et si je me trompais sur toute la ligne ? Si Jackson répondait positivement au projet de ma mère ? Serait-il comme elle ? Opportuniste et sans foi ni loi ?

Je regarde encore une fois la photo jaunie de Jackson quand il avait deux ans. Il était trop mignon. Tout blond et il avait déjà son air sérieux. Ma mère est près de lui mais n'a aucun geste de tendresse envers lui. Ils sont assis l'un à côté de l'autre comme deux étrangers.

Non. Jamais elle ne pourra rattraper le temps perdu. Il ne la laissera jamais rentrer dans sa vie. Mais moi je sens que j'ai une petite chance de pouvoir tisser des liens entre lui et moi. Je l'ai vu dans son regard quand il m'a rattrapée dans le parking et qu'il m'a remerciée. J'ai senti qu'il pourrait avoir envie de mieux me connaître. Nous avons tous les deux nos démons mais nous pourrions peut-être réussir à les vaincre si nous arrivions à parler tous les deux.

Je prends un coussin que je pose sur ma bouche pour hurler. Ça me saoule !! Je ne sais vraiment pas quoi faire.

CHAPITRE 53 – JACKSON

– Ça va ? Tu te sens prête ?

– Oui.

Elle finit de s'habiller et se regarde devant le miroir. Je la sens nerveuse. Je passe derrière elle et l'enlace par la taille. Nos rapports sont toujours un peu tendus depuis que je lui ai dit pour la strip-teaseuse. Mais là je sens qu'elle a besoin que je la prenne dans mes bras.

– Tout va bien se passer, d'accord ?

– Et si on me déclare coupable ?

– Bébé...

– Il faut aussi y penser.

– Non je refuse d'y croire !

– Pourtant...

Je la tourne vers moi et pose mes mains sur ses épaules.

– Myla regarde-moi ! Je veux que tu y croies autant que j'y crois d'accord ?

Elle hoche la tête. Ses yeux se remplissent de larmes. Je dépose un baiser sur son front.

– Allez faut y aller.

Putain je suis pas serein du tout. Leeann ne m'a pas recontacté et je crois que sa promesse de faire couler ma mère est tombée à l'eau. C'est de famille de ne pas tenir ses engagements.

Nous rejoignons les parents de Myla qui nous attendent dans la voiture. Ça fait une semaine qu'ils sont chez nous et j'avoue que ça fait du bien à Myla. Ils ont été d'un grand soutien. Evelyn a beaucoup parlé avec Myla et je crois qu'elle l'a même persuadée de venir voir ma psy. Ce sujet devenait épineux entre elle et moi et je ne comprenais pas son acharnement à me dire non. Et si on rajoute mon aveu de faiblesse du bar...

John est venu m'aider à l'atelier, il a adoré ça. Il a même proposé d'arrêter l'hôtel pour venir bosser avec moi. Evelyn a failli faire une attaque.

Myla passe derrière avec sa mère tandis que je prends le côté passager près de son père. Je suis tellement nerveux que je me suis dit que conduire était une mauvaise idée. Le silence est pesant mais personne n'ose dire un mot qui pourrait paraître désuet par rapport à la situation qui nous attend.

J'aurais préféré que ce soit moi qui doive me retrouver devant ce putain de juge. Pas Myla. Et je garde pour moi la rancœur que j'ai quand je pense à ma conne de sœur qui m'a fait miroiter qu'elle pourrait m'aider. Je me ronge l'ongle du pouce en pensant à tout ça. En plus, je vais devoir faire face à ma génitrice qui, je suis sûr, va se faire un malin plaisir à être du côté adverse.

Je redoute ce moment. Si elle est condamnée, elle peut faire de la prison étant donné la valeur de la bague. James m'a averti et j'ai beau penser à tout ça, je n'imagine pas une seconde que Myla puisse passer sa première nuit en taule ce soir. Je crois que ça, je vais pas gérer du tout. Il faut que je prenne sur moi et que je ne réagisse à aucune remarque venant de ma mère sinon je pourrais mettre Myla dans une sale position. Je m'y suis préparé avec le Dr Hewitt. Mais là je ne suis plus sûr de rien.

– Jackson ?

John m'interpelle, je n'avais pas vu que nous étions déjà arrivés. James et les amis sont là. J'avais dit à Justin de ne pas amener Molly mais j'imagine qu'il n'a pas eu le choix. Tout ce stress et les décisions qui vont être prises pourraient avoir un impact sur sa santé et celle du bébé. Je les salue un à un et chacun a un mot d'encouragement pour Myla et moi. Je vois mon père au loin qui arrive au bras de Charlotte. Mon père me prend dans ses bras et me donne les dernières recommandations comme s'il savait que je ne tiendrai pas mes promesses de rester sage.

L'avocat de Myla arrive avec un large sourire. Il a l'air confiant et j'espère qu'il a raison.

– Comment ça va Myla ?

– Ça va.

Sa petite voix m'interpelle. Je me rapproche d'elle et la prend dans mes bras. Je l'embrasse tendrement. Tout le monde s'éloigne un instant pour nous laisser quelques minutes seuls.

– Bébé, regarde-moi.

Elle lève les yeux vers moi.

– Je serai tout le temps avec toi, juste derrière toi et quoiqu'il arrive, je t'aime.

– Merci.

Je l'embrasse tendrement et je lui prends la main. Nous passons la grande porte du tribunal et nous dirigeons vers la salle d'audience.

Elle se déplace vers son avocat au premier rang et moi je m'installe près de ses parents et des miens, derrière elle. Les gens murmurent et je dévie mon regard vers ma droite. Elle est là, la tête droite. Son visage est froid. Elle doit sentir que quelqu'un la regarde car elle tourne la tête vers moi. Nos regards se croisent et si elle croit que je vais baisser les yeux, elle rêve. Elle cligne des yeux et évite de recroiser les miens. Je regarde dans l'assistance et toujours pas de Leeann. Ma jambe bouge et ma nervosité augmente quand le juge entre dans la salle. Nous nous levons. Je pose alors ma main sur l'épaule de Myla. Elle pose sa main sur la mienne et me la serre fort.

– Vous pouvez vous asseoir.

Toutes les personnes présentes s'exécutent.

– Maître, dit le juge en regardant la partie adverse.

L'avocat s'avance.

– Pouvez-vous m'indiquer votre demande ?

– Nous avons porté plainte contre Mlle Myla Williams pour vol de bijou au domicile de ma cliente, Mme Johnson-Blackwell. Les preuves sont accablantes puisque nous avons retrouvé le bijou dans les locaux de l'agence de Mlle Williams.

– Très bien, est-ce que la défense a des informations supplémentaires à nous communiquer ?

– Oui Madame le Juge, nous avons en effet, de nouvelles preuves qui prouvent que ma cliente n'a jamais volé ce bijou.

– Objection Madame le Juge, nous n'avons pas été informés de ces nouvelles preuves !

– Maître ?

– C'est vrai Madame le Juge, mais nous venons d'en prendre connaissance en arrivant.

– Qu'est-ce que c'est que cette histoire, dit la Juge, Messieurs venez ici !

Les deux avocats approchent de la juge. Nous n'entendons pas ce qu'ils se disent. Myla se tourne vers moi et ne comprend pas ce qu'il se passe. Les deux avocats retournent à leur place. La juge rallume son micro.

– Faites entrer le témoin, Mlle Leeann Blackwell.

Je tourne ma tête par réflexe vers l'allée et je la vois s'approcher, d'un pas décidé vers la place dédiée au témoin. Mon deuxième réflexe est de regarder vers ma mère qui elle, n'a plus la superbe qu'elle avait il y a quelques secondes. D'ailleurs elle parle avec véhémence à son avocat qui lui ne comprend pas ce qu'il se passe.

Leeann jure qu'elle va dire la vérité et rien que la vérité. Elle me fixe. Je n'arrive pas à savoir ce qu'elle va faire. Je m'attends au pire. Pourquoi ne m'a-t-elle rien dit ? Elle ne laisse rien transparaitre, pas un sourire pour me rassurer… Rien.

– Mlle Blackwell, vous êtes la fille de la plaignante, c'est bien ça ?

– Oui c'est ça.

– Pouvez-vous nous dire ce que votre mère vous a dit concernant le vol de cette bague ?

– Ma mère m'a avoué avoir monté de toutes pièces cette histoire de vol.

L'avocat de la partie adverse se lève.

– Objection madame le Juge !

– Continuez Mademoiselle, demande la Juge en regardant vers Leeann.

Leeann regarde vers ma mère et me regarde ensuite. Son visage reste toujours impassible.

– Je lui ai demandé pourquoi elle faisait ça, quel était son intérêt de faire du mal à Myla… Pardon à Mlle Williams.

– Et qu'a-t-elle répondu ?

– Elle veut que Jackson revienne dans sa vie et elle est prête à tout pour que ça arrive et qu'il lui pardonne.

– Il n'y a aucune preuve de ce qu'avance ce témoin, hurle l'avocat de ma mère.

– Calmez-vous cher confrère, il se pourrait que vous ayez des surprises, répond celui de Myla.

– Vous avez dit qu'elle serait prête à tout pour récupérer son fils quitte à faire du mal à la femme qu'il aime ?

– Oui, elle croit qu'elle va lui ouvrir les yeux sur sa vie « misérable », elle a des projets pour lui, dit-elle tristement.

Je crispe ma main sur l'épaule de Myla. Putain je vais exploser. Cette femme est complètement tarée !

– Et pouvez-vous nous prouver vos dires ?

– Oui bien sûr, dit-elle en fouillant dans la poche de son blouson.

Elle en sort son téléphone portable. Elle le manipule quelques secondes et le tend au greffier qui active le haut-parleur.

On pourrait entendre une mouche voler dans la pièce. Le silence est pesant avant de finalement entendre la voix de ma mère qui explique comment elle compte me faire revenir vers elle et son projet de faire condamner Myla pour vol.

L'avocat de ma mère s'insurge.

– Cette pièce ne peut pas être considérée comme preuve ! Cet enregistrement a été fait à l'insu de ma cliente !

– Maître, taisez-vous !

L'avocat pose sa main sur celle de Myla en lui souriant. Myla le lui rend. Putain, il n'en perd pas une pour lui faire du rentre-dedans… Lui je vais me le faire dès que tout ça sera terminé. J'ai les nerfs à vif.

L'écoute de l'enregistrement se termine et la juge appelle une nouvelle fois les deux avocats. Nous n'entendons pas ce qu'ils se disent mais les échanges sont vifs. La juge attrape son micro et déclare aux deux parties qu'elle suspend la séance et qu'elle demande aux avocats de venir dans son bureau.

On nous demande de sortir de la salle d'audience pour se retrouver dans le couloir. Je peux voir ma mère qui s'énerve au téléphone. James nous rejoint.

— Tu vas bien Myla ?

— Oui merci James.

— C'est bon signe tout ça, tu sais ?

— T'es sûr parce que je me dis qu'elle peut refuser cette preuve.

— Oui mais elle l'a entendue. Attendons de voir.

Je reste adossé contre le mur face à Myla. Je suis nerveux.

— Ça va petit ?

Je lève les yeux vers lui.

— Oui ça va, ça ira mieux quand tout ça sera terminé.

— Pourquoi tu n'es pas à côté de Myla ?

— C'est un peu compliqué entre nous en ce moment donc j'essaie de ne pas empiéter son espace vital.

— Toujours cette histoire de break ?

— Non une connerie que j'ai faite.

— Oh...

Myla me regarde et je lui fais un timide sourire qu'elle me rend. Vivement que tout ça se termine et qu'on prenne du temps pour nous, pour qu'on puisse enfin régler tous nos problèmes.

Molly et Flo l'entourent. Justin et Cole discutent avec mon père.

— Tu vois je t'avais dit que je pourrais faire quelque chose pour elle.

Je me tourne rapidement vers la personne qui vient de m'adresser la parole. Je souris.

— Merci Leeann, je croyais que tu ne le ferais pas.

— Et pourquoi ça ?

— C'est ta mère...

— La tienne aussi.

Je grimace, elle se met à rire.

— Merci pour elle, dis-je légèrement ému. Je voudrais te remercier comme il se doit, dis-moi ce que je peux faire pour toi ?

Elle me regarde avec un immense sourire.

— Une soirée ou un déjeuner par semaine pour faire connaissance ?

Merde je ne m'attendais pas à ça. Elle m'a piégé.

— Tu abuses.

– Non je trouve pas, j'ai vraiment très envie de connaître mon frère.

– Ton demi-frère !

– On s'en fiche de ça non ?

Je secoue la tête en la regardant de travers.

– Alors ?

Et en plus, elle ne lâche jamais l'affaire. Je pense qu'il n'y a plus de doutes, on est bien du même sang.

– Ok, dis-je en marmonnant.

Elle reste plantée devant moi, juste un petit sourire sur son visage. Elle s'approche timidement et me prend dans ses bras. Je reste transi. Les bras en l'air de chaque côté de ma sœur.

– Merci !

– Euh tu peux me lâcher maintenant, en essayant de me détacher d'elle.

– Oui pardon, dit-elle gênée par cet élan spontané.

– Putain ne refait jamais ça !

– Alors je vois que vous faites connaissance.

Myla nous regarde avec un grand sourire. Je lève les yeux au ciel.

– Du moins j'essaye, rajoute Leeann.

– Je suis contente, ça me fait plaisir. Merci Leeann, merci pour tout.

Leeann sourit mais ne rajoute rien. Myla me regarde, elle se met sur la pointe des pieds pour me déposer un baiser sur les lèvres. Je la regarde un peu surpris.

– Si tu as fait la paix avec ta sœur, je peux bien faire la paix avec toi.

On nous rappelle dans la salle d'audience et je vois Myla qui reste dans le couloir. Elle est assise sur le banc et ses yeux sont fermés. Je donnerais tout ce que j'ai pour qu'elle n'ait pas à subir tout ça. Je m'approche d'elle et attrape délicatement son menton. Je tourne son visage vers moi.

– Ça va aller ?

– Oui.

– Pas de crises ?

– Non, dit-elle avec calme.

– Ok, alors on y va, on écoute et on se tire d'ici. Ok ?

Elle hoche la tête avec un petit sourire.

– Ensemble bébé.

– Oui.

Je dépose un baiser sur sa bouche.

Nous entrons, elle reprend sa place initiale et je la suis pour me mettre derrière elle. Je suis dans un état de stress pas possible. J'espère que la juge sera clémente et qu'elle prendra en compte l'enregistrement de Leeann.

Le bruit de la lourde porte en bois se fait entendre et le greffier nous demande de nous lever. Nous nous exécutons dans un silence absolu. Mon père tape sur mon épaule. Son soutien m'est précieux.

– Vous pouvez vous asseoir.

Et allez on recommence, assis, debout, assis. Tout ça pour qu'à la fin, elle te dise que tu es coupable. Putain je ne supporterai pas qu'elle soit déclarée coupable.

– Attendu que nous avons eu un témoignage de dernière minute et attendu que les avocats se sont mis d'accord pour un arrangement, je déclare Mlle Williams, non coupable. Elle peut quitter cette salle libre et sans amendes. Quant à la plaignante, je lui conseillerais vivement de revoir sa façon d'agir. Madame, il me semble que vous avez l'âge de la sagesse, alors je vous prie d'éviter dans le futur de revenir dans mon prétoire pour des histoires de ce genre. Vous avez de la chance que Mlle Williams ne porte pas plainte contre vous.

Je vois ma mère qui quitte le banc et son avocat qui la suit comme un petit chien. C'est mort mec, t'a perdu ta cliente. Mais elle ne part pas directement. Elle s'arrête en face de moi. Je fronce les sourcils et il ne vaut mieux pas qu'elle me cherche parce que je suis à deux doigts de péter un câble.

– Jackson… Je n'ai jamais voulu te faire de mal.

– Ah ouais ? Et tu appelles ça comment, ce que tu as fait ?

– Je sais que je n'ai pas été à la hauteur mais…

Pas à la hauteur ? C'est une blague ? Elle me prend clairement pour un con là.

– Je ne veux plus jamais te voir, t'entendre ou quoique ce soit d'autre. Ne t'approche plus des gens que j'aime et ne prends pas cet avertissement à la légère car je ne plaisante pas.

– Mais…

Ok là si elle rajoute un mot, je ne réponds plus de rien. Mais Justin qui a vu le manège, s'avance et s'adresse à ma mère.

– Vous devriez partir Madame, je ne crois pas que ce soit le bon moment, là maintenant.

Elle hésite un instant à me dire un truc mais elle se ravise. Elle baisse ses yeux larmoyants sur son sac et part en prenant l'allée centrale.

Je remercie Justin d'être intervenu et je me tourne vers Myla en larmes dans les bras de son avocat qui la console. Putain, lui...

– Je peux ?

Mon ton est sans équivoque et s'il ne se décroche pas de Myla dans les cinq secondes qui suivent, je lui refais le portrait. Myla se détache de lui et vient se lover contre ma poitrine. Sans le savoir, elle éteint le feu de la jalousie qui bouillait en moi. Je la prends dans mes bras et elle me serre fort contre elle.

– C'est fini ?

– Oui bébé, c'est terminé.

Je lance un regard noir à l'avocat qui reste près de nous. Il se racle la gorge et range son dossier dans son cartable.

– Merci Maître, dit Myla.

Oui bon merci, c'est bon. C'est pas grâce à lui en plus.

Je sens qu'on me tapote sur l'épaule. Je me tourne et je vois ma sœur qui souhaite me dire quelque chose. Je suis toujours un peu sur mes gardes avec elle mais je suis obligé de reconnaître que grâce à elle, Myla rentre à la maison.

– Jackson.

– Leeann.

Décidément à chaque fois qu'on ouvre la bouche c'est pour parler en même temps.

– Hum, je me racle la gorge.

– Je suis contente pour Myla, vraiment.

Je hoche la tête pour approuver et je ne sais pas ce qu'il me prend à ce moment-là. Est-ce le stress qui me fait faire n'importe quoi mais je m'avance vers elle et je la prends dans mes bras. Je la serre fort contre moi et je la remercie. Surprise au début, les bras ballants, elle les rassemble dans mon dos et me serre fort elle aussi. Je sens comme un sanglot et j'essaie de me reprendre. Putain j'aime pas être une guimauve. Je me détache en essayant d'être prévoyant mais j'aime pas les filles qui pleurent, je ne sais jamais quoi faire ou quoi dire.

Elle essuie ses larmes.

– Tu... Tu veux venir à la maison ? On va tous boire un coup.

Elle me regarde avec plein d'espoir dans les yeux.

– Oui merci.

– Oh Leeann !

Myla la prend elle aussi dans ses bras.

– Merci vraiment.

– J'ai invité Leeann à venir à la maison.

– Oh... C'est une bonne idée, on y va ?

Tout le monde nous attend dehors. Molly et Flora attrapent Myla et l'embrassent avec toute la folie qu'on leur connaît.

CHAPITRE 54 – JACKSON

– On porte un toast à Myla ! Justin lève son verre et tout le monde fait de même. Je reste un peu à l'écart comme j'aime le faire si souvent. Je la regarde elle comme toujours. Elle est magnifique et je suis tellement heureux que cette histoire ait pris une bonne tournure.

– Ça va ?

Je tourne la tête vers ma sœur. Elle me tend sa bière pour que je trinque avec elle. Elle me sourit.

– Ça peut aller, merci encore pour l'aide que tu as apportée à Myla.

– De rien, ça n'a pas été compliqué, Maman est tellement imbue de sa personne que j'ai pu facilement la piéger.

J'aime pas quand elle dit Maman mais bon après tout c'est sa mère.

– Tu as bien réfléchi aux conséquences de ton acte ? Je veux dire par rapport à ta mère. Elle risque de ne plus te parler, voire même de te couper les vivres.

– Je sais.

Ses yeux sont dans le vague et elle ramènc sa bière à sa bouche. Elle en boit une gorgée.

– Tu tiendras ta parole ?

Je la regarde en fronçant les sourcils. De quoi me parle-t-elle ?

– Pour la soirée par semaine que tu m'as promise.

Je souris.

– Je tiendrai ma promesse.

***

Deux jours plus tard, me voilà en train de me préparer. Ce soir je dîne avec Leeann et je suis dans un état de nerfs indéfinissable.

– Mais calme-toi bon sang !

J'essaie de boutonner ma chemise mais la nervosité m'empêche de la fermer correctement. Elle prend les choses en main.

– Jackson qu'est ce qui se passe ?

– Il se passe que je ne sais pas quoi lui dire, putain mais pourquoi je ne la ferme pas des fois !

– Tu regrettes ?

Son air embêté me fait me calmer.

– Non... C'est juste que j'espère ne pas parler de ma mère c'est tout.

– Tu n'as qu'à lui dire.

Elle continue de boutonner ma chemise et quand elle arrive à l'avant-dernier bouton, elle tire sur le col et m'embrasse tendrement.

– Ça va bien se passer mon cœur.

– J'espère...

J'embrasse une dernière fois Myla quand je descends pour récupérer ma moto. Je lui ai donné rendez-vous chez Mo's parce que l'ambiance est décontractée. C'est Myla qui me l'a suggéré.

Quand j'arrive sur le parking. Je la vois attendre à l'entrée. Elle passe son grand gilet noir autour de ses bras. Je me gare près d'elle. Elle me sourit.

– Belle moto, dit-elle en s'approchant de moi.

Je lui fais une bise et ouvre la grande porte en bois. Je la fais passer devant et nous nous avançons. Le serveur nous montre notre place. Il n'y a pas mes anciens collègues ce soir.

– Ça te va ?

– C'est super comme endroit, y'a même un billard !

– Tu joues ?

– Oui j'adore ça !

– Cool, on se fera une partie après si tu veux.

Ses yeux brillent de joie. Ça me fait sourire.

– Tu veux boire quelque chose ?

– Un soda ça ira.

– Ok.

Je fais signe au serveur qui revient vers nous. Je lui commande les boissons et il nous passe les cartes. Nous restons silencieux, le temps de choisir nos plats. Le serveur revient.

– Des lasagnes.

– Des lasagnes.

Nous avons encore parlé en même temps. Ça fait sourire Leeann.

– Alors dis-moi, qu'est-ce que tu fais dans la vie ?

Je me trouve nul mais nul de poser une question clichée comme celle-ci.

– Je viens de terminer ma deuxième année dans le management.

– Et tu veux faire quoi ?

Elle baisse les yeux.

– J'avais dans l'idée de reprendre les rênes de l'agence de mode de Maman.

Je comprends alors que cette alternative est maintenant très compromise vu ce qu'il s'est passé.

– Tu trouveras mieux que ça, je suis sûr.

Je ne vois pas ce que je peux dire d'autre. Elle ébauche un sourire timide.

– Et toi d'où te vient ta passion pour la moto ?

– Je ne sais pas trop, j'ai toujours aimé la vitesse, les sensations fortes.

– Un vrai casse-cou.

– C'est un peu ça, je ne compte plus les séjours à l'hôpital.

– Et ta jambe, j'ai remarqué que certaines fois tu boitais légèrement.

Instantanément je pose ma main sur mon genou.

– C'est une histoire que je veux oublier, on a vécu des trucs avec Myla et nous avons beaucoup souffert.

– Oh... Pardon... Je ne voulais pas réveiller de mauvais souvenirs.

– Tu ne pouvais pas savoir, c'est loin tout ça maintenant, j'aspire à une vie tranquille avec elle.

– Je vous le souhaite, vous formez un très beau couple.

– Merci. Tu as quelqu'un dans ta vie ?

Elle semble réfléchir et elle rougit.

– Ça se pourrait bien mais c'est tout nouveau et je ne voudrais pas me faire des films, tu vois ?

– Ouais.

J'ai un pincement au cœur quand elle me dit ça. Comme si j'étais jaloux ou un truc comme ça. Genre j'ai envie de savoir qui est le type qui sort avec ma sœur. C'est normal que je ressente un truc pareil ?

– Il est sympa ? dis-je l'air de rien.

– Oui.

Elle me regarde bizarrement.

– Ça t'intéresse vraiment ?

– Non, je demande comme ça.

On nous apporte nos plats et ça ne pouvait pas mieux tomber. Je plante ma fourchette et j'enfourne mes pâtes dans ma bouche en fermant les yeux. J'adore ce plat.

– Tu te rends compte qu'on a les mêmes goûts, tu crois que c'est possible alors qu'on n'a pas été élevés ensemble ?

– Je sais pas, dis-je en haussant les épaules.

– Est-ce que t'as eu envie d'avoir des frères et des sœurs quand tu étais plus jeune ?

– Ouais j'y ai pensé mais quand je voyais mon père tout seul, je me disais que c'était foutu.

– Moi j'ai demandé pendant des années à ma mère. Elle n'a jamais voulu.

– Et ton père ? Tu parles jamais de lui.

– C'est un étranger pour moi.

Je fronce les sourcils. J'ai dû peut-être la juger trop vite. Elle continue de manger son plat.

Je sens que la soirée va être longue ou alors on va bouffer et juste après le dessert on rentrera chacun de notre côté. Elle a l'air gentille et tout ce qu'on veut, mais est-ce que je suis prêt à m'ouvrir et à partager avec elle ? J'ai surtout envie de tout quitter en ce moment et de profiter de Myla au maximum.

Je la regarde et je trouve plein de points communs avec moi. La même couleur de cheveux, d'yeux et le grain de beauté qui apparemment est une marque de fabrique. Ça me fait sourire de savoir que je pourrais la surveiller et lui dire ce que je pense en tant que grand frère. En plus avec son mauvais caractère, ça risque d'être chaud entre nous deux. Je reprends mes esprits quand je vois qu'elle sourit en coin.

– Quoi ?

– Non rien...

– Si, je vois bien que tu te fous de ma gueule.

– Non juste que.... Souvent tu déconnectes et je te vois réfléchir en fronçant les sourcils. C'est assez marrant en fait.

– Donc tu te fous de ma gueule.

Elle rit.

– C'est facile de te faire sortir de tes gongs !

– Je savais qu'avoir une sœur ça serait super chiant, j'avais déjà Pitbull et maintenant y'a toi.

– Pitbull ?

– La meilleure amie de Myla.

– Sympa comme surnom.

A part sourire, je ne vois pas quoi rajouter. Heureusement que Leeann a des ressources et qu'elle ne supporte pas les blancs dans la discussion.

– C'est pas évident hein ?

– De ?

– De faire connaissance en tête à tête.

– Ouais j'avoue que je suis pas très à l'aise.

– C'est pour ça que j'ai demandé à Myla et vos amis de venir, tu es libéré, dit-elle avec de la nostalgie dans les yeux.

– Mais de quoi tu parles ? J'ai passé une bonne soirée tu sais.

Elle lève le visage rapidement vers moi. Je vois que ce que je viens de dire lui fait plaisir.

Je tourne la tête quand j'entends le rire de Molly et que je vois Myla arriver tout sourire. Elle se dirige vers Leeann en lui parlant dans l'oreille. Je vois ma sœur qui lui fait un signe. Elle se détache et vient vers moi. Elle dépose un baiser sur ma bouche.

– Ça va ?

– Oui je crois.

Elle fronce ses sourcils.

– Comment ça ?

– C'était bizarre.

– Bizarre ?

– Je l'aime bien cette gamine.

– Alors fais tout pour garder ta petite sœur près de toi, c'est important Jackson.

– Je sais.

Au milieu de toutes les merdes qui nous sont arrivées, peut-être que Leeann est le rayon de soleil qui manquait au puzzle. Elle pourrait, c'est vrai, me réconcilier avec ma notion de la famille idéale.

Je regarde vers Leeann qui parle avec les filles. Elles l'ont déjà adoptée et il se pourrait bien que je lui laisse une place de choix dans ma vie.

Nos yeux alors se croisent et nous restons un long moment à nous scruter. Cette fille a du tempérament et j'adore quand on me défit. Elle sourit. Je lui fais un signe de tête. J'ai une sœur et il faut que j'intègre cette nouvelle donnée dans ma vie.

CHAPITRE 55 – JACKSON

Trois mois plus tard.

Quand j'ouvre les yeux ce matin, j'ai juste envie de les refermer pour ne me réveiller que demain matin en imaginant que cette journée ne serait plus à vivre. Je dis ça mais en même temps je suis heureux pour mon père car aujourd'hui il va épouser la femme qu'il aime.

Je n'ai pas dormi à l'appartement avec Myla. Je suis resté ici avec mon père. On a passé la soirée tous les deux et j'ai essayé de le rassurer. Myla, elle, est restée chez nous et elle devait accompagner Charlotte chez le coiffeur. Je descends encore à moitié endormi pour me prendre un café. Mon père est là, rasé de près.

– Salut fils.

– Salut Papa, ça va ? bien dormi ?

– Ça va.

– Tu as des choses à faire ce matin ?

– Non, rien. La wedding-planner s'est occupée de tout. Il faut juste que je n'oublie pas les alliances.

– Ok.

Nous nous installons tous les deux, l'un en face de l'autre. C'est peut-être la dernière fois où l'on sera dans cette situation. Je croque dans mes tartines. Mon père, lui, reste silencieux.

– Ça va toi avec Myla ?

Sa voix rauque me fait lever les yeux vers lui.

– Ça va.

– Tu es sûr ?

– Oui, on a pas mal discuté et ça nous a fait du bien.

Il hoche la tête.

— Tant mieux, je t'avoue qu'avec tout ce qui s'est passé, j'avais un peu peur pour vous deux.

Je ne réponds pas moi non plus, j'ai eu cette sensation à un moment donné. J'ai cru que c'était la fin de notre histoire et j'ai balisé grave parce que Myla, c'est la femme de ma vie.

— T'as pas trop de stress ? je lui demande pour changer de discussion.

— Non, tu sais à mon âge, je ne vois pas pourquoi je devrais stresser.

— Je sais pas moi, Charlotte pourrait te quitter.

Il me regarde étrangement.

— Hé bien je te remercie de me mettre en confiance le jour de mon mariage !

Putain mais quel con je suis.

— Pardon, je voulais pas dire ça. Je suis désolée. J'ai une totale confiance en Charlotte.

— Oui moi aussi. Tu sais Jackson, il faut savoir lâcher prise. Moi aussi j'ai une totale confiance en Myla et je suis sûr qu'un jour quand elle deviendra ta femme, elle te rendra heureux. Arrête de te projeter vers l'avenir, vis au jour le jour et apprécie ce qu'on te donne. Si je dois être heureux quatre ans avec Charlotte et bien je signe de suite, si c'est vingt ans, c'est encore mieux.

Je hoche la tête. Je suis d'accord avec lui.

— Tu as raison, mais je pense que Myla ne sera jamais assez folle pour accepter ma demande en mariage.

Il se met à rire.

— Bon ben je crois qu'il va falloir aller se préparer.

Il se lève en débarrassant son bol et son verre de jus d'orange. J'avale ma tartine et boit une gorgée de mon lait.

— Cole vient nous chercher à quelle heure ?

Je regarde l'horloge de mon portable.

— D'ici une heure et demie.

— Bon ça me laisse le temps, à tout à l'heure.

Je lui fais un signe de tête. J'enlève mes affaires de la table et fais la vaisselle vite fait. Mon téléphone sonne. C'est Myla. Je monte à l'étage tout en lui répondant.

– Coucou mon amour !

Je me laisse tomber sur le lit.

– Salut bébé.

– Comment tu te sens ?

– Ça va.

– Tu stresses ?

– Un peu.

– Ils sont heureux Jackson.

– Je sais.

– Et nous aussi.

– Tout est arrangé alors entre nous ?

– Oui tout est arrangé Jackson.

Elle me rassure en me disant ça. J'ai tellement détesté cette période que l'on a passée. J'ai cru qu'on n'arriverait jamais à retrouver de la sérénité.

– Ta sœur est en route, elle doit me rejoindre ici.

– Ok, elle revient d'où déjà ?

– Elle était partie à L.A pour aller voir un match des Lakers.

– Ah ouais, c'est vrai.

– Je crois que son copain travaille dans une start-up et qu'il a des places VIP.

– Quoi ? Elle a un copain ? C'est quoi cette histoire ?

– Elle a vingt ans...

– Mais pourquoi toi tu le sais et pas moi ?

– Réfléchis...

Elle va encore me sortir le couplet sur la façon que j'ai de couver tous mes proches.

– Non mais je peux m'inquiéter quand même, les mecs à vingt ans, je sais comment ils sont.

– Mais qui te dit qu'il a vingt ans ?

Je m'étouffe avec ma propre salive.

– Quoi ? Mais !

– Allez mon amour, on se retrouve à la cérémonie, je t'aime.

Elle raccroche me laissant avec toutes mes interrogations concernant ma sœur. Je regarde mon écran et j'envoie un message à Leeann.

« Si ton mec a plus de 25 ans, ne le ramène pas au mariage. Je vais péter un câble ! »

Voilà, elle saura qu'elle ne doit pas me faire des effets de surprise. Si ce type se ramène, il va savoir qui je suis. Un bip m'indique que j'ai reçu une réponse.

« Tu es mon frère, pas ma mère. Je sors avec qui je veux et puis c'est pas ma faute si j'aime les hommes mûrs ! »

Oh putain, les hommes mûrs ? C'est quel âge ça ?

« Myla ? Les hommes mûrs c'est quel âge ? »

« Je sais pas moi 45/50 ans »

Je m'assois. Un gros connard de vieux qui se tape ma sœur ? Mon portable sonne et j'entends deux rires bien distincts. Celui de Myla et celui de Leeann.

— Oh mon dieu Jax, t'es trop !

— Leeann ? T'es sérieuse ?

— Mais non, il a 22 ans si tu veux tout savoir.

— Putain...Vous vous foutez de ma gueule toutes les deux !

— C'est ça d'avoir une sœur !

— Vous perdez rien pour attendre, sales pestes !

Elles rient encore et je raccroche. Elles m'ont bien eu ! Je file sous la douche, il faut vraiment que je me prépare maintenant si je ne veux pas stresser mon père.

Une heure plus tard. Cole est arrivé au volant d'une Buick cabriolet de 1948 rouge et blanche. Une splendeur. Je descends rapidement, habillé de mon costume bleu métallisé et je galère comme un malade pour mettre mon nœud papillon. Chose que je mets essentiellement pour faire plaisir à Myla.

— Putain mec aide-moi s'il te plaît.

Cole sourit. Il attrape mon nœud papillon qu'il attache derrière mon cou. Rien d'autre à faire mais je suis tellement dans un état d'anxiété avancé que j'en tremble.

— Hey Jax, t'es nerveux ?

— Putain plus l'heure avance plus j'ai l'impression que c'est mon mariage que je vais célébrer.

Il rit. En fait, il se fout de ma gueule.

– Non, le jour où ça sera le tien, on te fera fumer un bon joint avant !

Je remue la tête.

– Merci Cole, la bagnole est magnifique.

– Et t'a pas vu celle de Charlotte !

– Bon les enfants, vous êtes prêts ?

Mon père arrive tout sourire, détendu comme jamais et je ne sais pas comment il fait. Moi je m'étire le cou et je passe un doigt entre celui-ci et mon nœud pap. Ça me fait déjà chier ce truc.

Nous montons dans le véhicule. Mon père et moi à l'arrière et Cole qui la conduit.

– T'es prêt ? dis-je à mon père.

– Comme jamais, me répond-il en tapotant gentiment sur ma jambe.

Cole envoie un coup de klaxon et démarre en direction du lieu de la cérémonie.

Quand nous arrivons, il y a déjà beaucoup de monde sur le parking du parc. Ils applaudissent quand mon père sort de la voiture et je ricane en pensant qu'il déteste ce genre de situation. Mais il a l'air de s'en accommoder. Puis des coups de klaxon retentissent au loin et nous voyons arriver Charlotte, Myla et Flora.

– Waouh, une Ford mustang GT ?

– Ouais de 1969, elle est canon hein ?

Je hoche la tête. Je passe mon bras autour du cou de mon père. Il me regarde les yeux brillants. Les filles s'arrêtent devant nous. J'aperçois les témoins de la mariée qui s'approchent d'elle. Elle descend en les embrassant. Elle est superbe dans son ensemble.

– Coucou toi.

Je dévie mon regard vers celle qui fait battre mon cœur. Et elle est magnifique. Sa petite robe en mousseline rose poudré lui va à merveille, sa coiffure, son maquillage tout est parfait. Elle est parfaite.

– Tu... Tu es belle.

J'en bégaie.

– Merci.

Elle en rougit.

– Toi aussi tu es beau et ... Sexy, dit-elle en tirant légèrement sur mon nœud papillon, et je me languis de t'enlever ça. Son air coquin me fait sourire.

CHAPITRE 56 – JACKSON

Un raclement de gorge se fait entendre et je tourne la tête en même temps que Myla. Leeann est devant nous dans une robe bleue qui la met bien en valeur. A son bras, un mec qui ne me plaît pas du tout. Il a l'air hautain. Bordel mais comment font-elles pour aimer des mecs comme ça...

– Salut !

Je marmonne un salut tout en regardant ce type.

– Je vous présente Kurt.

Kurt ? Oh putain j'ai envie de rire, c'est quoi ce prénom ? On pourrait le vomir kuuuuuuuuuurt. Ça me fait sourire. Myla voyant que je ne lui tends pas la main me met un coup de coude dans les côtes.

– Hey !

Elle me fait un signe de tête. Je me retourne vers Kurt qui me tend la main je ne sais pas depuis combien de temps. Et en vrai, j'en ai absolument rien à foutre.

– Oh salut.

Je lui broie la main au passage mais il ne cille pas et encaisse la douleur. J'adore. Leeann dépose un baiser sur ma joue en rajoutant près de mon oreille.

– Sois gentil s'il te plaît, je l'aime beaucoup lui.

Je la regarde en biais. Mais il s'appelle Kurt ? Bon j'arrête mes bêtises et lui fais un signe qui la rassure. Justin et Molly arrivent main dans la main. Molly a un ventre qui donne l'impression qu'il va exploser.

– Salut Mr Biblio.

— Salut Pitbull, ça va ?

— Comme tu peux le voir, je me porte à merveille, un vrai corps de rêve.

Je fais une accolade à mon ami.

— Ton père a l'air serein contrairement à toi, dit-il en se moquant.

Je lève les yeux au ciel. La petite main de Myla attrape la mienne et elle se rapproche de moi. Charlotte arrive et me dépose un baiser sur ma joue.

— Tu es très belle, je lui dis et elle ne peut s'empêcher d'avoir les larmes aux yeux.

— Merci mon grand, dit-elle en caressant ma joue.

Ce geste peut paraître anodin mais sa gentillesse et sa douceur sont très importantes pour moi. Et Myla le sait car elle me regarde avec un petit sourire attendri.

Tout le monde entre dans l'allée du parc où tout a été décoré. La wedding-planner discute avec mon père. Les gens s'assoient. Je laisse Myla avec ses amies et je m'assois près de lui. Il me sourit. Je suis heureux de le voir dans cet état.

L'officiant commence à parler. Il s'adresse aux futurs mariés. Quelques fois je me tourne vers Myla qui me regarde aussi. Elle est vraiment belle et mon regard appuyé la fait rougir.

— Si vous voulez bien vous lever.

Mon père et Charlotte sont debout devant la magnifique arche fleurie. Et je m'approche avec les deux témoins de Charlotte. Je m'installe près de mon père. Je commence à avoir les sueurs froides. J'ai écrit un discours que je dois lire devant tout le monde lors de la réception et je crois que j'ai déjà tout oublié. Bien sûr j'ai une antisèche dans ma veste mais je ne suis plus du tout serein.

— Jackson.

J'entends qu'on m'appelle en murmurant. Mon père me regarde étrangement et me fait un signe. Je ne comprends pas tout de suite.

— Les alliances, me dit-il les dents serrées.

Oh merde ! les alliances, dans ma poche. Je fouille et je ne les trouve pas et quand je passe ma main dans la poche intérieure de ma veste, je sens la boîte entre mes doigts. Je la sors et la transmets à mon paternel qui soupire un grand coup. J'entends des rires dans l'assistance. Mes deux connards d'amis se foutent royalement de ma gueule.

Puis la cérémonie continue et l'échange des anneaux se fait dans une grande émotion. Les filles versent leur petite larme et quant à moi je n'en mène pas large. Même mon père a les yeux brillants. L'officiant leur demande d'échanger leurs vœux. Mon père prend la main de Charlotte pour lui passer la bague au doigt et inversement.

– Je vous déclare mari et femme.

Des hourras et des applaudissements retentissent. Mon père embrasse sa nouvelle femme. Je crois que je n'ai jamais ressenti ce que je ressens à l'instant. Ce bonheur qui me remplit, je crois n'avoir jamais eu un tel sentiment sauf peut-être avec Myla, oui avec elle.

La réception bat son plein et tout le monde est à table. Justin fait le guignol et tout le monde rit de ses conneries. Je suis content de voir qu'il a retrouvé sa joie de vivre. Ses parents ont fait un pas vers la réconciliation en les invitant tous les deux pour un repas. Molly a levé les yeux au ciel quand il nous l'a annoncé mais je sais qu'elle fera tout pour qu'il retrouve de bonnes relations avec sa famille. Cole est accroché à Flora. Leeann est avec son Kurt qui semble plus sage que je ne le pensais. Il ne dit pas un mot. Je crois qu'il est temps. Il faut que je dise mon discours. Je me lève et prends mon verre, avec la petite cuillère je tapote dessus pour attirer l'attention.

– Je propose de porter un toast à mon père et Charlotte mais avant je voulais leur faire part de ma fierté et de mon amour pour eux.

Le silence s'installe et je regarde autour de moi. Tous les yeux sont rivés sur moi. Myla passe sa main dans le bas de mon dos et m'incite à continuer. Je sors mon papier de ma poche. Mon nœud pap me serre la gorge encore plus que ce matin. Mais pourquoi j'ai voulu faire ça. Je me racle la gorge.

– Papa. Ça y est tu es marié, rassure-toi je ne vais pas te donner de conseils, ni de recommandations ça serait mal venu de ma part, moi l'handicapé de l'amour.

Les gens rient autour de moi.

– Je suis tellement content que l'élue soit Charlotte, elle a toutes les qualités pour te rendre heureux et c'est la meilleure personne que tu pouvais rencontrer. Depuis qu'elle est rentrée dans nos vies, elle nous a rendu notre sourire et elle nous a conquis. J'aurais voulu qu'elle soit ma mère et je suis sûr que je pourrai toujours compter sur elle.

Ma voix se brise légèrement.

— Et toi Papa, je ne te remercierai jamais assez. Tu as fait de moi un homme, tu as consolé tous mes chagrins et tu as su me canaliser, chose très compliquée je l'avoue. Sans toi je ne serais pas celui que je suis. Notre amour va au-delà de tout. Je suis si fier d'être ton fils et fier que tu sois mon père. Je t'aime Papa.

J'entends Myla qui sanglote à côté de moi. Même moi je commence à avoir la gorge serrée mais putain je ne veux pas pleurer.

— Champagne !!

Justin vient à ma rescousse. Tout le monde applaudit. Mon père et Charlotte s'avancent vers moi et m'embrassent tendrement.

Le bal commence. J'en profite pour passer du temps avec Myla. Je l'invite à danser sur la piste.

— Tu as été super bébé, ton discours était magnifique.

— Merci.

Sa main passe sur ma nuque et j'adore comme elle me regarde.

— Je t'aime bébé.

Elle me sourit et je n'ai qu'une idée quand je la vois si sexy, c'est de lui enlever sa petite robe rose.

— Je suis heureux ce soir.

— Je sais.

— Ça fait longtemps que je n'avais pas ressenti ce bien être.

Elle me serre contre elle.

— Tant mieux, je suis tellement heureuse Jackson, je t'aime .

Sa lèvre entre ses dents quand elle me regarde. Bordel, je vais pas résister. Je la colle encore un peu plus contre moi et elle doit sentir qu'elle me fait de l'effet car elle sourit.

— Me chauffe pas bébé, je lui dis dans l'oreille.

Des frissons parcourent son corps. Je lui attrape son lobe avec mes dents. Elle gémit légèrement.

— Arrête... me dit-elle plaintive.

— Quoi ?

— Tout le monde nous regarde.

– Et ?

Je la provoque et la couleur rose qui envahit ses joues m'excite au plus haut point. Elle ébauche un sourire.

– Viens on s'esquive, je lui dis dans le ton de la confidence.

– Mais ça va pas espèce de pervers ! C'est le mariage de ton père !

Je ris quand elle me frappe sur l'épaule. Mes mains caressent le bas de son dos à travers la mousseline de sa robe. Elle frémit encore une fois.

– Tu en as autant envie que moi, alors qui c'est la perverse ? Je suis sûr que tu réfléchis à l'endroit où l'on pourrait faire ça, vite fait sans être remarqués. La voiture ? La petite pièce à côté des vestiaires ? Les toilettes ?

Elle grimace.

– Non pas les toilettes, ou alors une chambre mais là je te préviens, on redescend plus jusqu'à demain matin.

Elle me colle un baiser pour me faire taire. Ma langue attrape la sienne et cet échange est encore plus chaud que les phrases que je viens de lui dire dans le creux de l'oreille. Je commence à me sentir à l'étroit dans mon pantalon. J'essaie de tirer sur mon nœud pap car j'ai la gorge qui devient sèche d'un coup.

– Hey Myla ça ne te fait rien, si je t'emprunte ton cher et tendre ?

Charlotte me regarde tendrement. Bordel, je débande direct. J'imagine même pas si elle s'aperçoit de mon état. Myla se détache de moi non sans me regarder avec malice. Elle danse avec mon père. J'attrape la main de Charlotte que je fais virevolter.

– Tu es bon danseur Jackson, dit-elle en me faisant un clin d'œil.

– Un peu comme Papa, dis-je en riant.

Charlotte me suit dans ma plaisanterie.

– Je voulais te remercier... pour le discours, c'était très émouvant.

– C'était sincère.

– Je sais, et sache que tu pourras toujours compter sur moi, quoiqu'il arrive Jackson.

– Merci Charlotte.

Elle me serre dans ses bras et elle me transmet tout l'amour qu'elle a pour moi. Mon père est un sacré chanceux et j'espère qu'avec Myla je ressentirai les mêmes choses.

La musique se termine. Charlotte se dirige vers ses invités et je me retrouve seul sur la piste. Je regarde tout autour de moi quand j'aperçois Myla près de la porte qui me fait signe de la suivre d'un air coquin. Son index m'appelle. Je secoue la tête en me touchant les lèvres.

Elle m'étonnera toujours...

EPILOGUE

L e mariage a continué jusqu'au petit matin. Charlotte et Phil se sont esquivés avant tout le monde car ils avaient un avion à prendre très tôt aujourd'hui. Mais la surprise ne s'arrêtait pas là, Jackson m'a indiqué que nous aussi nous devions partir.

Alors ce matin, je me réveille dans un hôtel avec une vue magnifique sur la baie de San Francisco. Il fait un temps magnifique mais un peu plus frais qu'à San Diego. J'enfile mon peignoir et je sors sur la terrasse.

La chambre est magnifique. Il a tout organisé avec l'aide de Flora. Il a voulu que tout soit parfait et c'est parfait. Cette nuit a été parfaite.

Je ne sais pas si l'alcool l'a aidé mais hier soir au mariage, il m'a dit des choses magnifiques, des choses que j'avais besoin d'entendre après toutes nos péripéties. Il m'a rassurée aussi. Et puis nous sommes partis.

Une heure trente plus tard, on se retrouvait dans ce magnifique hôtel. Nous nous sommes endormis, happés par la fatigue et je viens de me réveiller dans ses bras. Je le laisse dormir car je pense qu'il a eu un trop plein d'émotions hier soir. Entre sa sœur, son père, Charlotte et nous...

Je bois mon verre de jus de fruit frais et je repense à tout ça. Je respire lentement et je profite de l'instant présent. Je n'entends pas Jackson arriver dans mon dos. Il se colle à moi et embrasse mon cou. Il a juste une serviette autour de la taille.

– Bonjour toi, dit-il avec une voix rauque.

Je me retourne et l'encercle de mes bras. Je dépose un baiser sur ses lèvres.

— Bonjour mon amour.

— Qu'est-ce que tu fais dehors toute seule ?

— Je regardais la vue magnifique que l'on a de notre balcon.

— J'ai une vue encore plus belle à te montrer à l'intérieur.

Je pouffe dans son cou. Sa langue lèche ma peau et je sens sa main qui s'immisce entre mes cuisses. Je gémis dans sa bouche.

Il défait la ceinture de mon peignoir et l'entrouvre. Ses mains remontent vers mes hanches qu'il attrape brusquement pour me rapprocher de lui. Seule sa serviette devient un rempart entre nos deux corps. Sa bouche envahit la mienne et son baiser passionné me fait perdre la tête.

— Jackson... dis-je en murmurant.

Il ne m'écoute pas et continue de découvrir mon corps. Mes épaules se dénudent mais nous sommes toujours sur la terrasse.

— Jackson…

J'essaie de me détacher mais il ne m'écoute toujours pas.

— Dans la chambre s'il te plaît.

Il ne me laisse pas finir et me prend dans ses bras. Je hoquette de surprise. Il ferme la porte-fenêtre et me jette sur le lit. Sa serviette tombe de ses hanches pour atterrir à ses pieds. Je ne me gêne pas pour le mater. Il est déjà bien prêt à me donner du plaisir mais je sens qu'il a envie de prendre son temps. Il retire mon peignoir et plonge sa bouche sur mes tétons durcis. Je me cambre tout en laissant échapper un soupir de plaisir.

Il descend lentement le long de mon ventre et dépose une lignée de baiser avec quelques fois sa langue qui s'attarde à certains endroits qui s'avèrent très érogènes pour moi. Puis sa langue se durcit et descend sans demi-mesure vers mon sexe déjà humide.

Je me relève légèrement et regarde Jackson s'acquitter de sa tâche avec délectation. Il relève les yeux et croise mon regard. Il est lubrique et désireux de me faire jouir je ne sais combien de fois. Ses mains se posent à l'intérieur de mes cuisses et il les écarte pour avoir un meilleur accès. Il replonge et continue son doux supplice. Je m'accroche aux draps blancs et je les serre entre mes mains. Je ferme les yeux et je me laisse aller aux sensations que Jackson s'applique à me faire ressentir. Et quand mon corps se cambre, il essaie de me retenir et accélère la vitesse de ses caresses. Je ne peux plus retenir ce que je ressens quand un orgasme fulgurant me traverse. Sous mes soupirs incessants et ma respiration saccadée, il remonte vers moi en souriant.

Sa bouche luisante est d'un sexy... Il passe sa main sur ses lèvres pour s'essuyer. Je peux sentir son membre durci contre mon ventre.

– Je t'aime Myla.

Je garde les yeux fermés encore un instant. Je sens qu'il se déplace. Il pose ses mains de chaque côté de mon visage.

– Regarde-moi bébé.

Sa voix fait monter en moi une autre vague de désir et il en profite pour me pénétrer. J'ouvre les yeux pour voir son visage au-dessus du mien. Il s'approche et m'embrasse. Son baiser est doux et délicieux. Ses mouvements de corps le rendent encore plus désirable. Je m'accroche à lui et passe mes mains sur ses fesses. Il ondule avec vigueur. Je ramène mes jambes pour mieux ressentir les coups de boutoir de Jackson.

– Jackson...

Je souffle son prénom car déjà je sens mon ventre se contracter. Il se retire brusquement et me demande de venir m'asseoir sur lui. Je m'exécute et je le chevauche. Il entre en moi et s'accroche à mes hanches pour me donner le tempo. Le rythme lent du départ devient plus rapide et j'essaie de me retenir de jouir mais je ne vais pas durer longtemps et je sens que Jackson non plus.

– Myla... soupire-t-il.

Ses yeux se froncent et il serre les dents. Je monte et je descends sur son sexe tendu et je sens que c'est le dernier va et vient que nous faisons. Les mains de Jackson se crispent autour de mes hanches et je me laisse tomber sur sa poitrine, essoufflée.

Nous mettons quelques minutes pour nous remettre de nos ébats. Jackson me serre contre lui et je me décale sur sa droite. Son cœur bat encore très vite. Nous restons silencieux, juste à nous caresser et nous embrasser.

– Je t'aime Jackson.

Il sourit et dépose un dernier baiser sur mon front.

– J'adore les journées qui commencent comme ça.

Je récupère le drap avec lequel j'entoure mon corps pour me déplacer vers la salle de bain. Je me douche rapidement et je rejoins Jackson qui prends son petit déjeuner. Je passe mes bras autour de son cou et dépose un énième baiser sur sa tempe.

— On fait quoi aujourd'hui ?

— J'aurais bien une idée mais va falloir fermer les volets et rester enfermés durant toute la journée.

— Mais tu es insatiable !

— C'est ta faute !

— Quoi ?

— Tu es belle et sexy, comment veux-tu que je résiste ?

— N'importe quoi, dis-je en levant les yeux au ciel.

Il se lève et m'attrape en me chatouillant.

— Arrête !

— Regarde comme c'est beau !

La baie de San Francisco est une des baies les plus belles au monde. Le soleil reflète sur la mer et nous pouvons voir le Golden Gate au loin, rouge flamboyant.

— J'adore San Francisco.

Il plonge son nez dans mon cou et me tient fort contre lui.

— Depuis le temps qu'on devait venir

— J'ai cru que jamais on y arriverait.

— Regarde, on y est maintenant, on a réussi à tout combattre et on est toujours ensemble.

— Oui. Ma mère est partie rejoindre son mari en Nouvelle-Zélande, c'est Leeann qui me l'a dit tout à l'heure.

— Oh. Et comment tu te sens ?

Il me regarde bizarrement, j'ai l'impression qu'il va me sortir une phrase dont il a le secret avec toutes les grossièretés possibles et inimaginables.

— Je me sens soulagé de la savoir loin de moi, je n'ai vraiment aucune envie d'avoir le moindre contact avec cette femme et c'est mieux pour Leeann aussi.

Je hoche la tête pour approuver et me serre un peu plus contre lui. Il fait dans le politiquement correct maintenant. Ça me fait sourire.

— Au fait, j'ai quelque chose à te dire.

– Quoi ?

Son air inquiet refait son apparition.

– Ce que je dois t'annoncer n'est pas grave, dis-je avec un rictus moqueur.

– Vas-y accouche !

Je lève les yeux au ciel.

– Allez ! dit-il impatient.

– Dans quatre jours je passe mon permis.

Il me regarde interdit. Il est sûrement en train de se demander quand et comment j'ai fait mes heures de conduite.

– J'ai appris pendant mes pauses déjeuner.

Maintenant, il fronce les sourcils et puis son visage se décrispe.

– C'est bien, je suis fier de toi bébé. Il me serre fort contre lui.

Je reste un moment dans ses bras.

– Tu sais pourquoi je suis heureuse Jackson ?

Il me regarde sans me répondre et je continue.

– Parce que je ne crains plus rien, plus rien ne peut m'atteindre.

Il se déplace et se poste face à moi. Sa main caresse ma joue. Je peux voir son émotion dans ses yeux

– Et parce que je sais que je suis dans ton cœur...

FIN

 LAETITIA ROMANO

ENDLESS SUMMER

Summer est sous pression à Détroit. Sa mère entre en cure de désintoxication et son oncle la prend avec lui pour s'installer à Hawaï.

Elle fait la connaissance de Tamara qui travaille avec elle au magasin de Travis son oncle.

Mais Hawaï est aussi le paradis des surfeurs et un jour, elle va faire la connaissance de quatre d'entre eux.
Elle ne tardera pas à tomber sous le charme d'Owen et devra se méfier car les apparences sont parfois trompeuses.

 ELENA MAY

ESCORT ME

 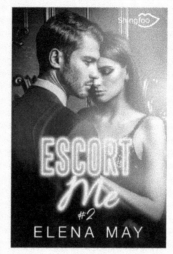

Cela fait six ans que Joy partage sa chambre avec Emma, Manon et Silver dans l'internat qu'elle a intégré à la mort de sa mère. Il y a quelques mois, ses colocataires ont rencontré Zach lors d'une soirée et ont intégré son réseau d'escort.

Un jour, Joy n'a pas d'autre choix que de remplacer sa copine malade, il le faut car Zach peut être assez intransigeant lorsqu'il n'est pas satisfait. Ce même soir, elle est soulagée de constater que les trois hommes ne sont pas aussi âgés qu'elle l'aurait pensé. Adrian, à l'inverse de ses amis ne semble absolument pas intéressé.

Pourquoi a-t-il payé pour être en sa compagnie ?

ALL YOURS

Jade est une jeune artiste peintre de vingt-quatre ans. Voilà bientôt deux ans qu'elle a quitté Londres pour New York et ça lui réussit plutôt bien puisqu'en seulement quelques mois, ont été vendues presque toutes ses œuvres à un seul et même acheteur.

Belle, extravertie et insouciante, elle ne cherche pas l'amour et se contente de nuits sans lendemain. Mais lors d'un vernissage organisé par son amie Sonia en son honneur, elle fait la rencontre de son mystérieux acheteur, Alex.

 JANIS STONE

ATTRACTIVE BOSS

Déçue de la tournure que prend sa vie en France, Camille décide sur un coup de tête de partir rejoindre son grand frère dans la ville qui ne dort jamais, la grande pomme autrement dit : New York ! Quoi de mieux que de mettre un océan entre elle et les personnes nocives qui l'entourent ? Bye bye les problèmes et bonjour Manhattan ! Mat son grand frère lui trouve une place au sein de son entreprise et l'accueille chez lui.

Seul souci pour Camille : l'associé de son frère, Ethan, trentenaire, influent, il exerce un drôle de pouvoir sur les femmes et éveille la curiosité de Camille.

Qui se cache sous ce beau costume et derrière ce masque ?

 JANIS STONE

ATTRACTIVE DISASTER

Les objectifs de Sarah dans la vie ?

Réussir sa vie professionnelle, être indépendante, libre et ne jamais rien devoir à personne.

Et jusque là, elle s'en sortait pas trop mal. Elle est heureuse. Ou du moins, elle l'était. Elle n'avait juste pas prévu qu'en devenant amie avec sa super collègue Camille, son grand frère Mat allait chambouler ses certitudes.

 MIA BENNET

IT'S HOTTER IN HELL

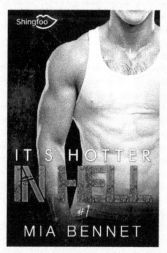 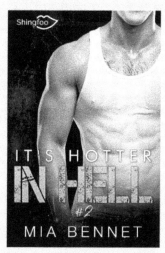

Alexis aurait dû le savoir : à trop vouloir se rapprocher du mal, on finit par s'y brûler les ailes... surtout lorsqu'on tombe sur quelqu'un qui manie avec brio l'art d'allumer un briquet !

Blake Foxter est impulsif, violent, cynique. Et elle le hait.

Mais il n'y a qu'en enfer que se rencontrent les âmes avec un certain penchant pour le péché...

 SOPHIE PHILIPPE

MON PATRON,
MON MEILLEUR ENNEMI

Ils n'auraient jamais dû se rencontrer.

Elle était étudiante, et travaillait comme serveuse pour payer ses études.

Il était l'un des hommes d'affaires les plus implacables et respectés du pays.

Nick Obrian était l'homme le plus arrogant qu'il était possible de rencontrer... Extrêmement séduisant, mystérieux et sarcastique, le portrait même du parfait connard. Avec une réussite financière qui n'arrange rien... Et 26 ans de pratique.

Abby était la femme la plus douce qui puisse exister... Charmante, brillante et souriante, avec un soupçon de fort caractère. Le savant mélange de la femme parfaite... Et 22 ans de galère.

Et c'est un simple pari qui va venir bouleverser leur vie...

JULIA TEIS

L'INCONNU DE NOËL

Une comédie romantique de Noël au cœur de New York !

Suite à plusieurs relations désastreuses, Lucy s'est renfermée sur elle-même et coupée du monde. Entre son travail, son chat, ses romans d'amour et son bénévolat, les journées s'enchaînent et se ressemblent...
Jusqu'au jour où elle croise la route d'Adam, un nouveau bénévole qui travaille dans la même entreprise. Un mystère entoure le jeune homme mais malgré tout, Lucy est intriguée et irrésistiblement attirée... et le destin s'évertue à les mettre sur la même route à la moindre occasion !

Entre les préparations des fêtes de fin d'année, les activités de bénévolat et ce mystérieux collègue, la jeune femme verra sa vie à jamais bousculée... pour le meilleur ?

SUIVEZ-NOUS SUR LES RÉSEAUX SOCIAUX

@shingfoo

@shingfooeditions

Lightning Source UK Ltd.
Milton Keynes UK
UKHW011102130520
363213UK00009B/1425